人民共和國文化與文學叢書

十 一 編

李 怡 主編

第 **8** 冊

《今天》與朦朧詩的發生（下）

張 志 國 著

花木蘭文化事業有限公司

國家圖書館出版品預行編目資料

《今天》與朦朧詩的發生（下）／張志國 著 -- 初版 -- 新北市：
花木蘭文化事業有限公司，2023〔民 112〕
目 4+186 面；19×26 公分
（人民共和國文化與文學叢書 十一編；第 8 冊）
ISBN 978-626-344-375-4（精裝）
1.CST：中國詩 2.CST：當代詩歌 3.CST：詩評
820.8   112010206

特邀編委（以姓氏筆畫為序）：

吳義勤 孟繁華 張 檸
張志忠 張清華 陳思和
陳曉明 程光煒 劉福春
（臺灣）宋如珊
（日本）岩佐昌暲
（新西蘭）王一燕
（澳大利亞）鄭 怡

ISBN-978-626-344-375-4

9 786263 443754

人民共和國文化與文學叢書
十一編 第 八 冊   ISBN：978-626-344-375-4

《今天》與朦朧詩的發生（下）

作　　者 張志國
主　　編 李 怡
企　　劃 四川大學中國詩歌研究院
總 編 輯 杜潔祥
副總編輯 楊嘉樂
編輯主任 許郁翎
編　　輯 張雅淋、潘玫靜 美術編輯 陳逸婷
出　　版 花木蘭文化事業有限公司
發 行 人 高小娟
聯絡地址 235 新北市中和區中安街七二號十一三樓
　　　　 電話：02-2923-1455／傳真：02-2923-1452
網　　址 http://www.huamulan.tw 信箱 service@huamulans.com
印　　刷 普羅文化出版廣告事業
初　　版 2023 年 9 月
定　　價 十一編 12 冊（精裝）台幣 30,000 元

《今天》與朦朧詩的發生（下）

張志國　著

目次

下 編

第四章 《今天》的誕生與傳播空間的生成

　　「演員或潛在的演員早已有之，但是沒有舞臺，只有當演員和舞臺一起出現，戲劇才能上演。」〔註1〕事實上，只要有演員的地方，就會有承受不住的寂寞，就會萌生表演的衝動，就會搭建屬於自己的舞臺。在中國60、70年代城市家庭沙龍裏、北京頤和園波蕩的船頭上、山西杏花村農舍的灶臺旁、內蒙古阿榮旗的屯子中、河北白洋淀的蘆葦蕩邊，貴州血性山民浪跡的荒野上、四川的野草空山中、福建上杭鄉村裏……，甚至「文藝旗手」江青的手掌中〔註2〕，隱秘地上演著類似於《今天》的地下詩歌。隨著70年代末權力場內部裂隙的出現，《今天》等地下詩歌獲得了公開傳播的可能。那麼，《今天》採取何種策略搭建這一公開空間？官方基於何種遊戲規則進行規導，效果如何？大學場與學院派為何接受《今天》詩歌，又如何與官方爭辯，給予支持？為實現占位，《今天》詩歌做出了何種妥協，形象發生了怎樣的轉變？在民間、官方、學院三股場域力量的交集中，中國當代詩歌的詩壇格局與評價體系將發生何種演化？這些問題相互交織，搭建起《今天》詩歌的傳播空間。

〔註1〕 劉易斯·科塞：《理念人——一項社會學的考察》，郭方等譯，北京：中央編譯出版社，2001年版，第3頁。
〔註2〕 「據說有一個內蒙知識青年為投機政治，給中央寫了一封信並附上郭路生的詩抄，說『當我們接受貧下中農再教育，決心作脫胎換骨的改造時，竟有人寫這種資產階級的、消磨革命意志的詩……』此信一直送到當時的『文藝旗手』江青手中。幸好江青看後只是輕蔑地說：『不過一個小小的灰色詩人而已！』就擱下了。沒人能證實這段傳聞，但足可說明當時郭路生的名聲之大。」見戈小麗：《郭路生在杏花村》，《沉淪的聖殿》，第68頁。

第一節　場域的裂隙與《今天》傳播空間的搭建

　　時間回到 1978 年末，中國權力場內部出現了由「改革派」與「保守派」兩股意識形態力量較量所形成的裂隙。它們各自扶持有利於自身的興論勢力，其中「改革派」尤其注重發掘知識分子與民間力量的支持，因順應「窮則思變」的歷史規律位居強勢。在這種背景下，民間民主運動與相對自由的公共空間開始出現。同時，受到權力場裂隙的影響，文學場內部同樣出現了不同力量的博弈，其中「改革派」攻克了官方文學組織機構的要塞，率先插上變革的旗幟。1979 年 11 月 10 日下午，在首都西苑飯店的會議廳裏，中國作家協會第三次會議代表大會全體一致通過了《中國作家協會章程》。這個章程的第六條明確寫道：「中國作家協會廣泛聯繫各種自發性的文學社團和刊物，在需要和可能的條件下予以協助，與之建立合作的關係，並從中選拔作家和作品」〔註3〕。

一、《啟蒙》的出場與《今天》的入場

　　歷史給出了契機，使得《今天》獲得走向公眾的機遇，但這並不意味著《今天》理所當然能夠開闢出影響深遠的詩歌空間，當時刊載文學與詩歌作品的民間刊物不止《今天》一家。早在 1978 年 10 月 11 日《啟蒙》出版第一期，黃翔就把《火神交響詩》貼在北京王府井大街，「馬上吸引來大批讀者，因為在這個標題神秘的大字報上蓋著若干血紅的手印。這個十分懂得吸引觀眾的啟蒙社後來還在天安門廣場選了一個非常靠近毛澤東紀念堂的柵欄貼大字報。11 月 24 日晚間就在這裡出現了一個極其冒犯當局的大字標語：應該重新評價文化大革命；毛澤東要三七開」。《啟蒙》以直接干預政治的戰鬥姿態，跨入了權力場的意識形態爭鬥，立場上的偏差致使官方「改革派」對之表示不滿〔註4〕。這種出場的方式，導致了官方詩壇對他詩作的迴避〔註5〕。

〔註 3〕《安徽文學》，1980 年第 1 期，第 32 頁。
〔註 4〕鄧小平認為有必要於 11 月 27 日通過與兩個北美新聞記者的談話予以回答說：毛澤東比三七開要好，沒有毛主席就沒有新中國。1979 年 1 月 7 日啟蒙社重施故技，在同一地點貼出一張長達一百五十多頁的大字報，裏面主要有一封《致卡特總統》的信。見《啟蒙社始末》，《中國民辦刊物彙編》（第一卷），第 567 頁。
〔註 5〕據《黃翔傳略》稱，1979 年《詩刊》、《人民文學》、《人民日報》、《光明日報》曾打算推出黃翔作品，「後因當局秘密下文『不准發表黃翔作品，擴大他的影響』，而強令取消。」同一時期，曾由中央同意「啟蒙社」在北京公開舉行由國家召開的中外記者招待會，因黃翔不改初衷，並寫下《我站在中國的大門口說

　　黃翔在《啟蒙》前言中，依據 1978 年 10 月 2 日《人民日報》上發表的《科學與迷信》一文注解《火神交響詩》，以期獲得歷史合法性：「這組政治抒情詩創作於林彪、『四人幫』封建法西斯主義猖獗和橫行時期。當時，在他們『全面專政』的淫威下，這些詩是觸動『聖諱』和犯大罪的。作者曾因點燃火炬在廣大青年朋友中間朗誦而受到那些恣意踐踏思想文化的野獸們的殘酷迫害和無情打擊。」「今天，以華主席為首的黨中央一舉粉碎了『四人幫』，人民思想大解放，精神大解放！作者含著喜悅的眼淚，溶化一根根的蠟燭，從燭心裏取出那些用塑料紙裏著的詩稿，用大字寫成，於 1978 年 10 月 11 日帶到祖國首都北京與廣大人民群眾見面」，「以它獻給社會主義的新啟蒙運動和投入對林彪、『四人幫』反動思想體系的批判」〔註6〕。《火神交響詩》包括仿照艾青詩歌戲劇化特色的《火炬之歌》、模擬何其芳對談聲音的《火神》、借助穆旦透視眼光的《我看見一場戰爭》、通過民族國家建築符號，如長城、天安門廣場，採用擬生命化手法表達歷史思考與宏大理想的詠物詩《長城的自白》〔註7〕、摧枯拉朽、改天換地的《世界在大風大雨中出浴》以及帶有洛爾迦謠曲語調的《不，你沒有死去——獻給英雄的 1976 年 4 月 5 日》六首。從詩藝上看，擬生命化、戲劇演出手法、受難與反抗情緒，與《今天》詩歌的藝術譜系不無交疊，甚至這種選取民族國家宏大象徵符號，在身體受難中鎔鑄入個

話》一文，激怒官方而取消。隨後當局取締「啟蒙社」，查禁《啟蒙》。1993 年 10月北京師範大學出版社出版「當代詩歌潮流回顧‧寫作藝術借鑒叢書」的《在黎明的銅鏡中‧「朦朧詩」卷》，第一次公開選入他的詩歌並且置於卷首的顯著位置，公認他為中國當代新詩潮的承受痛苦的先行者，開啟了對黃翔的詩歌史的敘述。見《黃翔——狂飲不醉的獸行》，紐約：天下華人出版社，1998 年版。

〔註 6〕前言最後宣告：「我們熱愛我們偉大的社會主義祖國！我們將毫不猶豫地為我們偉大的國家和偉大的民族獻出一切！為了極大地提高整個中華民族的科學文化，實現四個現代化的宏偉目標，為了徹底清掃幾千年腐朽沒落的封建專制主義的殘餘，喚醒我們古老的民族去建造一個科學與民主的自由王國，反對封建主義，反對蒙昧主義，反對教條主義，反對偶像崇拜和個人迷信，我們決心同全省、全國人民一起戰鬥，直到真理取得完全的勝利。堅冰已經打破，航向已經開通，同志們，讓我們跟著華主席、跟著黨中央、跟著光明的中國大步前進把！」見《啟蒙》第一期，《中國民辦刊物彙編》（第一卷），第 577～578 頁。

〔註 7〕李家華在評《火神交響詩》的論《拆長城》中做了解讀：「在我國歷史上，有兩道長城：前一道是由於需要防止外來侵略而建築起來的磚石長城——萬里長城，後一道是秦始皇和他的繼承者為了維護他們的獨裁統治而建立起來的精神長城——專制主義的理論體系。今天，我們要拆除的是後者而不是前者。」見李家華《評〈火神交響詩〉》，《啟蒙》第二期，《中國民辦刊物彙編》（第一卷），第 620 頁。

人情思的聯想方式，也先於《今天》詩人江河的「個體／民族」受難詩。試看《長城的自白》：「在灰濛濛的低垂的雲天下／我長久地站立著／我的血管僵化了／我的雙腿麻木了／我將失去支撐和平衡／在衰老中倒下和死去」，再看江河的《紀念碑》：「紀念碑默默地站在那裡，／像經歷過許多次失敗的英雄／在沉思／整個民族的骨骼是他的結構／人民巨大的犧牲給了他生命」，「我想／我就是紀念碑／我的身體裏壘滿了石頭」。正在籌辦《今天》的北島，被《啟蒙》的衝擊力震動了。1978 年 10 月 18 日北島寫信給貴州啟蒙社詩人啞默〔註8〕，表達了兄弟般的敬意：「看到『人民日報』社門口以黃翔為首貼出的一批詩作，真讓人歡欣鼓舞。這一行動在北京引起很大的反響。有很多年輕人爭相復抄、傳閱，甚至有不少外國人拍照。從過去你們給艾青的信中，知道黃翔等人和您是朋友，期望得到你們的全部作品（包括詩歌理論）。總之，你們的可貴之處，主要就是這種熱情，這種獻身精神，這種『全或無』的不妥協的態度，沒有這些，五千年的睡獅怎麼驚醒？！」11 月 17 日北島再次致信啞默，以「政治色彩過濃，篇幅也較長」〔註9〕為由婉言拒絕發表啟蒙社的詩歌。在北島看來，一方面啟蒙社已經有聲勢浩大的自辦刊物《啟蒙》，另一方面，對政治始終持懷疑態度的《今天》，並不贊同黃翔們把詩歌視為直接參與社會政治變革的工具。黃翔似乎也察覺到了自己不被官方接納的處境，因此在 1979 年 3、4 月間出版《啟蒙》叢刊之五「愛情詩專輯」，試圖從詩歌的情感本質上尋求官方詩壇的認同：「我們不僅要在思想領域而且應該在情感領域向一切陳腐的觀念宣戰；我們應該去探索和尋求新的愛情的價值觀念；敲響情感革命的『鍾』——來一場靜悄悄的情感革命」〔註10〕。隨後致信《詩刊》編輯部，帶有幾分抱怨但更多是狂放地說：「我曾寄給你們《火神交響詩》，未得答覆。你們的沉默使我困惑。現寄來《田園奏鳴曲》手稿和油印本，希望能得到應有的答覆。我希望你們將我的作品發表出來。它是『異端邪說』，還是真理，是『香花』，還是『毒草』，應該由人民去判斷，由時間去檢驗。藝術家的

〔註 8〕 北島最早是在 1978 年 9 月 25 日給啞默寫信：「我在艾青家看到你們的信和作品，你們的熱情和叛逆精神觸動了我。」啞默 1978 年 10 月 4 日在日記中寫下：「收到一封北京來信，寄給艾老的那份東西引來的意外的朋友」，此處的「朋友」即指北島。引自李潤霞：《以艾青與青年詩人的關係為例重評「朦朧詩論爭」》，《現代文學研究叢刊》，2005 年第 3 期。

〔註 9〕 引自李潤霞博士論文《從潛流到激情——當代中國新詩潮研究（1966～1986）》。

〔註 10〕 黃翔：《來一場靜悄悄的情感革命》，《中國民辦刊物彙編》（第一卷），第 687 頁。

作品是對人民負責」〔註11〕。《啟蒙》以「真理與否」來定位藝術的標準、期望借助歷史合法性確立詩歌審美合法性的策略、《啟蒙》社團自身內部思想派別的紛爭〔註12〕、急促有力卻又轉瞬即逝的出場方式，皆使它無意也無法搭建起自主性文學場域，在 1979 年 4 月的鎮壓後，《啟蒙》出局。

　　《今天》入場的訴求和方式與《啟蒙》顯然不同。一方面，《今天》詩歌在生發、生變、生成的過程中，業已確立了自身獨立的審美規範與標準，詩歌的藝術質地堅硬。更為重要的是，《今天》雜誌在編選與構型詩歌時所採取的立場與策略，以純粹文學刊物的面貌出現，與政治運動保持適當距離，態度較溫和。再者，《今天》擁有兩年持久在場的時間，這種在場又得到一個群體的通力協作：上有文壇元老艾青、牛漢、馮亦代、蔡其矯、黃永玉〔註13〕等的關懷與引介，中有詩人公劉、邵燕祥及《詩刊》、《安徽文學》官方機構的引導與支持，更有廣大青年讀者，尤其是高校師生這一閱讀群體的聲援與傳播以及《今天》周圍年輕「志願者」的無私奉獻。然而一切的外在力量，終歸還是依託於《今天》編輯部自身的努力。其中刊物印刷的質量與數量、發行系統的健全、宣傳手段的多樣、與讀者溝通的機制，都為《今天》開拓傳播空間奠定了堅實的基礎。

　　從第二期起，《今天》編輯部由兩個系統構成：一個系統由雜誌的編委與撰稿人構成，負責刊物的內部構造與發展方向。其中編輯部設在劉念春家，劉念春〔註14〕成為《今天》刊物對外的公開通訊人。作者群的聚會在張自忠路趙南家，每月初第一個周末晚開作品討論會。趙一凡為《今天》提供「文革」地下文學資料，美編黃銳（夏樸）、曲磊磊（陸石）、馬德升（晨生）、阿城（韭

〔註11〕黃翔：《致〈詩刊〉編輯部》，《中國民辦刊物彙編》（第一卷），第 706 頁。
〔註12〕啟蒙社的分裂：受當時北京的民主運動內部所存在的兩種傾向的影響，這兩種傾向一邊是馬克思主義的改良主義派，另一邊是反對馬克思主義的革命派。啟蒙社內部意見原本就分歧，黃翔是熱忱的馬克思主義者，他的忠誠夥伴李家華是醉心西方文化。到 1979 年 2 月底，當李家華看清了這些意識形態上的分歧後，便成立了一個新的組織——解凍社。見《啟蒙社始末》，《中國民辦刊物彙編》（第一卷），第 568 頁。
〔註13〕《今天》創刊號上發表了黃永玉以「詠喻」為筆名的《寓言》。
〔註14〕劉念春當時在北京師範學院中文系上學，對語言學有極大的興趣和很深的造詣。他的哥哥劉青是民刊《四五論壇》的主要人物之一，一九七九年因魏京生一案被判刑坐了十年牢，出獄後流亡美國。現擔任國際人權組織中國人權同盟主席。劉念春因受劉青牽連入獄三年，1994 年又因註冊「勞工同盟」再次被捕，被判勞動教養四年，在東北某農場服刑。

民）、艾未未、曉晴、畢捷負責封面設計、插圖或美術評論。《今天》上的線條畫，是他們製成鉛版後，像蓋圖章一樣一頁一頁蓋上去。小說編輯與撰稿人有陳邁平（萬之）、張威（李楓林）、馬德升（迪星）、崔燕、林露、舒婷、北島（艾珊）、史鐵生（鐵冰、金水）、甘鐵生（天然）、劉自立（伊恕）、陳凱歌（夏歌）、張嚙明（肖迪）舒升、李永存（阿彎，又名薄雲）、趙南（凌冰）、徐曉、王力雄（晨漠）、萌萌、石濤（棣子），小說評論人林大中（林中）、黃子平（老廣）、宮繼隨（方思）。隨筆有靜之嘩，寓言有黃永玉（詠喻），譯介有鍾長鳴、吳歌川、孫俊世（方芳）、史康成（程建立）、歌還、張鵬志（支波）、高萍（冰洋），文藝理論有張鵬志（艾虹）、趙振先（史文、辛鋒），此外還有四月影會成員張嵐（山風、弓長）提供攝影作品《秋之魂》及評論。

　　另一個系統是由《今天》外圍成員構成，負責印刷出版、發行宣傳與收覆信件。其中，周媚英是凝聚這兩個系統中間人。承擔印刷〔註15〕工作的主要有徐曉〔註16〕、李南〔註17〕、程玉、李鴻桂、鄂復明、王捷、陳彬彬、小英子、石頭……近20人；負責郵寄刊物與收覆信件工作的主要是鄂復明〔註18〕，同時他還是《今天》的「管家」，兼管後勤、財務以及刊物校對等工作。

〔註15〕《今天》創刊時，國內對油印機控制很嚴。黃銳背回一個特別破的油印機，紙張由在印刷廠工作的芒克往外面偷帶，就這樣《今天》第一期在陸煥興的家中，即北京東直門外新源裏一帶的農舍，刻蠟版印刷，幹了三天三夜。為了改進印刷質量，印《今天》第四期前，芒克去德州，將關峰的兒子幫忙買的手搖式滾筒油印機，抗回來加印了《今天》第一期。見《北島訪談錄》與《芒克訪談錄》，《持燈的使者》，第328、340頁。

〔註16〕徐曉當時在北京師範學院學生會工作，主編學生會刊物《初航》，負責為《今天》找打字員。當時學校印刷廠用手搖機印刷，徐曉偷樑換柱，把《今天》的蠟紙讓校印刷廠印刷。《今天》天藍色封面是鉛印的，當時的民辦刊物沒有一本是鉛印封面。徐曉以學生會職務之便，賄賂印刷廠廠長，印了鉛印封面。後來大量封面是通過趙一凡聯繫外地一家雜誌的主編幫助印刷。見徐曉：《〈今天〉和我》，《持燈的使者》，第62頁。

〔註17〕李南的前夫當時是政論民刊《北京之春》的成員，她本人更感興趣的是文學，這多半由於她出身於藝術世家。她的母親和阿姨都是中國最好的話劇團體北京人藝的演員，舅舅是中國第一代最負盛名的交響樂指揮家。父親曾是北京人民藝術劇院所屬首都劇場的經理，被打成右派後放逐到外地勞改。二十多年來，劃清界限的教育早已使她遍體鱗傷。再次重逢團圓時，父女間的陌生是永恆的。北島根據這一題材寫成小說《歸來的陌生人》，發表在《今天》第二期上。見徐曉：《〈今天〉和我》，《持燈的使者》，第59頁。

〔註18〕鄂復明在內蒙牧區插隊多年，1979年初回北京第三天就被李南拉到編輯部。編輯部所有信件、稿件、訂單、帳目都由他細緻分類後妥善保存。筆者於2006年夏天前往鄂復明家中收集信件、訂單等資料。

直觀《今天》雜誌的物質形態,《今天》第一、二期為手刻蠟版油印,雜誌內部附有藝術插圖甚至照片。從第二期起,又在民刊中率先採用鉛印天藍色封面〔註19〕,從而提升了刊物的視覺效果與競爭力。天藍色鉛印封面與手刻油印相結合的印刷形態,介於官方雜誌與手抄本之間,引起了觀者們的興趣。一位在「天津民主牆」看到《今天》的讀者描述說:「天蘭色封皮中,男女青年昂首奮進,向著新世界,向著光明……目錄上的詩歌、小說,手刻的自印的,我的注意力迅速乘方。」〔註20〕但也有讀者建議提高印刷質量:「《北京之春》已改為鉛印版,不知貴刊能否?」〔註21〕從第三期開始,《今天》正式使用打字鉛印方式,印刷質量和刊物數量得到提高。在發行量上,自 1978 年12 月到 1980 年 7 月,《今天》文學雜誌第一至九期,每期印 1000 冊。其中出版五期後,又重印第一期 1500 冊。《今天》叢書四種,即芒克詩集《心事》、北島詩集《陌生的海灘》、江河詩集《從這裡開始》、北島中篇小說《波動》,分別在 1980 年 1、4、6、9 月出版,每種發行 1000 冊。1980 年 10 月至 12 月,又以今天文學研究名義編發《今天》文學資料三期,每期印 600 冊。

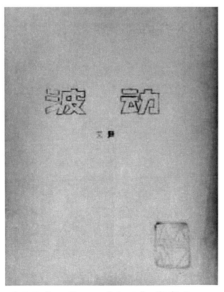

《波動》,艾珊。《今天》叢書之四。

〔註19〕 據徐曉回憶,當時的民辦刊物沒有一本鉛印封面,《今天》第二期首先採用鉛印天藍色封面,出了鋒頭。印好的封面由芒克和劉念春用肩膀抗回來。見徐曉:《〈今天〉與我》,《持燈的使者》,第 63 頁。
〔註20〕 1979 年 3 月 9 日,天津魏戚沖來信。見趙一凡:《來信摘編》第三冊。
〔註21〕 1979 年 3 月 1 日,北京 32 中教師汪行真來信。見趙一凡:《來信摘編》第二冊。

二、《今天》的傳播方式與公共空間的開闢

1970 年代末,官方權威刊物《詩刊》等對《今天》新詩的傳播從認可程度與接受廣度上毫無疑問是極為重要的,即便它們只是在《詩刊》的邊角處刊發,但如此明顯的官方傳播效果使學界往往忽視《今天》在民間及大學場內的傳播深度與影響力度,這種傳播空間分野的出現也意味著新詩日後將面對兩套以上評價體系的衡量。《今天》詩歌經歷了從二維靜態文字到三維空間表演、從牆頭張貼到零售訂閱、領導專送、高校代理、刊物建聯轉載、跨媒介詩畫展、現場座談會、朗誦會、被官方詩刊發表等多種傳播方式,最後在大學場內持久發酵。

1978 年 12 月 23 日週六,農曆冬至的第二日,聖誕節平安夜的前一天,在這個中西節慶的夾縫間,北京迎來了歷史上氣溫極低的一天。在確定好路線後,《今天》創刊號以張貼方式在北京街頭迅速傳播。北島、芒克、陸煥興騎著車,挎著包,掛著漿糊桶,心裏既緊張又從容:刊物能否被接受,反應會如何,自己的命運會否像「壯士一去兮不復還」〔註 22〕。他們先後在西單民主牆、天安門廣場、王府井、中南海、文化部、人民文學出版社、《詩刊》雜誌社張貼,24 日又前往北京大學、清華大學和中國人民大學張貼。這種傳播便捷、反饋迅速的方式,立刻為《今天》招引來一批年輕讀者與志願者〔註 23〕。但是公開張貼的弊端也暴露出來,在傳播過程中反對的聲音被公開化。12 月 24 日,當趙振先路過民主牆時,看到「有的人在刊物上寫下了批語:『現在怨案這麼多,你們不去管,寫這些看不懂的東西幹什麼!』」〔註 24〕一些人對於《今天》在社會變革時期保持「不合時宜」的藝術追求並不滿意。而在大學的張貼中,固然有來自北京大學的強烈反應,保留時間最長,但也會遭遇當時「保守勢力的頑固堡壘」,如中國人民大學保衛處的阻撓。《今天》剛被貼上,一轉身,又被揭掉。面對這種處境,將《今天》裝訂成冊後散發、零售與訂閱的方

〔註22〕唐曉渡:《芒克訪談錄》,《持燈的使者》,第 340 頁。

〔註23〕徐曉在 1978 年底一個周末晚上,看到北島們正在人民文學出版社門口張貼油印《今天》宣傳品,為這種自辦刊物的形式興奮和激動,從《今天》第二期始,參加《今天》的印刷、傳播工作,見徐曉:《〈今天〉與我》;周郿英在看到西單民主牆上的《今天》第一期後,打電話推薦給李南,然後周郿英、李南、王捷來到西單民主牆,在《今天》宣傳品最後一張留言頁上,寫下了自己的名字,成為《今天》的志願者,見廖亦武、陳勇:《李南訪談錄》。分別見《持燈的使者》,第 58、371 頁。

〔註24〕鄭先:《未完成的篇章》,《持燈的使者》,第 101 頁。

式，效果更持久。

　　自第二期起，《今天》公布了編輯部通訊地址「北京東四 14 條 76 號」及連絡人劉念春，開始積極拓展刊物傳播渠道。除在民主牆前公開出售外，還在高校設置代理人，如陳凱歌負責《今天》在北京電影學院的張貼與出售〔註 25〕。同時許多民間刊物、高校學生刊物開始與《今天》建立聯繫，《今天》借助高校學生刊物的引介擴大影響。如徐曉所在北京師範大學中文系刊物《初航》在1979 年 4 月出版的第三期上，借用了《今天》「詩歌專刊」扉頁上阿城的「周恩來」線條畫《敵對》，同期發表「祝青」針對《今天》第二期北島小說《歸來的陌生人》的評論文章《談〈歸來的陌生人〉及其他》，褒獎多於批評，同時也表明大學生不同於《今天》的立場。在校外，以團結社會業餘文藝愛好者的《秋實》刊物第三期，發表了「常表」1979 年 4 月 24 日撰寫的評論文章《在劫難逃——評民間刊物〈今天〉第二期的優秀短篇小說〈瓷像〉》。雖然 1979年三、四月號的《詩刊》，已經在角落位置轉載了北島、舒婷等的詩歌，《今天》第三期「詩歌專刊」在 4 月 1 日也已出版，但是讀者對《今天》小說傾注了更多的關注與讚賞，而對《今天》詩歌還相當陌生，極少有讀者在來信中給出積極評價。有感於此，4 月 8 日，《今天》編輯部專門舉辦公開的詩歌朗誦會，為《今天》的詩歌造勢。

　　這成為《今天》開闢公共空間另一種有效策略，即直接組織或參與公開的社會文藝宣傳活動。1979 年 4 月 1 日下午 1 點 30 分和 9 月 9 日下午 2 點30 分，在北京師範大學二樓 204 室和紫竹院公園草坪上，《今天》編輯部舉辦兩次讀者、作者、編者座談會。4 月 8 日上午 10 點和 10 月 21 日下午 2 點 30分又在玉淵譚八一湖畔松林小廣場，舉行兩次詩歌朗誦會，印發朗誦會詩選〔註 26〕，聽眾人數第一次有四五百人，第二次有近千人參加〔註 27〕。9 月又協助舉辦第一次《星星美展》，10 月 1 日為《星星美展》被取締一事，舉行集會和參與遊行。1980 年 8、9 月，《今天》再次協助舉辦第二次《星星美展》，以詩配畫的形式傳播《今天》詩歌。

　　在此期間，《今天》雜誌被全國各地來京讀者散播，發行範圍隨之擴大。《今天》編輯部因此開辦全國各地長期訂閱郵寄業務，最多時訂戶有六七百〔註 28〕，

〔註 25〕田志凌：《北島專訪：青春和高壓給予他們可貴的能量》。
〔註 26〕鄂復明：《今天編輯部活動大事記》，《持燈的使者》，第 435 頁。
〔註 27〕田志凌：《北島專訪：青春和高壓給予他們可貴的能量》。
〔註 28〕根據鄂復明的《〈TODAY〉訂閱收發記錄》，其中訂閱過《今天》雜誌，在思

每本售價三角至七角不等〔註 29〕。在隨後的兩個月中，編輯部收到了來自北京、天津、河北、吉林、陝西、甘肅、新疆、山東、江蘇、安徽、福建、河南、湖北、廣東、四川、貴州、雲南等 17 個省市的讀者來信近二百封〔註 30〕。據趙一凡在 1979 年 5 月選編的三期讀者《來信摘編》統計，在 78 位讀者的 72 封來信中，北京讀者 48 人，天津 13 人，新疆 4 人，南京 4 人，河南省 2 人，石家莊 2 人，吉林省、陝西省、福建省、武漢市、重慶市各 1 人。其中能明確身份的讀者分別為大中學生 34 人（24 人為大學生，10 人為中學生或畢業生），青年工人 19 人，中學教師 2 人、醫生、戰士、售貨員各 1 人。

不容忽視的是，《今天》裝訂成冊後，曾針對性地贈送給國家黨、政、文化部門領導人〔註31〕，如胡耀邦、陳荒煤、邵燕祥等，希望獲得他們的認可，走一個合法化出版過程〔註32〕。在這一過程中，艾青、蔡其矯、馮亦代等前輩曾給予推介。邵燕祥在看到民間刊物《今天》上北島的《回答》和舒婷的《致橡樹》後，眼前一亮，在徵得領導嚴辰的支持後，就在 1979 年《詩刊》三、四月號發表出來〔註33〕，同期發表的還有方含的《孤獨》〔註34〕。同時，國外

想、文學界有一定影響的讀者有胡平（北京大學哲學系研究生班）、王家新（武漢大學中文系 77 級）、徐敬亞（吉林大學中文系 77 級）、楊東平（北京工業學院）、葉兆言等。

〔註29〕根據鄂復明的《〈TODAY〉訂閱收發記錄》標注，一至九期的價格分別為：5角、6角、3角、7角、5角、5角、6角、4角、5角。

〔註30〕趙一凡以《今天》編輯部之名編寫的《來信摘編》1979 年 5 月 22 日第一冊。《今天》創刊最初的幾個月，趙一凡將部分來信選編三冊並作了校對，親自複寫（第三冊由編輯部成員李鴻桂女士複寫）四份，裝訂成冊後給幾十名《今天》作者和工作人員傳閱。

〔註31〕《沉淪的聖殿》，第 386 頁。

〔註32〕北島曾提到：「每次開朗誦會前我們都向有關部門申報——和出版《今天》一樣，我們從一開始就爭取合法出版，但無人理會。」見田志凌：《北島專訪：青春和高壓給予他們可貴的能量》。

〔註33〕《致橡樹》並非舒婷在官方刊物上發表的第一首詩歌。舒婷在參與《今天》雜誌之前，「偶而也參加過官方舉辦的筆會，如 1977 年 6 月在上杭古田的採訪創作活動。她最初發表在內刊上詩作的時間該算早了」，先後在《廈門文藝》上發表了四首沾有當時政治語詞的詩歌：1973 年 7 月第 8 期發表《夢蕩洋高呵，高上雲霄》，署名：龔佩瑜；1975 年 10 月第 15 期又發表《腳手架上》，署名：市建築公司工人佩瑜；1977 年 7 月第 19 期再發表《邊防潛伏哨》，署名：龔佩瑜；直至 1978 年 1 月《廈門文藝》第 21 期詩歌專號還發表她的《貝殼的傳說》，署名：佩瑜。見謝春池：《我和舒婷》，《廈門文學》，2005 年第 1 期。

〔註34〕北島曾說，第一期《今天》出版後，我送給邵燕祥一本。他很喜歡《回答》，

來華留學生與大使館人員也開始與《今天》成員交往〔註35〕，為日後《今天》
詩歌邁入國際市場打開了通道。

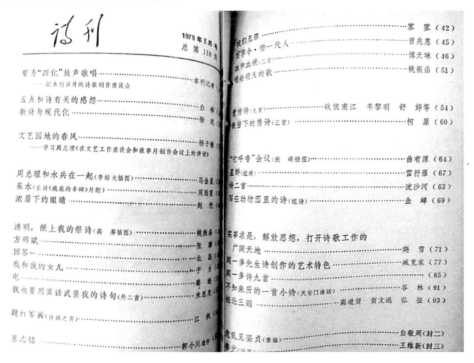

還有舒婷的《致橡樹》，問我能不能把它們發在《詩刊》上，我說當然可以，
他就在 1979 年《詩刊》三月號發表了《回答》，四月號發表了《致橡樹》。見
田志凌：《北島專訪：青春和高壓給予他們可貴的能量》。這與邵燕祥的回憶有
出入：「那時我還沒見過他們。我認識舒婷是在 1980 年秋的『青春詩會』。跟
北島見面更晚一點，與他住同一個宿舍院的馮亦代先生介紹他來。」見田志
凌：《對話邵燕祥：對新詩的推薦推動新詩向前走》，《南方都市報》，2008 年
7 月 20 日。

〔註35〕 趙南家經常開生日宴會和舞會，大學生、其他刊物的編輯、文學愛好者和洋人
紛至沓來。見鄭先：《未完成的篇章》，《持燈的使者》，第 105 頁。法國外交部
住中國使館人員白天祥從 1977 年開始接觸中國高幹子弟，1978 年底「民主
牆」運動開始後，對激進派《探索》的魏京生，《人權同盟》的任畹町，《啟蒙》
的黃翔感興趣，與之交往。直到魏京生被逮捕後，他才關注到《四五論壇》、
《北京之春》、《今天》等溫和派，後曾邀請《今天》成員與星星畫會成員在家
中聚餐。事後與星星畫會的李爽結婚，時稱「李爽事件」。白天祥回法國巴黎
度假，答辯完博士論文後，其導師讓他介紹中國民主牆運動。他便與朋友一起
出版《北京之春》一書，介紹中國民主運動。1980 年夏法國詩人於連與《今
天》詩人在北京聚會，在《今天》舉辦的「圓明園國際詩會」上朗誦自己的詩
作。《今天》詩歌在香港、臺灣、國外的傳播研究它在多大程度上反作用於中
國詩壇，影響了《今天》詩歌的文學史地位，需撰文另論。

　　通過出售刊物，一方面《今天》獲得了維持自身發展相對獨立的經濟基礎，甚至可以為「一心一意辦《今天》」的芒克每週發放六元的生活補貼，〔註36〕另一方面由於官方最高詩歌刊物《詩刊》對於北島、舒婷等詩歌的轉載以及《今天》詩歌朗誦會的造勢，《今天》詩人在全國尤其是各地高校中的影響不斷擴大與深入。一些省外高校學生刊物開始與《今天》聯絡，《今天》也主動向全國大學生群體中滲透。其中首次出現了以「今天詩派」為名，大量轉發《今天》詩歌的油印詩歌學刊《春聲》。1979 年《春聲》第一期以「今天詩派」為名，轉載了方含的《孤獨》、芒克的組詩《十月的獻詩》和北島《星光》，同期還轉發了舒婷的《致橡樹》。《春聲》第二期，繼續在「今天詩派」名號下，轉發北島的《雨夜》、芒克的組詩《心事》和舒婷《四月的黃昏》。在「各抒己見」一欄中轉發北島的《一切》與舒婷的《這也是一切》（已載於《詩刊》，1979 年第 7 期）。《春聲》的目錄編排隱含著編者構想的一種詩歌史秩序：在第一期目錄中，首先是「知道點過去」，刊發中國現代詩人聞一多、魯迅的詩歌，繼而為「在最近的報刊上」，然後是「國外詩作」欄目，最後推出「今天詩派」；第二期目錄首推「今天詩派」，繼而是「最近報刊」，然後在「知道點過去」中刊發湖畔詩人應修人與鄭振鐸的詩歌，最後為國外詩歌。在這種秩序的構建中，「今天詩派」以它獨特的品質，成為中國當代詩壇上最醒目的明星，而其他三個欄目為此提供了參照。

　　由於時空阻隔，許多外地讀者並不瞭解《今天》詩歌產生的藝術土壤，《今天》在被「充分地想像」中迅速傳播。以吉林大學徐敬亞的傳播為例：「1979年秋，我突然收到從北京寄來的《今天》。是創刊號。『詩還可以這樣寫？！』我當時完全被驚呆了——正如在聽了鄧麗君磁帶後感到：歌，還可以這樣唱？！正如當年突然看到街頭喇叭褲之後頓感：褲子，可以這樣美？！最初，它很秘密地在我們《赤子心》詩社內部傳閱。後來，那本珍貴的油印刊物，傳到了宿舍。它立刻被一個人傳向另一個人，急於閱讀的大學生們把它圍在桌子中心。最後，我們吉林大學中文系 204 寢室的 12 名同學一致決定，由一個人朗誦大家聽。……就這樣，《今天》從我們的寢室傳遍了七七級，傳遍了中文系。再後來，傳到了東北師大。在此同時，它也傳遍了中國各高等院校，當時

〔註36〕唐曉渡：《芒克訪談錄》，《持燈的使者》，第 344 頁。而當時北島在國家最高詩歌刊物《詩刊》上發表《回答》的收入是 9 元。生活上的經濟保障，固然可以使部分詩人堅守刊物的獨立立場。然而這種有限資本的佔有並不均衡，所謂在《今天》解散之前，人心早就散了的邏輯背後，經濟利益的驅動不言而喻。

我與黑龍江大學的曹長青、武漢大學的高伐林、杭州大學的張德強……等頻繁
通信談論《今天》。我還把它拿給公木先生，年近 70 的公木校長讀了之後也受
到很大震動，後來多次為朦朧詩說話。……隨著第 3 期、第 8 期『詩歌專刊』
的連續推出，《今天》帶著一種新鮮的美，帶著一種時代力度，在全國詩愛者
的心中降下一場又一場詩的鵝毛大雪。正是在一種近於癡迷的閱讀沉醉中，我
陸續用筆寫下了我最原始的一些讀後斷想，並命名為《奇異的光——今天詩歌
讀痕》。那是我有生以來第一次寫詩歌評論。……意外的是……我把文章寄給
了『劉念春』後，竟收到了北島的回信。後來，它被發表在《今天》最後一期
第 9 期上。這使我意外坐上了最後一班列車，有幸成為《今天》的所謂理論撰
稿人」〔註 37〕。同時，在中國的南方高校甚至香港〔註 38〕，《今天》與西方現
代派詩歌〔註 39〕一起傳播。以「瞌睡」開啟詩歌年代的柏樺，在 1980 年的廣
州外語學院，首先看到一本介紹波德萊爾詩作的雜誌《外國文學研究》〔註 40〕，
遭遇了波德萊爾《露臺》「母親般」的震盪，隨後在與重慶友人彭逸林來信中，
得知四川開始寫「現代派」詩歌並組建了詩社〔註 41〕，而北京出現了一批《今
天》詩人：「我從逸林激動的筆跡中新奇地打量這幾個名字，恍若真地看到了
『太空來客』」。《詩刊》上北島的「《回答》又帶給我『父親般』的第二次震盪」
〔註 42〕。在廣州楊小顏漂亮的筆記本上，抄了許多北島的詩。第一個直接影響
了柏樺早期詩觀並讓他切身感受到什麼是詩和詩人要素的是中山大學中文系
78 級學生吳少秋，他曾經將《今天》第一期上鍾長鳴翻譯的西班牙詩人衛尚·
亞歷山大的詩歌《寫給一個死去的女孩的歌》，讀給柏樺聽：「腳在涼快的河岸

〔註 37〕徐敬亞：《中國第一根火柴——紀念民間刊物〈今天〉雜誌創刊 30 年》，《今天》，美國加州戴維斯，2009 年春季號總 84 期。

〔註 38〕根據鄂復明的《〈TODAY〉訂閱收發記錄》，有呂國梁、何月來、梁錦雄、張健波、尹瑞麟五位地處香港的讀者訂閱《今天》雜誌。

〔註 39〕1980 年至 1985 年，袁可嘉主編的《外國現代派作品選》已經出版。剛復刊不久的《世界文學》雜誌刊登了卞之琳翻譯的瓦雷里的幾首詩歌。徐遲主編的《外國文學研究》，也由華中師範大學出版社出版。

〔註 40〕《外國文學研究》，徐遲主編，武漢：華中師範大學 1978 年出版。

〔註 41〕溫江歌舞團的駱耕野因為發表《不滿》一詩出名，又因年長，被推薦為社長。四川大學學生遊小蘇因詩集《黑雪》震動川大，成為詩社公認的「首席小提琴手」。此外成員還有四川大學的郭健、四川省省軍區政治部宣傳處的歐陽江河、女詩人翟永明。見柏樺：《左邊：毛澤東時代的抒情詩人》，香港：牛津大學出版社，2001 年版，第 34 頁。

〔註 42〕柏樺：《左邊：毛澤東時代的抒情詩人》，香港：牛津大學出版社，2001 年版，第 36 頁。

洗滌，多麼準確的一個詞啊，涼快」〔註43〕。可以看出，《今天》雜誌對高校青年學生的影響是多方位的而且日漸深入。

更為重要的一面，除了空間上的拓展，《今天》詩歌已經深入到形式技藝被大學生詩人模仿與習用的階段。上海戲劇學院的刊物《筏》，1979 年第二期開篇發表了南冠草的組詩《海濱》。該詩組是對北島《太陽城劄記》和芒克《十月的獻詩》等小詩體詩歌的模仿。比較其中一組同題詩：

《青春》　北島

紅波浪

浸透孤獨的槳

《青春》　芒克

在這裡

在有著繁殖和生息的地方，

我便被拋棄了。

《青春》　南冠草

用水手刀輕輕挑破食指，

涓涓的熱血竟流了一地。

南冠草的《青春》與北島的《青春》屬同一詩歌類型，即詩題是一個等待說解或闡釋的外在對象，在詩題與詩行之間，存在一種邏輯上的求證關係，而詩人論證的方式是用具體形象的生動運作。從本質上說，這類詩歌的閱讀起點，始於一個抽象概念，它的運作更需訴諸於思辨，因此整體風格冷靜內斂。而在芒克這裡，「青春」就是詩中的「我」，詩題是詩行中的組成成分，詩歌的出發點訴諸於情感的抒發，而後才引發讀者的沉思默想。作為一種詩體形式的探索或遊戲，北島的小詩本無可厚非，況且南冠草的模仿，也顯示了他獨特的想像力與思辨力。但問題在於，既然是一種思辨與論證性詩歌，同一詩題完全可以有不同的形象闡釋方式，只要形象闡釋合理即可，而這種合理的依據完全基於詩人自身的理解與經驗。如果讀者不贊同或者無法追隨詩人的理解方式，讀者完全有權力從思辨角度推翻詩人的依據與詩歌的合理性。這種論證式創作固然自由、任意、易於模仿，同時也缺乏共識性的評價標準，因此當許多後

〔註43〕　《今天》譯詩的原句是「涼快的海岸讓人把腳放在浪花中沖洗」，吳少秋讀到的應該是《今天》的譯本。而他的陳述，只是描摹一種感覺狀態，所以調整了語序。見柏樺：《左邊：毛澤東時代的抒情詩人》，第 60 頁。

來者競相輕巧地模仿時，只會讓讀者們疲於各種論證，尤其讓「詩緣情」立場的詩人與讀者深感不安。可以說，在《今天》詩歌的傳播過程中，由於時空隔閡，《今天》詩歌的藝術技巧得到了廣泛傳播，而它近十年的生命體驗、政治立場與美學觀念不同程度地遭遇掩埋和曲解。

　　《今天》以長達兩年的文學活動，將自身型構的藝術世界向官方文壇與大學場域中滲透，從而在公共空間中植入它難以磨滅的藝術印記。其中 1979 年官方刊物發表《今天》詩人詩作的狀況如下：

表一：1979 年的狀況

詩人	正規出版刊物	發表作品（名稱、數量與類型）
北島	《詩刊》第 3 期	《回答》
方含	《詩刊》第 4 期	《孤獨》
舒婷	《海洋文藝》第 3 期 《詩刊》第 4 期 《詩刊》第 11 期 《海洋文藝》第 12 期	《雨別》 《致橡樹》、《贈》、《這也是一切》 《祖國呵，我親愛的祖國》 《自畫像》、《往事二三》、《四月的黃昏》
顧城	《詩刊》第 11 期 《上海文學》第 12 期	《歌樂山詩組》四首（《謀殺》、《掙扎》、《死滅》、《小蘿蔔頭和鹿》） 《白晝的月亮》
（*詩人排序依據其在《今天》雜誌與《文學資料》上發表詩歌數量的多少）		

　　其中《詩刊》最先發表，次數最多，共 5 次，多以政治抒情詩為主，愛情詩與親情詩為輔。同時應該注意，《今天》詩人在官方刊物上傳播與占位的效果並不均衡。其中，《今天》的芒克由於拒絕進入官方刊物，基本沒有發表詩作。食指的《相信未來》和《這是四點零八分的北京》，一方面由於風格舒緩沉鬱、題材的時代性強，另一方面更因為發表過晚，遲滯 1981 年，所以在日新月異、激情澎湃的新詩潮中，並未引發廣泛的社會反響〔註44〕。

　　《今天》雜誌的新詩原本已是對《今天》地下新詩的篩選。隨著傳播空間的拓展，尤其是在《今天》停刊後，在多種力量的裹挾下，《今天》新詩終於被一個後來居上的概念「朦朧詩」分解重構。芒克曾說：「《今天》是那一個歷史時期的產物。作為刊物，《今天》應該說是成功的」，「它體現了當代作家爭

〔註44〕　《詩探索金庫・食指卷》，林莽、劉福春編，北京：作家出版社，1998 年版，第 171 頁。

取寫作和出版自由最初的自覺努力」。「但換個角度，也可以說《今天》最終是失敗了。沒有爭取到出版自由，我覺得作為作家、藝術家是一種失敗」〔註45〕。其實，《今天》最大的意義在於它的出現和頗具深廣度的散播。它首先在中國當代公共空間裏，以反對「文化專制主義」〔註46〕的恒久姿態，為新詩搭建起一個不再隸屬於官方文學團體的生存空間。儘管只有兩年，但作為先例與象徵，足以啟迪和激勵後來者，時刻警惕文化專制主義，開啟真正屬於「人」與「詩」的獨立空間〔註47〕。

第二節　大學場的積極介入與《這一代》的大學生詩歌

1966年「文革」開始後，中國高考制度即被廢除，高校陸續停止了招生。1971年高等學校逐步舉辦試辦班，依據學生的出身與政治表現，以推薦形式招收工農兵大學生。這種以政治標準合格與否招收大學生的推薦形式，在1977年逐漸發生扭轉。1977年6月29日至7月15日，第一次高校招生座談會討論參加高考的學生資格問題，8月13日至9月25日的第二次高校招生座談會，

〔註45〕唐曉渡：《芒克訪談錄》，《持燈的使者》，第349頁。
〔註46〕《今天》創刊號《致讀者》中，北島批判最猛烈的就是「文化專制主義」。作為保護策略，北島徵引了馬克思的論斷：「精神的最主要的表現形式是歡樂，光明，但你們卻要使陰暗成為精神唯一合法的表現形式」。但是這種明暗正誤二元對立、帶有道德清教色彩的說法，有極大的歷史偏限。它將複雜的精神現象道德化、兩極化，掩蓋了真實的多元化的精神圖景，如欣喜、平靜、沉默、感傷、低沉、絕望，這種道德化二元對立思維方式會導致光明對於陰暗的再度專制。在《今天》詩歌傳播的早期階段，官方批評界便沿用這一策略，並上升到「國家」高度，批評《今天》詩歌中的灰暗、消沉情緒。北島在借用馬克思的這一論斷批判「四人幫」文化專制主義時，受制於歷史對抗邏輯，並沒有意識到這一論斷的潛在威脅，他也將「黑色的花朵」與「五彩繽紛的花朵」、「大自然的花朵」也對立起來。此外，「花朵」一詞在中國的具體歷史語境中，原本已被賦予道德正義性，北島運用這一話語符號，就不刻避免要陷入語言的牢籠。而當《今天》部分詩歌也被批評為情緒「黑色」時，面對著語言，可想而知北島無奈的感受。
〔註47〕在爭取獨立的文學場域方面，《今天》詩人一直沒有放棄。芒克說：「我這人不喜歡幹失敗的事，至今仍心有不甘。中國只有作家協會這樣官方文學團體是悲哀的。我們前幾年搞『幸存者詩歌俱樂部』，後來辦《現代漢詩》，不就是想有像《今天》那樣的、自己的文學團體嗎？」見唐曉渡：《芒克訪談錄》，《持燈的使者》，第349頁。

確定了高考招生的方式。10 月 12 日，正式恢復了高等學校招生統一考試的制度，11 月 3 日，「文革」期間長期中斷的招收培養研究生工作開始恢復。

大學招生統一考試制度的恢復，不僅為廣大學生提供了相對公平的受教育機會，即憑藉個人的真才實學便可享受國家高等教育的權利，從而實現人生命運的轉變，而且更意味著大學作為一個場域，從「文革」時期完全依附於政治場域，逐漸成為了具備相對自主性的獨立空間。在此時的大學場中，獲取知識與探求真理成為普遍認同的價值標準。其中，大學生對於社會身份與職能的自我定位與自由選擇，主體上取決於大學生的興趣愛好、知識結構與觀念立場。

大學場的存在是具體歷史語境中的存在。只有考察 1977 年至 1981 年大學場中交織著的不同立場、不同知識結構與審美傾向，才能深入人學生詩歌產生的土壤，進而為考察《今天》傳播的效果以及大學生詩歌與《今天》詩歌的異同，提供具體的參照背景。

1977 年大學生群體的構成是一道五顏六色的奇觀：「除四五位應屆高中生『小孩』外，有剛從蔓菁地裏竄出來的知青，有剛從海河工地卸了上車的農民；有的是從鑄鍛車間逃出，指紋裏刺著幾年也洗不掉的鑄砂，有的卻是從煤窯裏爬上，除了眼白和屁眼哪兒都是黑的；還有寒酸潦倒卻留著小分頭的民辦教師，還有猶豫著『我上大學是否虧了』的國家幹部；有買肉不要票的售貨員，也有部隊的營級『首長』……全國的『七七級』都是這樣，來自五行八作，且年齡相差極大，最大的已過 30，最小的才 17。」〔註48〕在這個群體內部，大學生對於自我身份與職能定位的多樣性呈現出來。其中政治場中的階級鬥爭思維被帶入大學場的構建中：這裡既有「高幹子弟」（省部級或廳級幹部子女），意欲爭奪控制學生的「領導權」；又有「知識分子子弟」為追求公平，憤怒抗爭：「現在年級的形式特別壓抑，高幹子弟歧視大家，年級的事他們說了算。發展黨員考慮他們內部的人。現在不鬥爭，到時候吃虧就晚了」。而這群大學生的政治覺悟，來自吉拉斯《新階級》的鼓動：「看過吉拉斯的《新階級》嗎？它說的是革命勝利後出現的特權階層……」。通過上升到理論，「大家心明眼亮，紛紛附議，說今後要相互幫襯著點兒，並『團結工友和農友』子弟」。當兩者的矛盾尖銳化，超出控制範圍時，高幹子弟不得不對知識分子子弟採取拉攏策略，化解矛盾。還有一群對政治根本不感興趣的大學生，面對高幹子弟的歧視：「你們這樣階層的人玩命幹活，就是讓我們享樂的」，為捍衛人的尊嚴

〔註48〕陳超：《「七七級」佚事》，《朋友》，《美文》，2002 年 5 月上半月號。

與平等，他們回敬道：「玩你媽蛋去吧！」〔註49〕，以獨立的姿態，回絕身份等級觀念。

　　77 級、78 級的大學生，追求知識與真理的熱情空前高漲。而這種追求的邏輯是：「我們的眼光總是追隨著思想更解放、觀念更創新的導師，如個別老師在授課時偶而流露一點僵化、左的東西，常會不幸地成為辯論對象，他（她）的聽課率會明顯地下降。」〔註50〕在書籍資源相對豐富、開放的環境中，他們對思想與知識的汲取有很大自主性。當公木（張松如）在課堂上認真講授中國古典詩歌的浪漫主義時，「學生們表面上聽課，實際是在下面翻歐洲小說和新被介紹過來的西方思潮」〔註51〕。此時，西方現代派詩歌也開始在大學中迅速傳播〔註52〕。當時影響最大的思想啟蒙讀物之一，是法國啟蒙派代表人物盧梭的幾本書，如《懺悔錄》、《論人類不平等的起源》和《社會契約論》，盧梭成為大學生的精神偶像之一。「我是在 1979 年冬的一個黃昏拿到《契約論》

〔註49〕陳超：《「七七級」佚事》，《朋友》，《美文》，2002 年 5 月上半月號。
〔註50〕周曉揚：《永遠的七七級》，《南大，南大》，張宏生編，南京：南京大學出版社，2002 年版，第 343 頁。
〔註51〕張菱：《吉林大學中文系 77 級》，見《我的祖父——詩人公木的風雨年輪》，北京：中國廣播電視出版社，2004 年版，第 333 頁。
〔註52〕如袁可嘉主編的《外國現代派作品選》、《世界文學》雜誌刊登了卞之琳翻譯的瓦雷里，徐遲主編的《外國文學研究》，1980 年在四川、廣東等高校中傳播。

的，我找到圖書館西側的一片幽靜的小樹林，剛坐下來，就馬上閱讀起來。盧梭說，人生來是平等的，那麼，作為一個人他就要為爭取這種平等而鬥爭，甚至不惜獻出生命。否則，他的一生是毫無意義的。我的心被這段話深深刺痛了。我突然意識到，在這之前，我的生活其實是一片空白。從小學到中學，然後下鄉插隊，我學到了不少所謂科學與人生的知識，卻從沒有人告訴我，你為什麼活著，它的意義是什麼呢？在這本很薄的小冊子裏，盧梭對未來的社會做了烏托邦式的想像，比如，在談到國家與個人的關係時，他認為，二者之間是應當遵守一個符合人道精神的契約的，即每個人要履行對國家的各種義務，而國家則應該把每一個公民是否幸福作為它的全部合法性的一個基礎，這個前提裏包括了對每個社會成員個人自由的尊重。他的表述使我對人和國家有了完全不同於前的認識，也使我想到，我，以及我的同代人曾經多麼愚蠢。生活在一個時代的『幻覺』中，居然對這種糟糕的生存狀況毫無覺察，更不用說有絲毫的懷疑……。」〔註53〕大學生的另一位精神偶像是法國存在主義代表人物薩特。「那時，存在主義者薩特是許多大學生信服的偶像。『存在先於本質』、『自由選擇』、『成為你自己』之類，著實迷倒了一代人」，活學活用薩特的案例也層出不窮，一位以弱抗強打人的大學生為自己的勇氣義正嚴詞道：「當時耳邊忽然響起薩特的偉大教導『英雄是自己變成英雄，懦夫是自己變成懦夫』，人，什麼都不是，無非是自己創造出來的東西。」〔註54〕

〔註53〕程光煒：《我們這代人的憂慮》，《中國當代先鋒詩人隨筆選》，汪劍釗編選，北京：中國社會科學出版社，1998年版，第331～332頁。
〔註54〕陳超：「七七級」佚事》，《朋友》，《美文》，2002年5月上半月號。

　　大學生群體的知識結構與審美趣味成為大學生自辦刊物與詩歌創作的基礎，也構成了大學生接受《今天》的潛在背景與解讀立場，這使他們最終成為《今天》詩歌最具激情的支持者與持久散播者。而從大學生自身成長的心態上考察，《今天》之所以深深震動了77、78級大學生，正如柏樺在反思時指出：「毛澤東時代所留給我們的遺產──關注精神而輕視物質的激情，猶存於每一個『七七級』、『七八級』大學生的心間。那《回答》的激情正好團結了每一個內心『我──不──相──信』的聲音。那是一種多麼巨大的毀滅或獻身的激情啊！七〇年代末（毛澤東逝世不久），方向朦朧、激情懸空，一個新時代剛剛起步，它精神的穩定性還無法確定。過去的詩遠遠不能滿足新個性的迫切需要，當然也不能穩定人心。人們又疲倦又茫然……就在我們心靈發生嚴重危機的時刻，《今天》詩人應運而生，即時發揮了作用，發出最早的穩定的光芒。這光芒幫助了陷入短暫激情真空的青年迅速形成一種新的激情壓力方式和反應方式，它包括對『自我』的召喚、反抗與創造、超級浪漫理想及新英雄幻覺。」〔註55〕

　　大學生刊物與民間刊物《今天》雖然同樣誕生於70年代末的民主化運動中，然而大學生刊物與民間刊物〔註56〕在生存方式上明顯不同。由於大學場

〔註55〕柏樺：《左邊：毛澤東時代的抒情詩人》，香港：牛津大學出版社，2001年版，第37頁。

〔註56〕據許行為《中國民辦刊物彙編》寫的代序《中國民刊的崛起和掙扎圖存》一文中統計，當時在北京出版的民刊至少有五十五種。北京最早的民辦刊物是《四五論壇》，它於1978年12月16日貼在民主牆上，其次是《今天》，再次是《群眾參考消息》。它們中比較有影響的是，《探索》、《四五論壇》、《今天》、《北京之春》、《啟蒙》、《沃土》、《群眾參考消息》、《求是報》、《民主牆》、《人民論壇》、《中國人權》、《解凍》、《新天地》、《民主與時代》、《科學民主法制》、《生活》、《原上草》、《鐫石》、《哲理》、《火花》、《百花》、《狂飆》、《我們》、《牆》、《時代》、《學習通訊》、《北京青年》、《大局》、《花刺》、《月海樓》、《四化論壇》、《秋實》、《志新》等。除北京西單的民主牆外，至少其他二十六個城市也有各自的民主牆。在北京之外，至少還有一百二十七種民刊在出版發行。它們中較有影響的是，上海的《民主之聲》、《未名》、《青年筆記》，廣州的《人民之聲》、《人民之路》、《生活》、《浪花》、《討論》、《學友通信》，天津的《渤海之濱》、《新覺悟》、《評論》、《新覺悟》、《學術討論》、《研究簡報》，青島的《海浪花》，長沙的《理想通訊》、《共和報》、《流浪者》、《民聲》、《動態》、《春叢》，開封的《無名》、《習作園地》，杭州的《沉鐘》、《思考》、《浙江之春》、《我們》、《四五》雜誌、《之江》，武漢的《鐘聲》、《啟明星》、《紀事報》、《無神》、《飛碟》，河南安陽的《星光》、《民主磚》、《新時代》、《約會》，韶關的《庶聲》、《北江》，貴陽除了《啟蒙》和《解凍》外，還有《使命》、《崛起的一代》，長

依舊處於政治機構的組織監管下，大學生刊物仍需遵循政治場的「合法」運作方式。以 1979 年 1 月 5 日創刊的中山大學中文系鐘樓文學社主辦刊物《紅豆》為例。「稿約」中首先注明：《紅豆》歡迎下列稿件：配合黨的中心工作轉變，思想解放，尖銳潑辣，敢於接觸新問題，回答新問題，富於戰鬥性、知識性、娛樂性、短小精悍的各類文藝作品。」在刊物籌辦上，《紅豆》既得到了文藝界老前輩周揚、林默涵和蕭殷等同志的熱情關懷，又得到了學校各級領導的支持與中文系教授的指點。大學生刊物追隨國家主流報刊的輿論導向，在官方允許的範圍內針砭時弊、表達情思。1979 年春天吉林大學的徐敬亞、王小妮等七人創辦了詩刊《赤字心》，1980 年在給《今天》編輯部的信中，表明大學生刊物的尷尬位置：「《赤子心》與你們不能比，我們要追求又要考慮生存，我們這種人與你們也不太相同。我們是介於你們與官方之中的刊物，藝術上較差，願意跟在你們後面走下去。」〔註57〕其實，問題並不止於藝術上的優劣，關鍵的是，大學生與民刊人士在社會占位與利益上存在差異〔註58〕。77、78 級大學生的身份來之不易，對於每個學生的人生意義極為重要，因此他們更多採取邊緣觀望或是支持態度，而避免直接參與激進的政治活動〔註59〕。

春的《雪花》、《眼睛》、《春雪》，上海崇明島的《玫瑰島》、《後起之秀》，山東臨清的《追求》，哈爾濱的《下里巴人》，寧波的《人間》、《飛碟》，溫州的《吶喊》、《東甌》，太原的《習作園地》，錦州的《民主和法制報》，西安的《視野》，保定的《潮》，重慶的《小字報》、《公民報》、《吶喊》、《春》，四川萬縣的《華夏春》，中華全國民刊協會辦有會刊《責任》等。

〔註57〕1980 年 5 月 18 日，徐敬亞致《今天》編輯部來信。手稿。

〔註58〕《探索》創辦人魏京生，父親為高幹，魏京生是「老紅衛兵」，1966 年底參加聯動。有過被捕經歷。在軍隊度過四年復原後，到北京動物園做電工。1978年，民族學院招收研究生（西藏歷史組），他曾去申請，但未被錄取。路林是《探索》撰寫人中唯一工人家庭出身者，在北京工廠工作。1978 年決定投考大學文科，但終因無法抵制對政治的興趣，而放棄學校投身民主運動，他說：「最好的大學還是社會」。「中國人權同盟」主持人任畹町，知識分子家庭，文革中受過批評，被工作單位監管和群眾監督做低級工作，直到 1978 年 11 月才被公開洗脫罪名，在民主運動爆發時，他還在等待分配。「溫和派」的《四五論壇》由青年工人徐文立主持，《北京之春》組織者大部分是幹部子弟，團中央候補委員。而《今天》編委與作者，主體是高乾和知識分子家庭子弟，當時大多數為工廠工人。由於《今天》作為純文學刊物，以及較溫和的政治態度，因此也有大學生成員的加入。

〔註59〕以大學生楊光參與《探索》活動的後果為例。他生於知識分子家庭，1978 年成為北京工業大學學生。1979 年 5 月 22 日被鋪，檢查院曾令他作官方的證人。他在當眾認錯後，獲得釋放，但他原來的大學，雖經公安局幹旋，仍拒絕收留他。

這是大學生刊物無奈的選擇。它們曾經有過一次集體越界的行動。那是在 1979 年，隨著全國各大專院校文學刊物數量的不斷擴大，力量也在凝聚。據不完全統計，截止到 1979 年 10 月，與大學生聯合刊物《這一代》建立聯繫的學校刊物就達 30 多種〔註60〕。大學生刊物不甘心亦步亦趨追隨官方輿論，大學生們開始嘲諷與反思自身因長期順從「長官意志」而導致的人格奴化以及官方檢查制度的荒謬性〔註61〕。他們試圖立足於自身的知識體系與價值標準，直接暴露統治當局的弊病，與民間民主運動一起，推動中國的政治民主化、自由化進程。1979 年 6 月武漢大學《珞珈山》編輯部收到熱心讀者提議聯合辦刊的來信，在給「團中央、全國學聯、中國青年出版社……八方投書，建議由其出面創辦大學生文藝刊物」，卻未得到積極回應後，氣憤的徐敬亞在信中倡議大學生自己來辦。於是《珞珈山》「向已有聯繫的十幾個學校發出邀請信」〔註62〕，相約暑假在北京協商聯合辦刊。9 月份由十三校聯合主辦〔註63〕

〔註60〕 全國各大專院校中文系、新聞系與《這一代》創刊號發生聯繫的刊物，有中山大學中文系《紅豆》，中國人民大學新聞系《大學生》，北京大學中文系《早晨》，北京師範大學中文系《初航》，西北大學中文系《希望》，吉林大學中文系《紅葉》、《赤子心》（詩刊）、《寸草》（文學評論專刊），武漢大學中文系《珞珈山》、《紅楓葉》，杭州大學中文系《文學公民》、《揚帆》（詩刊），南開大學中文系《南開園》，南京大學中文系《耕耘》，貴州大學中文系《春泥》，蘭州大學中文系《五泉》，四川大學中文系《錦江》，山東大學中文系《沃野》，廈門大學中文系《鼓浪》、《星光》，陝西師範大學中文系《渭水》，福建師範大學中文系《閩江》，北京師範學院中文系《求索》（詩刊），北京廣播學院新聞系《秋實》，杭州師範學院中文系《我們》，湖南師範學院中文系《楓林》，中央民族學院語文系《百花》，廣州師範學院中文系《春草》，華中師範學院中文系《桂子山》，貴陽師範學院中文系《燭光》（詩刊），徐州師範學院中文系《新潮》，南京師專中文科《求索》，贛南師專中文科《新芽》，張家口師專中文科《愛情》（詩刊），江蘇師範學院中文系《吳鉤》，溫州師專中文科《九山湖》，湖南師院零陵分院中文系《芳草》。其他綜合性刊物如復旦大學學生會的《大學生》、上海師範大學學生會《百草園》、湖南師範學院學生會《師院青年》等。見於可訓：《潛在的潮流——近年來大學生文藝述評》，《這一代》創刊號，《珞珈山》編輯部編，1978 年 8 月 10 日，第 84 頁。

〔註61〕 《領導的指示》、《荒謬的檢查官》兩篇小雜文，《這一代》創刊號，第 27 頁。

〔註62〕 張樺：《這一代與〈這一代〉》，《櫻花樹下的家——武漢大學卷》，北京：中國少年兒童出版社，2000 年版，第 385 頁。

〔註63〕 按筆劃為序，中山大學中文系《紅豆》、中國人民大學新聞系《大學生》、北京大學中文系《早晨》、北京廣播學院新聞系《秋實》、北京師範大學中文系《初航》、西北大學中文系《希望》、吉林大學中文系《紅葉》、武漢大學中文系《珞珈山》、杭州大學中文系《揚帆》、杭州師範學院中文系《我們》、南開大學中文系《南開園》、南京大學中文系《耕耘》、貴州大學中文系《春泥》。具體組

的《這一代》創刊號在武漢大學由《珞珈山》編輯部開始組編，高伐林任主編。在《這一代》的印發過程中，受到重重阻撓〔註64〕。最引人注目也最惹是非的是「憤怒出詩人」欄目，其中王家新的《橋》與葉鵬《轎車從街上匆匆駛過》二詩，直接取材於北京最近的時事新聞，以較為直白的抒敘語態，批評官僚特權階層的等級觀念與以權謀私之風。這種針砭時弊的詩風，與當時軍隊詩人葉文福《將軍，不能這樣做》以及北京激進民間刊物的風格極為相似，而與《今天》詩歌的立場與藝術風格相去甚遠。因此，「《這一代》的主要成員後來

織細節之一為：武漢大學《珞珈山》編輯部的張樺，父親是北京大學的一名中層幹部。張樺找到北京大學中文系刊物《早晨》的陳建功，「在張樺的策動下，我們又聯合了北師大、中山大學、吉林大學、西北大學等十來所高校」。見陳建功：《「這一代」文學與青春同在》，《追尋80年代》，新京報編，北京：中信出版社，2006年版，第36頁。

〔註64〕　籌辦季刊《這一代》的4000元經費，部分是向學校的借款外，其餘幾千元是外校同學訂購費。在雜誌印刷過程中，由於北京國慶節遊行事件以及審判魏京生，民刊《探索》被打成「反革命刊物」，西北大學中文系刊物《希望》8月底在西安出售時被沒收等事件的影響，《這一代》的印刷被中止、裝訂受阻、系領導希望停辦，至少撤下《橋》。編輯部沒有同意。印刷的中止導致刊物的殘缺，尤其是來自外校的「不屈的星光」（收有徐敬亞的《罪人》、黃子平的《脊樑》、王小妮的《閃》等）和「青春圓舞曲」兩個詩輯只列出目錄，而無印刷內容。而這兩輯的詩歌風格，不像「憤怒出詩人」那麼激烈，反而相對輕緩。「殘缺導致激烈的集中，而又因人們不知道何者殘缺而把它想像得更為激烈」。殘缺的刊物《這一代》最終印刷了16000冊。其中，寄發到吉林大學和西北大學的雜誌，被校方封存銷毀。寄往北大陳建功處的雜誌缺少封面，但很快脫銷。北大黨委副書記馬石江用言謹慎，「首先肯定我們的意圖是好的，但提醒我們，聯合全國學生的事情千萬不要做，這容易引起混亂」。見陳建功《「這一代」文學與青春同在》，《追尋80年代》，新京報編，北京：中信出版社，2006年版，第37頁。據張光年1980年10月27日、11月8日和10日的日記記載，27日下午看了睦燕萍「送來的北大學生陳建功為《這一代》鳴冤的信」。8日「上午看了陳建功為大學生刊物《這一代》寫的彙報及其他有關材料。寫書面意見，未寫成」。10日下午談心會上，「談到團中央對《這一代》的報告，態度很不冷靜」。見張光年：《文壇回春紀事》，深圳：海天出版社，1998年版，第197～201頁。從湖北省到中央一些負責同志嚴屬批評《這一代》，內部簡報上評價說：「內容有不少背離四項基本原則的東西，特別是《憤怒出詩人》組詩中有一些是惡意煽動的。《橋》這首詩表明，他們的憤怒時對著黨對著黨中央的。《轎車從街上匆匆駛過》一詩，進而提出他們的『階級論』。這組詩的憤怒從領袖一直發洩到三千萬黨員身上。」在《這一代》第二期籌備時，北京已經書面通知校方，不得再搞串連，更不許再辦雜誌。《這一代》停辦，連原先的雜誌也紛紛下馬。參見張樺：《這一代與〈這一代〉》，《櫻花樹下的家——武漢大學卷》，北京：中國少年兒童出版社，2000年版，第383～395頁。

都融入了比較主流的文藝思潮，如我、黃子平、黃蓓佳、梁左等等。在寫作上或者說文藝思想上基本遵循的是比較傳統的現實主義道路。這也許是經歷和背景的原因，我們大多是具有插隊、下鄉、做工背景的『文革』後第一代大學生」〔註65〕。與在校大學生在抗爭立場上的游移搖擺、利益上患得患失不同，《今天》詩人此時展現出了社會工人堅定無畏的革命特性。

　　大學生刊物《這一代》第一次以學院化的風格，從宏觀詩歌史角度，對《今天》詩歌進行了正面傳播，為《今天》詩歌進入學術場奠定了基礎〔註66〕。主編高伐林在《西方象徵派及其對我國詩壇的影響述評》一文中，摘引北島、芒克、齊雲、舒婷等詩人詩句，將《今天》、《啟蒙》的詩歌抽離具體的歷史背景，歸入法國波德萊爾、魏爾倫、韓波、馬拉美、中國古代詩人李商隱、現代詩人李金髮、戴望舒、後期創造社三詩人、何其芳、馮至、卞之琳、徐遲、聞一多的象徵主義家族譜系進行傳播。傳播者對《今天》的小詩表示了青睞：「寫的大多是只有幾行的小詩，語言接近現代口語，但也充滿需要讀者猜測的暗示。如北島的一首《人民》，……另一首《生活》甚至只有一個字：『網』。這些詩在學生中頗有市場，並日益引起社會注意。」〔註67〕同時，積極提供解讀《今天》詩歌的理路。首先在主題上，「對個人主義的謳歌是象徵派的一個重要主題，而這個主題是在人道主義的背景上展開的」。其次在藝術表現上，「象徵派詩人都接受並遵循的一條原則。他們的詩一點不概念化，色彩斑斕得很，但形象組成一首詩，字面上卻顯得支離破碎、含混不清」，「象徵派詩人確實重視傳達情緒和下意識的感受更甚於從字面上表達意思」。高伐林寫作該文的最大動機是為「象徵主義」正名：「就在《詩刊》紀念『五四』六十週年座談會上，發言同志還一致認為當前有兩種風氣不健康，其中之一是『有些青年人在那裡搞象徵主義的詩』。我覺得這未免太簡單化了。對象徵派的作用還是要一分為二。」高伐林最後這樣為《今天》的「象徵派」詩歌辯解：「從藝術表現形式上看，象徵派有貴族主義與唯美主義傾向。……我國近年出現的這批青

〔註65〕陳建功：《「這一代」文學與青春同在》，《追尋80年代》，新京報編，北京：中信出版社，2006年版，第37頁。

〔註66〕隨後徐敬亞1979年12月19日的評論文章《奇異的光——〈今天〉詩歌讀痕》在吉林大學中文系學生會辦刊物《紅葉》第三期上發表，並在1980年7月《今天》第九期上刪節後轉載。1979年12月末鄭先的《試論〈今天〉的詩歌》，在《今天》雜誌第六期上發表。1980年12月初，肖馳的評論文章《「新詩」——一個轉折嗎？》在「今天文學研究會」《文學資料》之三上發表。

〔註67〕《這一代》創刊號，1978年8月10日，第88頁。

年詩人顯然並不同意西方象徵派的這些傾向，他們採取一些措施使自己的詩
與人民接近。《今天》編輯部於今年四月舉行了詩歌朗誦會就是證明。他們也
努力寫出實實在在的思想感情。」然後才指出象徵主義詩歌的不足：「但我們
不能不說這類詩的表現手法與我們民族的欣賞習慣、與群眾的審美要求有一
定距離。相當一部分群眾會說：『看不懂。』這就削弱了詩的感染力，限制了
詩的流傳。」〔註68〕

　　大學生刊物對於《今天》詩歌的積極傳播，是對《今天》新詩形象又一次
深刻形塑。當年北島、芒克創辦《今天》雜誌，通過道德上的「自我淨化」與
歷史上的「控訴剝離」，將「文革」「地下詩歌」引入「地上」公共空間。如果
說，《今天》編者作為歷史親歷者，深味了「地下詩歌」所經歷的「革命式求
索、命運式感傷——自我分裂式質疑、嘲弄、反叛或者逃逸——人道主義批
判」三個體驗流程，瞭解地下詩歌生發、生變、生成過程中多元藝術風格的交
織，並在《今天》中隱蔽地傳達，那麼這時的大學生傳播者，一方面，他們的
生命體驗未必完整地經歷了三個流程，另一方面，在政治改革與經濟現代化的
開放氛圍中，他們既被帶有啟蒙色彩的民間民主運動所激發，又獲得了更多接
觸西方文化、追逐新奇風尚的機會，在這種背景下，對《今天》新詩的「同情
性誤讀」與「求新性誤讀」不可避免地發生了。《今天》新詩中的試驗體小詩
與現代派手法得到強調，《今天》詩人原本為躲避政治監察、表達深層體驗而
不得不採用的暗示、曲折表達形式，逐漸被普泛化地運用，而《今天》詩人在
不同歷史階段表達的情緒類型，除了冷漠旁觀與孑孓絕望外，命運的迷惘、孤
獨、懷疑、反叛、對抗、創造、溫情被同時散播出來，契合著讀者不同的審美
需求。而對於一部分承續著魯迅社會批判精神、深具社會正義與責任感的大
學生讀者，《今天》詩歌中的反抗特質被誇大與具體化，這種「誤讀」使大學
生詩歌在精神風貌上與《今天》詩歌迥異。面對著這種詩壇內外的「失控」局
勢，官方機構惟恐潘多拉的盒子全部打開，覺得有必要進行有效的規導。

第三節　官方詩壇的迎拒規導與學院派的崛起力爭

　　1978 年末中共十一屆三中全會後，官方文學場內部各種力量處於交搏
中。1979 年 3 月《文藝報》編輯部召開全國理論批評工作座談會，就文藝與

〔註68〕《這一代》創刊號，1978 年 8 月 10 日，第 90～91 頁。

政治、文藝與生活、文藝的真實性和現實主義、文學批評的現狀等問題展開了激烈討論。4 月，《上海文學》發表評論員文章《為文藝正名——駁「文藝是階級鬥爭的工具」論》，5 月、8 月周恩來的《在文藝工作者座談會和故事片創作會議上的講話》和陳毅的《在全國話劇、歌劇、兒童劇創作會議上的講話》先後公開發表，成為批判極左思潮的思想武器。許多人在文章中指出，認真貫徹「百花齊放，百家爭鳴」方針，發揚藝術民主。文藝界的爭鳴從 4 月以後陸續展開，如廣東文藝界關於文藝「向前看」與「向後看」的爭論、河北「歌德」與「缺德」的爭論。為肅清文藝界「左」的影響，1979 年 10 月 30 日中國文學藝術工作者第四次代表大會在北京召開。會後，《人民日報》根據黨中央的精神，明確指出不再重提「文藝從屬於政治」和「文藝為政治服務」的口號，改為「文藝為人民服務，為社會主義服務」〔註 69〕。文學場中的「改革派」在佔據文學組織機構要職後，迅速調整組織結構。1979 年 11 月 10 日下午，中國作家協會第三次會議代表大會全體一致通過了《中國作家協會章程》。其中第六條明確寫道：「中國作家協會廣泛聯繫各種自發性的文學社團和刊物，在需要和可能的條件下予以協助，與之建立合作的關係，並從中選拔作家和作品。」

在詩歌場中，《詩刊》社開風氣之先，率先做出內部機制的調整。被迫提前退休回無錫的老詩人嚴辰被請回來做主編，他對從解放區來的老詩人，比較熟悉，善於團結大家；第一副主編鄒荻帆，對從國民黨統治區來的詩人，尤其是「胡風集團」十分熟悉，辦事能力強，《詩刊》的行政、財務基本上歸他管理；第二副主編柯岩，早年以寫兒童詩知名，粉碎「四人幫」以後，寫過名篇《周總理，你在哪裏》。柯岩在組織演出與社會活動方面有優勢，她與丈夫賀敬之跟某些上層官員來往較多，有助於《詩刊》開展更多的活動；邵燕祥在 1978 年 11 月進入《詩刊》做「二審」，相當於編輯部主任。他對同輩的 50 年代的年輕詩人比較熟悉，如流沙河。由於這些編者的關係，「歸來派」詩群被逐漸形塑出來。

1978 年底「天安門事件」平反前後，《詩刊》在群情激奮中扮演一個反映民間輿論的角色。《詩刊》曾組織艾青等詩人採訪剛從監獄裏無罪釋放的「四五運動」英雄，在工人體育館組織大規模的詩歌朗誦會。邵燕祥很明確自己來

〔註 69〕《新時期文學六年（1976.10～1982.9）》，中國社會科學文學研究所、當代文學研究室編，北京：中國社會科學出版社，1985 年版，第 45～48 頁。

《詩刊》工作的使命，就為幹兩件事：「一是敦請那些在歷次運用中受打擊的老詩人，讓他們都能重新拿起筆歌唱。二是扶持年輕人。轉載北島和舒婷的詩，把地下詩歌潛流引到地上來，算是第二件任務的一部分。」〔註70〕1979年新年前後，邵燕祥從民間文學刊物《今天》上讀到北島的《回答》和舒婷的《致橡樹》。「當時眼前一亮，心也為之一亮。許久沒有讀到這樣剛健清新的『嘔心』之作了。我說『嘔心』，正如說他們的詩是從靈魂深處汲上來的，已經在心中千錘百鍊過了，完整透明，彷彿天成。北島冷峻，舒婷溫婉，同樣顯示了詩人的風骨。」由於「十一屆三中全會剛剛開過，解放思想的旗幟剛剛舉起來，我幾乎沒有什麼瞻前顧後，畏首畏尾；加上當時三位主編對我都是信任的。更重要的是我認為儘量多發好詩是一個詩刊的職責，發現有才情的詩人特別是青年詩人，可以說是詩刊編輯的『天職』。因此我在決定轉載北島、舒婷二詩時，沒有什麼顧慮。沒有經過編輯組初審」，徵得嚴辰的支持，「在編排三月號和四月號時，直接插進去」，終審簽發順利通過，「毫無異議」〔註71〕。

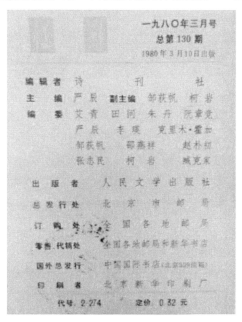

由於《詩刊》在官方詩歌場中的權威地位，「能把詩發表在《詩刊》雜誌上，是一件比天還大的事。這時的《詩刊》發行量最高時達到 54 萬份，它是

〔註70〕田志凌：《對話邵燕祥：對新詩的推薦推動新詩向前走》，《南方都市報》，2008年 7 月 20 日。
〔註71〕田志凌：《對話邵燕祥》，《南方都市報》，2008 年 7 月 20 日。

千千萬萬文學青年出人頭地、命運轉折的捷徑。因為《詩刊》，他們由普通工人變成名滿天下的詩人」〔註72〕。《詩刊》編輯特意將北島、舒婷的兩首詩編插在角落裏：「並沒有排在雜誌的顯著位置，在每一小輯中也沒有讓它們打頭，毋寧說是故意的安排，以減少可能遇到的阻力。然而我們的讀者很敏感，他們還是在不起眼的第幾十幾頁上發現了這兩首詩，發現了陌生的詩人的名字。編輯部聽到很多贊許的聲音」。由於權威《詩刊》的傳播，「一個直接的效應，是鼓勵了一大批青年作者的詩歌熱情。他們中許多人只是在『文革』十年中從漏網的舊詩集和雜誌讀過一些詩作，並開始學習寫詩，現在驚異地從北島、舒婷筆下讀到了與習見的詩風完全不同的詩，這就激發他們向『五四』新詩、向外國詩去補課的熱情，逐步開闊藝術的眼界」〔註73〕。

一、《安徽文學》：樹立典範的「新人三十家詩作初輯」

1979 年春天，《詩刊》社在胡耀邦的支持下，召開了建國以來第一次全國大型詩歌座談會，到會老中青詩人一百餘人。其中顧城帶來了剛剛發表在北京

〔註72〕李小雨的話，她於 1976 年進入《詩刊》工作。見張弘：《〈詩刊〉內部詩人圍繞朦朧詩爭論發生的故事》，光明網 2006 年 8 月 17 日，http://book.sina.com.cn/news/c/2006-08-17/1114203845.shtml。

〔註73〕田志凌：《對話邵燕祥》，《南方都市報》，2008 年 7 月 20 日。

西城區文化館《蒲公英》小報第三期上的詩歌。公劉看到顧城的小詩後，3 月
14 日撰文《新的課題——從顧城同志的幾首詩談起》，試圖對這些青年詩人詩
作進行有組織地傳播與引導：「要有選擇地發表他們的若干作品，包括有缺陷
的作品，並且組織評論。既要有勇氣承認他們有我們值得學習的長處，也要有
勇氣指出他們的不足和謬誤」〔註74〕。這篇文章首先發表在 1979 年 10 月《星
星》復刊號上，1980 年 1 月被《文藝報》轉載。公劉提出的既傳播又規導的
策略，被官方刊物普遍傚仿。

　　公劉 1978 年已在《安徽文學》雜誌社工作，隨後創辦安徽作家協會文學
院，擔任院長。他首先打算利用《安徽文學》推展他的主張。1979 年的《安徽
文學》成為了文藝界反對極左路線的急先鋒。從 1979 年第六期開始，《安徽文
學》組織了一場《漫談創作方法的幾個問題》的討論，到第九期刊登了陳遼極
具顛覆性的理論文章《「兩結合」創作方法質疑》。該文徹底撼動了「兩結合」
創作方法的權威地位，提出「正確的態度應該是主張創作方法的百花齊放。作
家藝術家可以用革命現實主義進行創作，也可以用革命浪漫主義進行創作，
還可以用其他創作方法進行創作」〔註75〕。然而同時又設定了現階段以革命
現實主義為主導的創作原則：「從清除『四人幫』長期宣揚的假浪漫主義和反
動浪漫主義的流毒來看，我認為，在當前和在今後一個時期內，我們特別需
要和提倡的是革命現實主義。」隨後在賈文昭的《提倡革命現實主義和革命浪
漫主義相結合的創作方法》一文中，論者指出「所謂創作方法，並不是表現手
法，而是指導作家認識和反映生活的創作原則，是指導作家進行創作的文藝
思想」，因此表現手法可以多樣化，但創作原則或文藝思想超不出現實主義和
浪漫主義。這種預設的理論圈定與發表詩歌的政審監察機制〔註76〕，將現代
主義排除在外。因此，當《安徽文學》1979 年第十期推出「新人三十家詩作初
輯」時，並未選擇帶有現代派情緒的詩歌。

〔註74〕 公劉：《新的課題——從顧城同志的幾首詩談起》，《星星》復刊號，1979 年 10
　　　　月。
〔註75〕 《安徽文學》，1979 年 9 月號，第 73 頁。
〔註76〕 「1979 年 9 月上旬，收到《安徽文學》編輯部一紙便箋，說是擬發表兩首詩
　　　　作，但是要填一份類似於政審的簡單的表格，並蓋上學校相關單位的公章，然
　　　　後寄給一個叫劉祖慈的人即可。字寫得流利優美。到收到第二封信，知道這字
　　　　就是劉祖慈寫的了，因為他落款了。」見李平易：《詩人劉祖慈——八十年代
　　　　回想錄之四》，天涯博客 2007 年 1 月 22 日，http://blog.tianya.cn/blogger/post_
　　　　show.asp?BlogID=10327&PostID=8306446。

在「文革」後的官方刊物中，以發掘、扶持、培養青年作者為鮮明特色的刊物，始自 1979 年「別具一格」的《廣州文藝》。一位評論者驚喜地發現：「從 1979 年 1 月開始，《廣州文藝》就為自己制定了明確的辦刊方針，要把刊物辦成『綜合性、群眾性、輔導性的文藝刊物。它將努力反映文藝創作上的成果，積極培養、輔導文藝青年進行創作，力求把刊物辦成培養青年文藝作者的陣地。』」「《廣州文藝》除了給青年作者的作品提供較為寬闊的陣地外，還有幫助提高青年作者水平的具體措施。」〔註77〕然而 1979 年 3 月公劉《新的課題——從顧城同志的幾首詩談起》一文的寫作，預示著這種積極扶植青年作者的寬鬆氣氛將會發生微妙的變化，詩歌界將從國家發展的宏遠角度，對青年詩歌中流露出的不良思想傾向進行規導。

然而對於此時的《安徽文學》和公劉而言，還有更重要的任務。編選這一專輯的直接動機，是訴求詩歌場內部位置與權力關係的重置。對於弱勢一方的公劉，不得不進行公開「奪權」：「有些自詡為『歌德派』的人，把新中國的詩歌園林看作是他們自己的『采邑』，彷彿只有他們的頭上才有神聖的光輪，才配戴『詩人』的桂冠，只有他們才是老牌、正統、祖傳、道地的工農兵代言人。請放下架子，看看這些新人吧！」在策略上，《安徽文學》組織並依靠青年詩人來打頭炮。

〔註77〕三江：《〈廣州文藝〉——文藝青年的朋友》，《文藝報》，1980 年第 1 期。

　　「新人三十家詩作初輯」作為第一次如此集中地刊發青年詩人的詩歌專輯，在詩人選擇上，「這些作者都很年青，平均年齡只有二十來歲」。在詩歌立場上，他們抒發真情實感，「絕不是那種自詡為『歌德派』的粉飾家」。他們的詩歌「很有意境，很有詩味」，題材廣泛，風格不同。在專輯的構造上，刊物匯聚了來自安徽、江蘇、四川、浙江、北京、雲南、吉林、黑龍江的學生、工人、教師、文工團員、戰士、記者、公社社員的作品。在詩歌類型上，開篇選擇大學生劉人雲模仿舒婷《祖國呵，祖國》的愛國受難詩《祖國喲，我愛你》，繼而是合肥製藥廠工人梁小斌具有唯美追求的詠物詩《彩陶壺》以及洛爾迦兒童夢語風格的《心聲》，其次為文工團員駱耕野的追求詩《帆》、《海平線》，隨後是愛情詩、回憶詩、悼亡詩。這一類詩歌比重最多，情緒上帶有追念美好青春被扭曲的感傷與惆悵。繼而又編選一組頗具理性思考特質、批評社會弊病的社會批判詩，主要有來自北京詩人朱蘇力的《有感於刑法的誕生》和顧城的諷刺寓言詩《鱷魚》。最後一類詩歌是謳歌田園勞作、軍隊生活、社會建設和祖國統一的風格明朗的抒情詩。其中第一類詩歌與《今天》早期詩歌的「感傷、求索」情緒有較多交疊。

　　「新人三十家詩作初輯」是公劉按照自己的詩歌構想在詩歌界樹立的一個正面典範〔註78〕，同時發表的《新的課題——從顧城同志的幾首詩談起》，則是公劉試圖從自己一代與上一代肩負的「革命傳統」和「社會主義名譽」出發對顧城一代進行的矯正。以此為發端，官方詩壇從詩歌發展方向的宏大層面上展開了對青年詩人的規導與重塑。《安徽文學》在 1980 年第一期上，依據《中國作家協會章程》，以「關心、愛護、扶植、幫助並熱情與之合作」的態度，第一次以民刊之名公開轉載「自發性文學刊物」的小說和詩歌，其中《今天》被轉載的詩有吳銘的《船》，芒克的《自畫像》、《我有一塊土地》，舒婷的《四月的黃昏》。《安徽文藝》編選這組詩歌時，圍繞著一個主題，就是要溫情的「愛」生活，這既是對《今天》新詩的傳播也是一種規導。

　　在詩歌場中，如果遵循美學主導的邏輯，新詩人與老詩人在以多元美學為主導的競爭中，尋找各自的位置，處在刺激反應、互動演化、新舊交替的關係中。在這裡，根據個體性情與藝術趣味，老詩人可以傾向新的美學原則，新詩人可以汲取過去的詩歌傳統。二者之間本不該出現「誰規範誰」的等級問

〔註78〕程光銳撰文《詩苑中的新芽——讀〈新人三十家詩作初輯〉》讚美這一詩輯，
　　　　並無任何批評。見《詩刊》，1980 年第 1 期，第 61 頁。

題。一些新詩人為了迅速入場，採取美學上的繼承或者顛覆策略是極為正常的個體選擇。同時，中老詩人從個人的詩歌立場，對其批評也極為合理。而當詩歌場中的新舊趣味，被權力場的邏輯支配後，便變成了「誰控制誰」的權力爭鬥。為反抗詩歌場中的主導者，《安徽文學》的中年詩人明確把「歌德派」視為當權者，要求自己「緊密團結那些為人民謳歌的老作者、老詩人」，「大力扶持新人新作，和他們攜起手來，共同前進」〔註79〕。而當反抗者稍一得勢，一方面，「歌德派」為奪回權力發起反擊〔註80〕，另一方面，部分新詩人又將「專斷」的「中老詩人」視作新的掌權者發起攻擊〔註81〕。從回歸論爭的現場來看，這種新老詩人的爭執並不只是由「兩代人」之間「文化代溝」〔註82〕所決

〔註79〕 《新人三十家詩作初輯‧編者的話》，《安徽文學》，1979年10月號。

〔註80〕 自從公劉在1979年《文藝報》4月號上發表《詩與誠實》後的一年中，公劉不時遭受「歌德派」的攻擊。但「令人掃興的是，在他們原以為呼之欲出的第二次反右派鬥爭竟很快就被黨中央的嚴正聲音所驚散了。」該文寫於1979年11月29日至12月4日。見公劉：《詩與政治及其他——答詩刊社問》，《詩與誠實》，廣州：花城出版社，1983年版，第53頁。1981年《星星》1月號刊發了公劉《〈仙人掌〉勘餘雜感》。該文寫於1980年10月。公劉在1980年4月參加廣西詩會時，腦血栓形成，開始住院。9月份回家後，讀到武漢來信得知：「四月下旬，也就是我正處於昏迷不醒的那幾天，該地有一位因為很是『緊跟』了一陣『旗手』而名震遐邇的詩人，以市文聯的名義組織並主持了一個歷時三天的座談會，對我和艾青同志進行『缺席審判』。」「果然，四月二十九日的《長江日報》極其含蓄地表達這個缺席審判會矛頭所向：『有少數詩對我們的現實生活作了歪曲的描繪，或者情調低沉，其思想感情與人民群眾相距甚遠，社會效果不好，值得引起注意。』」公劉深知這種權力邏輯：「我不能不悚然回憶起這種所謂的『寬大』從來都是假的；有朝一日，如果又有什麼新的『旗手』上臺，如果這位詩人也像於會詠一樣撈上了一官半職，小民如我者難逃『全面專政』的『應有懲處』，那將是無疑的了。」此時的公劉，已經意識到，自己對於「青年詩人」的「寬大」扶持中，同樣隱含著一種專斷。從這篇文章開始，公劉不再積極提「人民標準」和「現實主義」主導論，相反他開始為藝術多元化辯護：「根據大量的史實證明，藝術上的現代主義不等於政治上的反動，正如同現實主義者並不一定都是革命黨一樣。」即便是表達對青年一代的希望時，也開始使用個人立場的「我」這一措辭，而不再使用早期文章慣用的集體概念「我們」。這一轉變，意味著意識形態上的主要論爭即將消歇，為此後美學意義上的「朦朧詩論爭」疏通了道路。見公劉：《〈仙人掌〉勘餘雜感》，《星星》，1981年第1期，第93頁。

〔註81〕 貴州大學中文系主辦的頗具影響的民刊《崛起的一代》第2期，1980年12月油印。以「無名詩人談艾青」為總題發表了八篇向艾青挑戰的檄文。《崛起的一代》在1981年第三期後，被要求停刊。

〔註82〕 1970年瑪格麗特‧米德的《代溝》一書從文化人類學解釋青年文化的反叛行為。八十年代初，代際理論和代溝的概念傳入中國。中國人被按照年齡和經歷

定的那麼單純〔註83〕。在這種權力邏輯的惡性循環中，參與者都會被夾在二元對立的漩渦中飽受折磨。唯一的出路就是擺脫權力場的邏輯框架，回歸個體性，回到美學主導的詩歌場域。

二、《福建文藝》：以舒婷為靶子的「關於新詩創作問題的討論」

　　另一次極具影響力的規導集中出現在 1980 年的《福建文藝》上。《福建文藝》編輯部並沒有習用公劉在《安徽文學》上的宣傳策略，即注重編選與宣傳正面作品，採用集體推出的方式。相反，《福建文藝》特意為舒婷個人編輯油印了一本詩集《心歌集》〔註84〕，在 1980 年第一期的《福建文藝》上悄無聲息地發表《心歌集》中 5 首具有感傷、消沉甚至絕望風格的詩作：《船》、《珠貝——大海的眼淚》、《贈》、《寄杭城》、《秋夜送友》，暗示問題的所在，繼而組織讀者展開討論。「文革」剛剛結束不久，在詩歌傳播的策略上，是採用「集體」方式推出還是以「個人」方式推出，意義並不相同。凡是以集體方式推出，

　　　　劃分成不同的幾代人。中國在建國後的代際劃分，達成了「三代人」的基本共
　　　　識：五十年代的一代、「文革」的一代和「文革」後的一代。1988 年出版的張
　　　　永傑、程遠忠所著的《第四代人》成為第一部探討當代中國的代文化和代際特
　　　　徵的專著，構建出「四代人」理論，固定了關於代際劃分的論爭。其中《今天》
　　　　一代人被貼上「懷疑的一代、思考的一代、荒廢的一代、迷惘的一代、被耽誤
　　　　的一代」的標籤。代際意識是從「文革」一代人開始自覺的。但是應該注意，
　　　　紅衛兵運動很難被確認為真正意義上的青年運動，「這不僅因為它的許多成員
　　　　還僅僅是少年，而且從一開始它就是倣忠、複製成人社會主流文化的產物，青
　　　　年人的『反叛』是為成年人所鼓勵和慫恿的。」因此，這一代青年文化首先沿
　　　　襲了主流成人社會中的革命邏輯，「在紅衛兵運動失控和崩潰之後，才出現了
　　　　具有獨立價值的文化因素」。以「文化代溝」斷裂說，將「文革」一代與上幾
　　　　代的文化關聯切斷，以凸顯青年文化的自覺反叛意識，進而將權力場的複雜
　　　　鬥爭簡化為老年文化與青年文化的歷時性衝突，既有洞見也有不見。它容易
　　　　掩蓋特定歷史場域中權力運作的深層邏輯。見楊東平：《城市季風——北京和
　　　　上海的變遷與對峙》，臺北：捷幼出版社，1996 年版，第 244～249 頁。
〔註83〕　最早從「兩代人」與「代溝」角度闡釋新老詩人之間的關係的文章，是顧工的
　　　　《兩代人》，見《詩刊》，1980 年第 10 期。從當時論爭的現場看，顧工採取「代
　　　　溝」概念是為了在激烈論爭中轉移鬥爭焦點、化解矛盾、保護顧城的策略。而
　　　　顧工在創作上開始倣仿顧城小詩體，見《星星》，1980 年第 2 期上發表的詩
　　　　作。該文發表之後，隨即招致峭石《從〈兩代人〉談起》，《詩刊》，1981 年第
　　　　3 期和公劉的強烈批評。唯有進入當時的論爭現場中，才能看到各種力量相互
　　　　應對的真實關係。
〔註84〕　《福建文藝》編輯把舒婷的十六首詩歌彙集起來，題作「心歌集」，郵寄給眾
　　　　多批評家。見方順景、何鎮邦《歡欣與期望——讀舒婷的「心歌集」》，《福建
　　　　文藝》，1980 年第 7 期，第 61 頁。

幾無爭議，評價基本都是肯定；而以個人方式推出青年詩人，雖然得到更多關注，但也會遭遇眾多挑剔，引發爭議。

《福建文藝》從 1980 年第二期起，開設「關於新詩創作問題的討論」專欄。在「編者按」中，對舒婷個人詩歌的意見分歧被上升到「新詩應該朝什麼方向發展」的高度。起初，反對者佔據「詩歌應該抒發人民之情」的強勢立場，批評焦點在舒婷詩歌的思想感情「調子低沉，色彩灰暗，抒發的不是社會主義時代的感情」〔註85〕上。而不少支持者迴避對《福建文藝》發表的 5 首詩歌進行思想評說，或者從哲理詩的角度來解讀〔註86〕，或者結合「文革」特定的時代背景，從舒婷其他的詩中發掘與證明舒婷思想的積極性、戰鬥性或者忠

〔註85〕蔣夷牧：《用自己的聲音歌唱》，《福建文藝》，1980 年第 3 期，第 57 頁。
〔註86〕為《今天》詩歌進行有效辯護的策略，充分展示出中國文學評論者的論辯智慧。詩歌的闡釋策略是一個值得研究歷史課題，如對一個時代詩歌的「有意誤讀」與「有效誤讀」，將開啟另一個詩歌時代。陳誌銘將《船》解讀為哲理詩，即詩歌表達作者對「有志者事竟成」這個成語的懷疑。這種將特定歷史語境下的感受，抽象化為一切時代共有體驗的闡釋策略，有助於保護詩歌的順利傳播。此外，他還借助中國古典文論如嚴羽的《滄浪詩話》，為舒婷的詩歌創作尋求古典理論資源的支撐，即便解釋「晦澀」原因，也借用古代文學術語「隔」，從而避開詩歌與政治的直接關聯。見陳誌銘：《幾點看法》，《福建文藝》，1980 年第 3 期，第 59 頁。

實於自己的真實性。其中最有力的論點是「自我要有鮮明的個性」，不應該要求「每一個作者、每一篇作品」都做「時代的鼓手」〔註87〕，「人民之情」只是抽象的概念、舒婷就是「人民的一員」〔註88〕，詩歌從表現英雄已經轉向「普通的人」〔註89〕。同時，支持者也注意從詩歌表現手法與讀者接受的視角，指出舒婷詩歌的確存在「晦澀」現象，進而從詩人創作的角度分析產生的原因：「我想除了表現手法和人們欣賞習慣的因素以外，是否還與詩的題材和內容有關。詩要表現『自我』，表現真實的感情，這無疑是正確的，這也是舒婷創作的一個很鮮明的特點。但並非『自我』的所有方面都是值得表現的」，「這裡似乎有必要指出應該防止的一種誤解：即認為描寫個人生活中的喜怒哀樂才能充分表現『自我』」〔註90〕。某些支持者的立場與公劉是一致的，他們借用公劉的話說：「表現『自我』，那也因為『自我』是人民的折光」，「詩人，作為人民的代言人，他應該多表現那些既屬於『自我』，又帶有普遍意義和人民性的東西」〔註91〕。以上便是官方刊物傳播與規導《今天》詩歌的基本立場。

然而也有持不同意見者。此時桀驁不馴的學院派批評家孫紹振〔註92〕打

〔註87〕練文修：《抒情詩的「自我」及其他──也談舒婷的詩》，《福建文藝》，1980 年第 7 期，第 67 頁。

〔註88〕邊古：《從舒婷抒什麼情說到「善」》，《福建文藝》，1980 年第 11 期，第 57 頁。

〔註89〕劉登翰：《一股不可遏止的新詩潮──從舒婷的創作和爭論談起》，《福建文藝》，1980 年第 12 期，第 61 頁。

〔註90〕蔣夷牧：《用自己的聲音歌唱》，《福建文藝》，1980 年第 3 期，第 59 頁。

〔註91〕蔣夷牧：《用自己的聲音歌唱》，《福建文藝》，1980 年第 3 期，第 59 頁。

〔註92〕孫紹振，1936 年生於上海。1955 級北京大學中文系學生，1960 年畢業。1960 年曾短期留校任教。1961 年至 1970 年在華僑大學中文系工作。1970 年到 1973 年福建省農村下放，在中學教英文。通過發布主流詩歌，進行「文學自救」。1973 年調至福建師範大學中文系工作。他最初的美學觀念，源自在北京大學學習時，朱光潛「嚴格地把政治的實用和認識的真以及審美」區分的觀念：「朱光潛的文章，從 50 年代就對我開始了潛移默化的影響，到了 80 年代初，審美價值觀念可能已經根深蒂固，正因為這樣，我才敏感到朦朧詩的藝術價值，不能用傳統的時代精神等等社會功利的價值去解釋，相對於傳統的美學原則來說，它是一種『新的美學原則』」。從中可見，學院派學術傳統穿越政治阻隔與遮蔽，潛移默化的深遠影響。同時，他從高中到大學階段的詩歌閱讀，從何其芳《夜歌和白天的歌》、胡風編輯的「七月詩叢」、馬雅可夫斯基、葉賽寧、聶魯達、洛爾迦，到阿拉貢、艾呂雅等法國左翼詩人，強化了他浪漫、豪放、反叛的性情取向：「在一次班會上，我公開說，大學生應該有叛逆精神」。1978 年看到福州馬尾區文化館油印詩刊《蘭花圃》上正在爭論的舒婷詩歌，感到

算直接和官方立場唱反調，他在《福建文藝》第四期上發表《恢復新詩根本的藝術傳統》一文，認為要求詩歌來表達高昂情緒，是因為長期以來流行把詩歌當做時代精神號角的觀念，按這個標準，舒婷的詩是顯得低沉。這句話中隱含著詩人不必為政治代言而應抒發自我的立場。為避免鋒芒太露，孫紹振立刻繞回正統論述上，他溫和地辯解說：舒婷「用好像是低沉的形式來表現青春的熱情、堅強的信念一點也不受外在因素的影響，其實這一類情調是一點也不『低沉』的，而是很高昂的」。在這一論說過程中，論者已將詩人的人民立場置換為詩人的個人立場。孫紹振隻字不提詩人的人民性，相反，他以「文革」為例，質疑這種人民的合理性：「從表面上看來，讀者完全有理由懷疑這個抒情主人公是一個面色蒼白的孤獨者，一個脫離了群眾遠離了集體的個人主義者，但是我們與其去責備作者描寫了青春的孤寂心靈，不如去責備那叫火熱的青春產生孤寂之感的環境罷」。那裡有「以人民群眾自己為對象的階級鬥爭」、「人與人之間的關係不斷惡化緊張化」，而舒婷恰恰就是在「孤獨地抵抗這種叫人寂寞的環境」。孫紹振深知，動搖了「人民標準」的合法性，舒婷消沉情緒的流露自然就合情合理。從這一點出發，孫紹振發表《詩與「小我」》一文，明確地給予闡釋〔註93〕；孫紹振另一策略，是把舒婷的詩與中國現代詩中注重塑造自我個性化形象的傳統闡釋在一起，認為「舒婷繼承的正是這種把展現人的獨特的心靈的真實放在第一位的藝術傳統」。而舒婷採用現代派手法，也與何其芳、戴望舒、艾青的現代主義探索一脈相連。孫紹振選擇從詩歌創作的外國影響與民族風格的關係出發，認定舒婷所受「外國詩歌的影響」「超過了我國民族傳統詩歌對她的影響」，這一論斷的前提，隱含著

「這正是我在 1956 年一直想寫但卻沒有寫出來的詩。不久以後，我又看到了《今天》，我確信一個新詩的時代終於來了」。參見孫紹振：《我的橋和我的牆——從北大出發的學術道路》與《關於〈新詩發展概況〉答問——「概況」寫作的前前後後》，《回顧一次寫作：〈新詩發展概況〉的前前後後》，北京：北京大學出版社，2007 年版，第 33、217 頁；《孫紹振：命運浮沉因詩歌》，《追尋80 年代》，新京報編，北京：中信出版社，2006 年版，第 171 頁。

〔註93〕孫紹振借用公劉的話：「有一根由來已久的絆索，捆綁著詩歌的手腳，這就是：不允許詩中有『我』。「文革」後，詩歌中「小我」地位的恢復，是通過對 50年代中期以來詩歌只能表現『大我』，拋棄『小我』的反撥。這種反撥與郭小川詩歌的重評聯繫在一起。孫紹振總結說：「要歌唱『大我』的人，必須從『小我』出發，不能從『大我』到『小我』，而應該從『小我』上升到『大我』。從『大我』出發就是從概念出發。」見孫紹振：《詩與「小我」》，《光明日報》，1980 年 7 月 30 日。

將「中國民族傳統」視為純粹封閉的、排他的靜止「傳統」觀。孫紹振在文章
最後援引艾略特「客觀對應物」理論，指出舒婷詩歌之所以朦朧是因為遵循
「現代派的美學原則」。而有關現代派的民族化任務，「我們只能寄希望於未
來了」〔註94〕。由此，孫紹振將舒婷乃至《今天》詩歌帶入到懸而未決的「現
代派」論爭〔註95〕中。1980 年 12 月陳誌銘也從現代派影響的積極方面肯定舒
婷的詩〔註96〕。

　　就在孫紹振把舒婷和中國現代詩傳統續接在一起，並且權衡外國影響與
民族風格孰輕孰重時，另一位學院派批評家、孫紹振的同級同學謝冕〔註97〕，

〔註94〕孫紹振：《恢復新詩根本的藝術傳統——舒婷的創作給我們的啟示》，《福建文
　　　　藝》，1980 年第 4 期。

〔註95〕《西方現代派文學論爭集》，《出版說明》中聲明：在評介西方現代派文藝的文
　　　　章中，有「一些文章卻是同整個意識形態領域裏熱中引進西方資產階級思潮
　　　　的錯誤傾向相聯繫的。這種錯誤傾向反映到文藝上來，就是抹煞社會主義文
　　　　藝和資本主義文藝的原則區別，奉西方現代派作品為楷模，主張在社會主義
　　　　中國建立現代主義文藝；就是反對文藝為人民服務，為社會主義服務的正確
　　　　方針，強調表現自我，主張詩人應有『獨特的社會觀點，甚至與統一的社會主
　　　　調不諧和的觀點』。凡此種種，連同出版界的商品化現象、創作表演方面的低
　　　　級趣味等等，直接危害著以共產主義思想為核心的社會主義精神文明的建
　　　　設。」鄧小平同志在一九八○年十二月二十五日的講話中明確指出：「我們的
　　　　宣傳工作還存在嚴重缺點，主要是沒有積極主動、理直氣壯而又有說服力地
　　　　宣傳四項基本原則，對一些反對四項基本原則的嚴重錯誤思想沒有進行有力
　　　　的鬥爭。」黨的十二屆二中全會再一次就精神污染問題敲起了警鐘，指出精神
　　　　污染的實質就是散佈形形色色的資產階級和其他剝削階級腐朽沒落的思想，
　　　　散佈對於社會主義、共產主義事業和對於共產黨領導的不信任情緒。在文藝
　　　　戰線，清除和防止精神污染的重要任務之一，就是要批評和抵制試圖將反映
　　　　西方資產階級意識形態的現代主義文藝移植到我國來，以表現所謂「社會主
　　　　義異化」為主題，按照形形色色的個人主義世界觀來歪曲我國社會主義現實
　　　　的錯誤主張和錯誤作品。

〔註96〕陳誌銘：《開拓詩歌的新領域》，《安徽文學》，1980 年第 12 期。

〔註97〕謝冕：福建省福州人。1955 級北京大學中文系學生，1960 年畢業留校任教，
　　　　1977 年開始恢復高考時，由無職稱的「助教」轉為講師。1958 年時，他曾組
　　　　織 55 級同學集體編寫「紅色」的《中國文學史》，在定稿時，孫紹振與謝冕結
　　　　下了不解之緣：「在這以前，謝冕屬於年級裏領導階層，我則是一個毛頭，對
　　　　他有一點望而生畏。也許是由於寫作李白的機緣，後來寫當代文學史，就是謝
　　　　冕，把我提到了詩歌組組長這樣的位置上來。」1959 年在《詩刊》主編臧克
　　　　家、副主編徐遲、黨支部書記沙鷗等授意下，由謝冕組織集體編寫《中國新詩
　　　　發展概況》，謝冕介紹孫紹振擔任詩歌組組長，孫紹振受寵若驚。見《關於〈新
　　　　詩發展概況〉答問——「概況」寫作的前前後後》，《回顧一次寫作》，第 9 頁。
　　　　2004 年筆者在向謝冕的詢問中，謝冕曾提到詩人林庚對自己詩歌觀念的影

於 1980 年 5 月 7 日在《光明日報》上發表了《在新的崛起面前》，大膽把中國新詩的源起看作是受外國的影響更大、更直接。謝冕以「五四」最初的十年為例，認為「儘管我們可以從當年的幾個主要詩人（例如郭沫若、冰心、聞一多、徐志摩、戴望舒）的作品中感受到中國古典詩歌傳統的影響，但是，他們主要的、更直接的借鑒是外國詩」，進而把 30 年代的艾青也納入受「洋化」更多的序列中。為支持自己的論斷，謝冕無意對 30、40 年代中國現代詩歌與古典詩歌之間深刻的語言與美學關聯做論述，而是徑直把「三十年代有關大眾化的討論、四十年代有關民族化的討論，五十年代有過關於向新民歌學習的討論」視作詩歌發展的總趨勢，得出新詩六十年來「走著越來越狹窄的道路」的論斷。在理論上，謝冕將「民族傳統」闡釋為「開放的、變動的、創新式」的「傳統」，即「一個民族詩歌傳統的形成，並不單靠本民族素有的材料，同時要廣泛吸收外民族的營養，並使之溶入自己的傳統中」。

謝冕的論戰思路是，一旦中國現代詩的偉大傳統乃至古典詩都是積極吸納外來民族營養逐漸演變的結果，那麼當前「新詩人」「不拘一格、大膽吸收西方現代詩歌的某些表現方式，寫出了一些『古怪』的詩篇」的狀況，自然也就符合歷史規律，「不必為此不安」。謝冕在闡述「五四」新詩運動「傳統」與「創新」的關係時，評價「五四」詩人「具有蔑視『傳統』而勇於創新的精神」，此時特地為「傳統」加上書名號，暗示這是一個「凝固的、不變的、僵死的」「傳統」。這與他隨後在理論上闡發的「開放、變動、創新」的「傳統」概念並不一致，而是二元對立，即把他者的「傳統」看做僵死的客體，而自我的「傳統」具有無窮活力。這種對立並不是謝冕的本意，作為一種策略，只是為了在當時被動語境中，為中國新詩向世界詩歌邁進爭取更大的自由與歷史合

響。謝冕的性情取向是瀟灑、熱情、決斷。可以說，謝冕、孫紹振、劉登翰這批學院派批評家之所以能夠共同奮起為新詩潮辯護，與他們同學之間合作的經歷、北大相近的教育背景、學術傳統的滋養以及在社會變革時期積極參與其中的精神傳統密不可分。就審美而言，他們又各自在新詩潮中找到合適於自己性情取向的趣味。例如，謝冕是出於對《今天》詩歌的喜愛，受《今天》的直接激發，寫出最初的論辯文章：1978 年「幾乎是在我寫作《北京書簡》的同時，北京的街頭開始流傳一份叫做《今天》的民辦刊物。那上面刊登了許多陌生詩人寫的同樣陌生的詩歌，其中一部分詩歌，被張貼在牆上。面對這些擯棄了虛假和充滿批判激情的詩篇，我感到這正是我所期待的；這些詩的內涵，喚起了我對昨日噩夢的記憶，它們擁有的藝術精神，給了我接續中國新詩現代傳統的、令人感到欣慰的真切的印象。」見謝冕：《文學是一種信仰》，《回顧一次寫作》，第 197 頁。

法性。然而這篇文章的客觀效果卻是將公劉派劃歸入「僵死」的「傳統」中：「總之，對於習慣了新詩『傳統』模樣的人，當前這些雖然為數不算太多的詩，是『古怪』的」〔註98〕，從新舊邏輯上顛覆了公劉要求「引導」的合理性。繼孫紹振衝破了公劉「人民標準」的權力規約後，謝冕又以他「新/舊」「傳統」的詮釋方式，剝奪了公劉的「引導」權，為新詩潮的生存與發展闢開了相對自由的道路。

隨後，孫紹振與謝冕的另一位同學劉登翰〔註99〕在《福建文藝》第十二期撰文聲援。劉登翰從舒婷的創作和爭論出發，稱這群年輕詩人的詩歌為「一股不可遏制的新詩潮」。文中首次運用了「美學原則」這一術語。文章論述的重點，不同於謝冕注重「五四」詩歌與新詩潮的關聯性分析，而是強調新詩潮與50年代以來新詩發展的斷裂性關係：舒婷的創作「和五十年代確立的新詩創作的美學原則不同」，無論是李季、聞捷，還是賀敬之、郭小川，他們的詩歌「表現的核心是時代生活場景，是賦予人們精神變化的一系列歷史事件」，而舒婷「直接地深入到人的內心世界去」，由內及外「折射出時代和歷史的面影」。前者的詩歌以「人創造的歷史」為核心，舒婷的詩歌以「處於時代中心的人」為核心。前者是「頌」後者是「思」。更進一步，由於每一個真實的、具體的「普通的人」存在精神上的個體差異性，既有英雄情感，也有非英雄的情感。但是後者被一些評論者判定為「和時代不合拍」，不能代表「一代青年、一代人的感情」而受到批評。面對這種論調，劉登翰試圖鬆動既定的「時代精神說」，拓展它的外延：「所謂時代精神，指的是在特定的歷史條件下產生的推動歷史前進的一種普遍的社會情緒。它並不專指先進階級的思想體系；當然也不是各種意識形態的匯合」〔註100〕。「時代精神說」的拓寬，進一步為青年詩人的自由寫作疏鬆枷鎖。

〔註98〕謝冕：《在新的崛起面前》，《光明日報》，1980年5月7日。

〔註99〕劉登翰，生於福建廈門，1956級北京大學中文系學生。1957年，當時主持北大文學刊物《紅樓》詩歌組的謝冕，「拉我進《紅樓》當了詩歌編輯」。事後，又讓劉登翰參加《新詩發展史概況》的編寫。1961年畢業，因「海外關係」影響，在閩西北山區工作19年。1979年10月調福建社會科學院文學研究所工作。據洪子城回憶，80年廣西南寧詩歌會議上，自己與孫紹振、劉登翰住一個房間，對北島、顧城等激烈爭論。從中可知，同在福建工作的孫、劉二人在朦朧詩論爭中的同仁關係。《關於〈新詩發展概況〉答問——「概況」寫作的前前後後》，《回顧一次寫作》，第9、17頁。

〔註100〕劉登翰：《一股不可遏制的新詩潮——從舒婷的創作和爭論談起》，《福建文藝》，1980年第12期。

　　劉登翰當代詩歌的「美學原則」裂變說，隨即被孫紹振吸收入《新的美學原則在崛起》〔註101〕中，表述成「他們和我們五十年代的頌歌傳統和六十年代的戰歌傳統有所不同，不是直接去讚美生活，而是追求生活溶解在心靈中的秘密」。孫紹振在肯定了謝冕「把這一股年輕人的詩潮稱之為『新的崛起』，是富於歷史感，表現出戰略眼光的」之後，又將這種「新人的崛起」，說成是「新的美學原則的崛起」，而「表面上是一種美學原則的分歧，實質上是人的價值標準的分歧。在年輕的革新者看來，個人在社會中應該有一種更高的地位，既然是人創造了社會，就不應該以社會的利益否定個人的利益」〔註102〕。既然判定了個人利益高於社會利益的位置，那麼無論孫紹振再怎麼努力地調和「自我表現」與「抒人民之情」的關係也於事無補。因為這一觀點公然挑戰了當時官方既定意識形態以及「文學要為人民服務、為社會主義

<hr />

〔註101〕該文起初被《詩刊》退稿，幾個月後《詩刊》再次索稿。孫紹振感覺氣氛不對，將原稿中最露骨的話刪了，寄給《詩刊》。後來，當得知有人授意《詩刊》要對此文進行批判時，立即要求撤回稿件，《詩刊》沒有答應。《詩刊》發表該文時加了編者按，表示這篇文章代表了違背了社會主義文化方向的傾向，同期刊登程代熙批判文章。批判文章被《人民日報》轉載的當天，在去課堂的路上，孫紹振心裏忐忑不安，「但沒想到，一走進教室，學生們竟全體起立，為我鼓掌。他們用這種方式聲援我，令我非常激動」。見《孫紹振：命運沉浮因詩歌》，《追尋80年代》，第172頁。

〔註102〕孫紹振：《新的美學原則在崛起》，《詩刊》，1981年第3期。

服務」〔註103〕的官方文藝政策，為隨後遭遇政治批判埋下了伏筆。

　　從這種據「理」論爭的方式看，無論是支持方還是反對方，一方面評論者都受制於特定的政治與美學立場，無法擺脫權力場中對立情緒與力量的控制，也無暇學理化地追蹤這種詩歌潮流生發、生變、生成的原因與過程，而是習慣採用斷章摘句的方式援引《今天》詩歌；另一方面，這種抽象理論的說解本身，根本無法捕捉歷史現象多層面演化的複雜性。相反，在論爭過程中越來越表現出理論脫離具體詩歌現象的專斷性與普泛化，最終越界陷入當時圈定的政治意識形態陷阱中。

　　從1980年《福建文藝》第八期至十二期，圍繞舒婷詩歌針鋒相對的政治意識形態爭論明顯減弱了。詩人雁翼的《抒情詩中的詩人個性——詩學劄記之六》無疑是結束這場意識形態論爭、扭轉批判態勢、平心靜氣展開學術談論的開始。雁翼早在1979年2月經蔡其矯的積極推薦，看到《今天》上舒婷的詩歌，留下了美好印象。隨後《福建文藝》編輯部郵寄來舒婷的詩歌22首，孫紹振轉來了7首，舒婷也曾直接給雁翼寫信。因此，雁翼在文章中正面肯定了舒婷的詩，最後鄭重聲明：「舒婷的詩使我喜愛；舒婷同時代的許多人的詩使我喜愛；……是我們這個嶄新的時代，造就了他（她）們這群新人；而且，給了，保證了（她）他們發展抒情詩人個性的條件。因而我喜！」〔註104〕這種積極肯定的主導性聲音支配了《福建文藝》隨後的討論〔註105〕。1981年《福

〔註103〕1979年10月30日，中國文學藝術工作者第四次代表大會在北京召開。會後，《人民日報》有關社會根據黨中央的精神，明確指出不再重提「文藝從屬於政治」和「文藝為政治服務」的口號，改為「文藝為人民服務，為社會主義服務」。

〔註104〕雁翼：《抒情詩中的詩人個性——詩學劄記之六》，《福建文藝》，1980年第8期。

〔註105〕據謝春池回憶，1980年10月《福建文藝》編輯部在福州舉辦「新詩創作討論會」，這個討論會堪稱閩省有史以來最盛大的一次詩人詩評家聚會，與會者五十多人，有北京的楊金亭、樓肇明，上海的羅達成、宮璽、姜金城，湖南的李元洛，本省的郭風、何為、孫紹振、劉登翰、魏世英、陳釗淦、俞兆平、范方，還有此次會議的主角，被討論的對象舒婷。「作為與會者的我，帶去論文《新詩向何處去》，該文未被《福建文藝》看中，轉而在《廈門文藝》發表，今天重讀這篇論文，更覺其膚淺，而且觀點是錯誤的。其中，我提出舒婷詩歌創作的『情調』問題，認為『低沉』的情調要不得，『小資產階級的自我表現是應該受到批評和糾正的』，自己儼然很『無產階級』很正確。」從《福建文藝》拒發該文，可以印證該刊暫停了對於舒婷詩歌的批判活動。見謝春池：《我和舒婷》，《廈門文學》，2005年第1期。

建文藝》更名為《福建文學》，在第一期的「關於新詩創作問題的討論」專欄下，呼應《詩刊》組織的「青春詩會」，集中刊發了「青春詩論」十則：楊煉《我的宣言》、徐敬亞《生活·詩·政治抒情詩》、顧城《學詩筆記》、高伐林《探索之餘談探索》、李發模《學詩斷想》、張學夢《關於詩》、駱耕野《詩和詩人》、梁小斌《我的看法》、陳仲義《顫音》（詩歌）、王小妮《我要說的話》。在第二期發表舒婷的《生活·書籍與詩——兼答讀者來信》，此後，《福建文學》的新詩討論已不再拘囿於舒婷一人，徹底參與到全國「朦朧詩」的大討論中。

三、《星星》：以藝術民主推介「新星」的「詩壇新一代」

1979 年 10 月《星星》復刊。《星星》詩刊的定位「以廣大青年為主要對象，希望能夠成為青年，特別是青年詩歌愛好者的知心朋友，成為培養青年、培育詩壇佳花的園地和沃壤」〔註 106〕。儘管《星星》發表了公劉《新的課題》一文，但《星星》仍能堅持藝術民主與「雙百」方針，先後開闢「新星」、「大學生之歌」和「詩壇新一代」專欄積極推介青年詩人。其中，選發了《今天》詩人楊煉、顧城、舒婷的詩歌。1980 年第三期上重點推出顧城的《抒情詩十首》，第七期上推出舒婷《小窗之歌》、《也許》，聲援正在《福建文藝》上受到批評的舒婷。

1980 年《星星》第七期發表了《繼續解放思想，貫徹「雙百」方針——四川召開第二次省文代大會》推廣藝術民主〔註 107〕，第八期以集體方式推出 24

〔註 106〕 《中國人民大學語文系部分師生座談〈星星〉復刊號》，《星星》，1980 年第 2 期。

〔註 107〕 1980 年 6 月 6 日，四川省文學藝術工作者第二次代表大會，「根據中央指示和全國第四次文代會精神」在成都召開。中共四川省第一書記譚啟龍在會上作了重要講話，指出「當前的一個重要課題，仍然是要繼續解放思想，堅定不移地貫徹『百花齊放、百家爭鳴』的方針。」「有的同志對文藝戰線的形勢缺乏全面的認識，看到少數文藝創作和演出中，存在這樣那樣的一些問題和毛病，就不加分析地認為，文藝界的思想解放『過頭』了，這是不符合實際的；把社會上、包括少數青少年中出現的某些問題，統統歸咎於文藝，把現在的電影、小說等等，說得一無是處，那也是很不公道的。」「前段時間，確實出現了一些社會效果不那麼好的作品，文藝界的同志和人民群眾，都對這些做平提出了一些批評。」「這些批評我看是有道理的，應該引起我們的重視。這些問題是在前進中出現的，不應該看得過重。特別是在文學藝術這樣一個比較複雜的精神領域，要求一點問題和毛病也不出，那是不現實的。只要我們積極加以引導，這些問題是不難解決的。」見《星星》，1980 年第 7 期，第 89 頁。

位青年詩人的「詩壇新一代」，其中楊煉、舒婷再度入選。左人隨後在評論文
章《詩歌，期待著新一代——讀〈詩壇新一代〉》中，頗為讚賞《星星》「在培
養新人上的戰略眼光與膽識」〔註108〕。「詩壇新一代」的命名，將零散的個體
詩人集合為「一代人」，肯定他們是「思索」的一代、「創造」的一代，即便
「艱澀難懂」，也只是「個別詩句」。這種以集團方式推介個體詩人的策略，迴
避了讀者對於個別詩作的深究，更深一層的意義在於，集體推出 50 首詩歌，
使得每一首詩歌與其前後的詩歌文本乃至整個詩歌群體構成了互文性的解讀
語境。例如，舒婷的《落葉》（1980.5）流露著低沉、迷惘的情緒，這首詩被編
排在徐慧的《知青的回憶》後發表，在閱讀慣性作用下，引發讀者從知青經驗
理解詩歌，從而為《落葉》的寫作、發表與閱讀爭取歷史合法性。

　　1980 年《星星》第十期開始參與「探討當前詩歌創作問題」的討論，著
重推出辛心（白航）的評論文章《新詩五議》。與公劉「我們應該」的姿態不
同，辛心開篇申明只是「談點個人的看法和意見，以期引起討論」〔註109〕。

〔註108〕《星星》，1980 年第 10 期，第 56 頁。
〔註109〕《星星》，1980 年第 10 期，第 87 頁。

　　辛心從個人角度肯定了「文革」後詩風的轉變是「正常的合乎客觀規律的」。即便是「一些晦澀難懂、表現形式奇特、思想感情流露出一些彷徨或悲觀的詩作，也不可避免地一齊『放』了出來，這是極正常的一種現象，不必大驚小怪」。繼而對《今天》第八期「詩歌專號」進行評論。這是官方刊物首次直接以民刊《今天》詩歌為評論對象的重要文章，從中可見《星星》對於《今天》形象的塑造。

　　由於《今天》「詩歌專號」以集體方式傳播，決定了閱讀與評論上的整體性。「《今天》的第八期，共刊有 16 個作者的 34 首詩歌，寫得都有真情實感，敢於說出自己想說的話，不少詩是有所為而發的，當中，有不少閃爍著智慧和才能火花的年輕詩人。他們對現實生活中某些不健康的現象有所不滿。」整體肯定後，辛心批評說：「但可惜，有一部分詩作，卻沉浸在個人感情的陶醉和追求之中，有的調子悲苦低沉，看不清前途，有的滿腹牢騷而又陷於空喊；有的把人生看得過於飄忽暗淡，有的彷徨無主而留戀夢境」，問題所指的恰是《今天》的「命運漂泊詩」。文章認為迷惘、悲觀的「命運詩」，如馬德升的《人生》、白日的《夢之島》，「特別是集中發出來卻不一定有益」，而神情飄忽的「夢幻詩」，如易名的《彷彿》、小青《帶我去吧，風》，這一類詩「沒有意義可尋，只有彷彿可見」、「內容較空虛，追尋夢境決非有為的青年所應有的」。

　　辛心一針見血地是指出了這類「命運漂泊詩」的精神病症。毫無疑問，辛心有權力表達對於當今「青年詩人」生活消沉態度的不欣賞，畢竟這是基於中老年詩人對於 50、60 年代「青年詩人」既定形象的想像與認定，具體到詩歌創作上，這又與他們傳統的詩學觀念密不可分，即詩歌創作終歸應以「思想」表達為主導，而杜絕徹底以「印象」、「直覺」的呈現構造全詩。例如易名的《彷彿》：「彷彿翳暗車窗的人影／彷彿玻璃上塗了半截白漆／彷彿天藍的轉椅搖過棕黃的影子／彷彿舞臺上早寒的楊枝」並不訴諸於「思想」的表達，只呈現色彩明暗變幻的視覺「印象」，故而在辛心看來，「這是一首難於看懂的詩，只寫了一些彷彿的現象，而句與句之間沒有內在的聯繫，所以這詩沒有意義可尋，只有彷彿可見」。這類詩帶有印象主義與表現主義繪畫的特點，當時被看作形式主義的展露。

　　這類「命運漂泊詩」大多溢出了《今天》詩歌編選的主導框架。《今天》主體詩歌多能自覺協調「印象」呈現與「思想」表達的關係，例如孫紹振當時

就為舒婷的《路遇》（1979.3）辯護：「鳳凰樹突然傾斜／自行車的鈴聲懸浮在空間／地球飛速倒轉／回十年前的那一夜」，「它強調表現的不是客觀景色的真實，它追求是表現一剎那的直覺，這時理性和概念被排斥在一邊，但是這並不是終點，終點是理智的回歸：『也許一切都不曾發生／不過是舊路引起我的錯覺／即使一切都已發生過／我也習慣了不再流淚。』」〔註110〕

辛心指出的這類命運漂泊詩，的確在《今天》第八期集中呈現。然而他不輕易定性，以同情性理解，從社會關係與發展變化的角度看待：「這些思想也並非他們所固有，或一成不變的。客觀的說，這是由於社會上不正之風給精神世界和後一代帶來的嚴重後果，光責罵青年是不好的。一些青年對前途失掉信心，把一切都看『穿』了，這是由於官僚主義、開後門、任人唯親、賞罰不明、人浮於事、私勝於公的種種社會現象所造成的。青年而愛詩，這一點就比那些一天講究虛榮、追求時髦、打架賭錢、玩牌鑽桌子的人要高尚得多。」文章在指出問題後，以徵詢的口吻說：「我想，青年詩友是樂於接受的。」從藝術技巧上，文章首先肯定「他們的確有勇於探索和創造的精神」，也理解「在探索中，也自然會出現一些生硬和不確切的東西，使人難懂，這是不好的」。辛心能細緻地說出他「不懂」的因由，並能客觀地指出，「這類詩風還不占主導地位，但是有一定影響」，比較符合《今天》詩歌的真實處境。

辛心繼而在《星星》第十一、十二期上，詳細闡述「詩就是詩」的主張，開放詩歌主題與題材的限制：「希望看到生活氣息濃厚又有真情實感的詩，同時，也不反對發一些質量高和優美的吟風弄月的詩，因為它也是百家園中一朵小小的香花。」在「也談朦朧」中，指出讀者接受的差異：「讀詩，你讀不懂的，應當允許別人懂；你討厭的，應當允許別人喜歡，在藝術問題上還是大家和平共處的好。」這篇寫於1980年9月18日的《新詩五議》，遵循藝術民主的原則，重視詩歌自身的演變，公允地闡述了「文革」後詩壇的真實狀況，為後來的「朦朧詩」論爭提供了多維視角。從1980年十二期開始，《星星》堅守「詩，總應當是詩」、詩有「質的規定性」〔註111〕的學術探討立場，正式參與為「朦朧」正名的詩學討論中〔註112〕。

〔註110〕孫紹振：《恢復新詩根本的藝術傳統——舒婷的創作給我們的啟示》，《福建文藝》，1980年第4期，第59～63頁。
〔註111〕丁永淮：《詩，總應當是詩》，《星星》，1980年第12期。
〔註112〕《星星》1981年第1期發表吳思敬：《說「朦朧」》、丁永淮：《朦朧詩的過去與未來》、張放：《漫談詩趣》。

四、《詩刊》：尋求溝通的《新人新作小輯》與「青春詩會」

不同於省級地方刊物，《詩刊》作為國家最高級別的詩歌刊物，從 1979 年發表艾青的《在浪尖上》開始，在整個公共傳播空間中確立了主導位置。這種地位不僅表現在發行量和改變詩人命運的功能上，更體現為《詩刊》所堅守的寬容團結、不走極端的編輯原則。

在《安徽文學》刊出「新人三十家詩作初輯」後，《詩刊》在 1980 年四月號上也推出 15 位中青年詩人的「新人新作小輯」。《詩刊》主編嚴辰在「寫在《新人新作小輯》前面」中，滿懷祝福地寫道：「這一期，集中發表十五位新人的新作，以表示我們對一代新秀的由衷的歡迎。……可能有的作品還顯得稚嫩，相信經過不斷錘鍊，一定可以日趨成熟和完美。願新秀們百尺竿頭，競芳爭豔！願詩歌的隊伍更加發展，壯大！」

與「新人三十家詩作初輯」推出的全是青年詩人不同，《詩刊》意圖整合中青年詩人，達到溝通並團結兩代人，避免把青年詩人孤立出去另行對待或者軌導，因此 15 位詩人的年齡從 20 歲到 44 歲不等。較之「新人三十家詩作初輯」，《新人新作小輯》並不強調詩歌應有光明的尾巴，而強調詩歌批判與反思的力度和廣度，讓詩人傾吐不快。在編選的詩歌中，既有沉痛回憶「文革」中被欺騙、被教唆的反思詩，也有直接批判當前社會上官僚特權現象、表達青年

價值觀念淪落、懷疑社會主義優越性的說解詩，如高伐林的《答——》，還有表現純樸生活的鄉村風情詩。在表達手法上，也不同於《安徽文學》限於寫實主義與浪漫主義表現方式，反而大量採用現代主義隱喻手法，形式靈活多樣，其中發表了顧城的《詩四首》。《新人新作小輯》受到了一致好評〔註113〕。

就在此時，建國以來首次大型「全國當代詩歌討論會」於 1980 年 4 月 7 日至 22 日在廣西南寧舉行，來自全國各地的詩人、評論家、報刊編輯、大學教師和研究人員共 80 餘人參加了會議。會議由中國社會科學院文學研究所、中國當代文學研究會、北京大學中文系、中國作家協會廣西分會、廣西大學中文系和廣西民族學院中文系聯合主辦。這次會議，主要是針對「文革」結束後，社會上盛傳「詩歌已經失去了讀者，詩集賣不出去，書店拒絕進貨，有幾家出版社已經明確宣布，不再接受詩稿，專門發表詩歌作品的刊物訂戶有所減少，有的詩人感到失望，準備擱筆不寫」〔註114〕諸種悲觀論調以及小說、話劇和電影都比詩的境遇要好的事實〔註115〕而召開。面對「詩歌危機」，各位與會者都積極肯定了近年來老、中、青詩人共同的努力和成績，認為新詩正在走向繁榮，從這個意義上，這是一次團結的大會。然而會議中也存在多重價值觀念的潛在衝突，表現在（一）現代派詩歌「懂與不懂」的問題；（二）對一些青年詩人近作的評價問題；（三）關於今後新詩發展道路問題〔註116〕。其中對於年青一代的詩歌，有三種不同的意見：其一，肯定他們「富於個性的詩歌內容和形式給我國詩壇帶來了新的突破。他們的詩風正代表著我們詩歌的未來」，10 年、20 年之後，他們的詩風將會統治中國的詩壇；另一種意見認為他們的詩風晦澀，並非什麼創新，而是象徵派和現代派的唾餘，只能把青年引入歧途，決不能代表我們詩歌的未來；第三種意見是要縝密加以分析，青年中有戰鬥、思考的，也有迷惘、彷徨、「對社會主義喪失信心、嚮往資本主義世界甚至已經走上墮落道路」的〔註117〕。會議認為，鼓勵扶持前者，後者作為支

〔註113〕評論文章有吳伯簫：《贊〈詩刊〉「新人新作」》，《人民日報》，1980 年 5 月 14 日；余之：《散發著春天芳草的氣息——新人新詩漫評》，《文匯報》，1980 年 7 月 30 日。

〔註114〕公劉：《從「詩歌危機」談起》，《新詩的現狀與展望》，全國當代詩歌討論會編，南寧：廣西人民出版社，1981 年版，第 19 頁。

〔註115〕謝冕：《新詩的進步》，《新詩的現狀與展望》，第 24 頁。

〔註116〕絮飛：《南寧詩會紀要》，《星星》，1980 年第 5 期。

〔註117〕張炯：《有益的探討，豐碩的收穫——代前言》，《新詩的現狀與展望》，第 9 頁。

流，應該允許它存在，但不宜提倡。再有一類為數很少的詩歌，明顯表現否定四項基本原則的思想內容，我們應當反對。對他們不好的作品也應該有必要的批評。南寧會議終歸還是在藝術民主的原則下進行的，會議上各抒己見，並未上升到派性論爭的級別。

1980 年 8 月後，《福建文藝》突然終止了對舒婷的批判，《星星》也以「新星」方式推舉舒婷，這種態度的轉變與《詩刊》此時向舒婷伸來援助之手存在關聯。《詩刊》在第八期發表了舒婷的《饋贈》，同時向她發出了「青春詩會」的邀請函。

1980 年 7、8 月間，《詩刊》決定選擇全國最優秀的一批年輕詩人到北京做一次集體亮相，並請中老詩人對他們進行輔導。《詩刊》開始籌備第一屆「青春詩會」〔註 118〕。作為編輯部主任，邵燕祥制定了「青春詩會」的詩人與主講人名單，王燕生負責組織安排，主編嚴辰與副主編鄒荻帆也前來悉心輔導。《詩刊》組織「青春詩會」的目的，一方面是尋求中老詩人與年輕詩人的心靈溝通與詩藝分享，因此專門安排「中國詩歌界最有名的詩人和理論家都來詩會上為年輕詩人講課。除了中老詩人艾青、臧克家、田間、賀敬之、張志民、流沙河、蔡其矯、李瑛、黃永玉等，還包括研究外國詩歌的高莽、袁可嘉等。在一個多月的時間裏，《詩刊》四位領導每個人輔導四位年輕詩人，這種規格史無前例；另一方面，是讓青年詩人「逐漸形成一種力量，一個群體」，無論他們是堅持革命現實主義，浪漫主義，還是青睞現代派，《詩刊》都能兼容並包〔註 119〕。邵燕祥從《詩刊》前幾年發表詩作的青年詩人挑選出 15 人，其中有《今天》的舒婷、江河和顧城，以及張學夢、高伐林、梁小斌〔註 120〕、葉

〔註 118〕 一開始不叫青春詩會，叫作「青年詩作者創作學習會」，不是「學習班」，因為邵燕祥當時對「學習班」非常反對，他說學習班是「文革」時整人創造出來的。這個活動完了以後，這些人的作品在 1980 年 12 月專輯發表，邵燕祥提了一個通欄標題叫「青春詩會」，我也寫了個側記叫作《青春的聚會》。第二屆叫「青年詩作者改稿會」，後來就習慣地叫作青春詩會了。見田志凌：《王燕生訪談：這裡能看到中國詩歌發展的縮影》，《南方都市報》，2008 年 6 月 29 日。

〔註 119〕 選擇青年詩人的標準，「叫『小有名氣』。就是說我們發過他的詩，最好是組詩。還要注意寫作風格。有寫現實主義詩歌的，我們選了一部分；被稱為朦朧詩人、寫具有現代氣息詩歌的，我們也選了一部分。這些人的年齡、身份差別都很大，中間有國家幹部、農民、工人、學生。」見田志凌：《王燕生訪談：這裡能看到中國詩歌發展的縮影》，《南方都市報》，2008 年 6 月 29 日。

〔註 120〕 1979 年梁小斌拜訪公劉，公劉將梁小斌的詩歌推薦給《詩刊》的邵燕祥，並

延濱、徐敬亞、王小妮、傅天琳、楊牧、陳所巨、孫武軍、徐曉鶴、才樹蓮，後來北京下放陝北的知青梅紹靜回京探親也加入進來，東北師大的徐國靜拿著詩來毛遂自薦，邵燕祥看過後，也吸納進來，這樣就形成了 17 人的第一屆「青春詩會」。

在近一個月的學習生活中，青年詩人在藝術上互相交流融會，與中老詩人乃至北京新聞界、出版界的溝通也加強了〔註121〕。8 月 4 日進入創作和修改作品的階段：「梁小斌修改他的《雪白的牆》和《中國，我的鑰匙丟了》。他猶豫應該用『中國』還是『祖國』，我跟邵燕祥都覺得還是『中國』好，『祖國』

在《安徽文學》的「新人三十家詩作初輯」上發表梁小斌的《彩陶壺》。梁小斌到北京參加「青春詩會」時，還把浪漫主義奉若神明，「形成詩人優雅、純潔的品格是我的目標，這導致《雪白的牆》的創作（這似乎符合了一個時代的命題，使我獲得全國中青年詩人優秀詩歌創作獎）」。見公劉：《讓希望之星重新升起》與梁小斌：《作者自述》，收入《少女軍鼓隊》，北京：中國文聯出版公司，1988 年版，第 2、137 頁。到北京時，梁小斌才第一次讀到北島的《回答》，受到強烈的震撼。見梁小斌：《我不是朦朧派詩人》，《追尋 80 年代》，新京社編，北京：中信出版社，2006 年版，第 60 頁。

〔註121〕據王燕生回憶，「我們專門把北京的新聞界、出版界還有雜誌的編輯喊到一起，和詩會的同學見了一次面。熟了以後，他們發東西都方便一些，所以《詩刊》是能做的都做了。」「1980 年的青春詩會無論其規模還是影響都是最大的，後來青春詩會被人稱為詩壇的黃埔軍校。」見田志凌：《王燕生訪談：這裡能看到中國詩歌發展的縮影》，《南方都市報》，2008 年 6 月 29 日。

太甜了，跟這首詩的主調不符。」〔註122〕會議期間發生了「渤海二號沉船事件」，舒婷就此寫出注重親情、生命與人的尊嚴的《風暴過去之後》，隨後在《詩刊》第十期上發表〔註123〕。此外，同期還發表了《今天》詩人江河的《紀念碑》、《我歌頌一個人》與顧城的《小詩六首》。《詩刊》覺得應該讓詩人們自己說話，於是在第十期青年詩人詩作前，插有詩人的一個簡短的詩話〔註124〕，表達詩人的個性追求。其中顧城寫道：「我愛美，酷愛一種純淨的美，新生的美。……我生活，我寫作，我尋找美並表現美，這就是我的目的。」這是《今天》詩人首次在官方刊物上，以詩話形式直接表達他們獨特詩觀的開始。然而這種發言的方式，已經是經過官方藝術機構審查批准後的合法發言，非法性言辭被剔除出去：「青春詩會」期間，「謝冕他們辦的季刊《詩探索》曾經採訪過顧城等人，他們的一番話也引起了主流派的不滿。比如顧城說，這麼多年，老是叫我們當螺絲釘，就是要讓我們放棄、犧牲個性。站在歷史的高度看，顧城這樣說是不錯的，但是當時能接受這種思想的人是少數」〔註125〕。這種非法言辭在《詩探索》「請聽聽我們的聲音——青年詩人筆談」上發表，意味著學院與民間結盟〔註126〕力圖開闢出與官方相區別的獨立的批評空間。

　　既然已經進入官方刊物的傳播場，就不得不受制於他們的編選邏輯，遵循他們的遊戲規則。據 1980 年官方刊物的發表情況，上半年度國家級刊物《詩刊》極少發表《今天》詩人的作品，省級刊物《安徽文學》、《福建文藝》、

〔註122〕 田志凌：《王燕生訪談：這裡能看到中國詩歌發展的縮影》，《南方都市報》，2008 年 6 月 29 日。

〔註123〕 舒婷：《寸草心》，《梅在那山》，南京：江蘇文藝出版社，1997 年版，第 229頁。

〔註124〕 這種詩人詩話的形式，首先在 1980 年 7 月《今天》第九期和 10 月的《文學資料》之一上採用。

〔註125〕 田志凌：《對話邵燕祥：對新詩的推薦推動新詩向前走》，《南方都市報》，2008 年 7 月 20 日。

〔註126〕 《詩探索》緣起於南寧會議，新詩潮的論爭誘發了一批學人創辦一個理論刊物的想法。1980 年 9 月在北京創刊。「刊物取名『探索』，當然意在推進隨著『朦朧詩』出現而興起的探索之風。高舉藝術探索的旗幟，站在引領詩歌變革潮流的前沿，這就是《詩探索》的出版初衷」。《詩探索》的經濟來源主要來自民間的資助，它的所有編輯都是志願的、業餘的和無償的。見謝冕《〈詩探索〉改版弁言》。然而在敘述中，「推進」一詞被置換為「引領」一詞，暗含學院化理論對於詩歌創作的優先地位。這種超越批評獨立性，意圖「引領」創作的做法，無疑也會導致詩人之於詩評家、創作界之於理論界、民間詩人之於知識分子詩人在場域占位上的差異與爭執。

《星星》、《上海文學》基於各自的考慮，從正反兩面給予發表，其中以命運迷惘詩與愛情詩為主。情況在下半年度逐漸明朗化，《長江文藝》、《人民文學》、《長春》、《四川文學》、《北京文學》、《芒種》等官方刊物加入發表行列，積極從正面發表《今天》詩人的愛情詩、政治對抗詩甚至私人化的夢幻詩，官方刊物的發表口徑進一步放寬，《今天》詩人在 1980 年進入發表豐收期。

表二：1980 年的狀況

詩人	正規出版刊物	發表作品（名稱、數量與類型）
北島	《春風》文藝叢刊第 1 期	《五色花》、《微笑・雪花・星星》
	《榕樹文學叢刊》第 2 期	《你好，百花山》、《眼睛》、《一束》、《五色花》、《見證》、《陌生的海灘》
	《長江文藝》第 6 期	《無題（把手伸給我））》
	《詩刊》第 8 期	《迷途》、《習慣》
	《人民文學》第 10 期	《宣告》
	《長春》第 10 期	《橘子熟了》、《紅帆船》
	《四川文學》第 10 期	《無題（我已不再年輕）》
	《上海文學》第 12 期	《結局或開始》
	《北京文學》第 12 期	《路口》
芒克	《安徽文學》第 1 期	《自畫像》、《我有一塊土地》

江河	《榕樹文學叢刊》第 2 期	《紀念碑》、《我歌頌一個人》、《葬禮》
	《上海文學》第 5 期	《星星變奏曲》
	《詩刊》第 10 期	《紀念碑》、《我歌頌一個人》
	《北京文學》第 11 期	《我和太陽》
方含	《榕樹文學叢刊》第 2 期	《足音》、《晨曲》、《謠曲》、《童年》
舒婷	《安徽文學》第 1 期	《四月的黃昏》
	《福建文藝》第 1 期	《船》、《珠貝——大海的眼淚》、《贈》、《寄杭城》、《秋夜送友》
	《廈門文藝》增刊第 1 期	《一代人的呼聲》
	《榕樹文學叢刊》第 2 期	《致大海》、《致母親》、《燈光》、《中秋夜》、《四月的黃昏》、《小船》、《思念》、《路遇》
	順昌《明天》第 2 期	《心願》
	《廈門文藝》增刊第 1 期	《落葉》
	三明《希望的詩》第 3 期	《童話詩人》、《兄弟，我在這兒》
	三明《希望》第 3～4 期	《也許——答一位作者的寂寞》、《流水線》
	《上海文學》第 5 期	《日光岩下的三角梅》、《雙桅船》
	《新觀察》第 5 期	《獻給我的同代人》
	《福建文藝》第 7 期	《自畫像》
	《星星》第 7 期	《小窗之歌》、《也許》
	《詩刊》第 8 期	《饋贈》
	《星星》第 8 期	《落葉》
	《福建文藝》第 9 期	《往事二三》
	《詩刊》第 10 期	《贈別》、《暴風過去之後》、《土地情詩》
楊煉	《星星》第 1 期	《秋天》
	《上海文學》第 5 期	《為幾個動詞而創作的生活之歌》二首
	《星星》第 8 期	《我，以土地的名義》
顧城	《安徽文學》第 1 期	《鱷魚》
	《星星》第 2 期	《年青的樹》、《小鹿》
	《星星》第 3 期	《抒情詩十首》（《一代人》、《攝》、《沙漠》、《忘卻》、《星月的來由》、《回春》、《春景二則》、《山影》、《石壁》、《別》）
	《上海文學》第 3 期	《水龜出遊記》
	《詩刊》第 4 期	《給我的尊師安徒生》、《興都庫什山游擊營地》、《喀布爾河畔》、《眨眼》
	《長安》第 7 期	《結束》
	《芒種》第 8 期	《小花的信念》、《草原》
	《詩刊》第 10 期	《小詩六首》（《在夕光裏》、《遠和近》、《雨行》、《泡影》、《感覺》、《弧線》）
	《福建文學》第 10 期	《我和你》三首（《凝視》、《窗前》、《疑惑》）

第四節　規導的多副面孔與《今天》詩人的表態

一、公劉的位置、責任與氣質

　　1979 年至 1980 年，《今天》詩人得以迅速進入官方刊物並被廣泛傳播，離不開一批中老年詩人的幫協。其中，中年詩人公劉和老年詩人艾青在此過程中態度的微妙變化，對詩歌運動的發展影響極大。詩歌發展的必然趨勢不可違逆，但偶然因素在詩歌運動某一環節中的作用也不容忽視。

　　公劉是自覺提出對青年詩人應該進行「軌導」的第一人。這與公劉耿直剛烈的性格與坦率氣質、人生經歷〔註 127〕、身份恢復後的場域位置〔註 128〕、自始至終堅持的文學立場、詩歌觀念和責任使命協調一致。公劉不僅在公開刊物上陸續發表文章與講話，闡釋自己的文學主張，而且在與年輕詩人的私下交談中，也時刻不忘自己的責任。1979 年夏天梁小斌初次前往公劉家中，公

〔註 127〕公劉（1927 年 3 月 7 日～2003 年 1 月 7 日），原名劉仁勇、劉耿直，江西南昌人。年幼時在寒窗下苦讀經典，少年時代就顯示出文學天賦。他從十三歲開始發表詩作，當屬中國文壇中的神童之列。1946 年半工半讀於中正大學法學院，曾參加反蔣民主學生運動並發表詩作，擔任全國學聯地下機關刊物《中國學生》的編輯，後受國民黨反動派的迫害，1948 年轉移到香港，任《文匯報》副刊編輯。1949 年參加中國人民解放軍第二野戰軍陳賡部隊，進廣州被國民黨特務打過黑槍，又隨軍赴大西南，當過見習編輯和文藝助理員。發表反映西南邊疆的詩歌《西盟的早晨》等。1955 年調北京中央軍委總政治部創作室任創作員。此時代表詩作有《五月一日的夜晚》、《運楊柳的駱駝》、《上海夜歌（一）》等。出版了與人共同整理的民間長詩《阿詩瑪》，影響較大。其他詩集有《神聖的崗位》、《黎明的城》、《在北方》等，短篇小說集《國境一條街》。1957 年的一場政治風波，使西南軍區的一批青年作家遭受到劫難。當時公劉雖已調到總政治部文化部創作室，但 1958 年仍被劃為右派，遣送山西工地服勞役。60 年代初曾發表過一些詩作。「文革」中再次遭受磨難。1978 年，公劉到中國青年出版社修改長詩《尹靈芝》。公劉一復出，就已恢復了雄渾的元氣，如《沉思》諸詩，不只篇中有警句，而且全篇稱得起「沉鬱頓挫」。二十世紀九十年代，艾青對從維熙說：你的眼睛沒得色盲，中國什麼行當裏都有真假「李逵」，公劉是詩歌界中的真「李逵」，是個真正的天才。公劉在 1978 年復出後，能迅速恢復雄渾元氣，頗能代表部分中年詩人的情形。同時，公劉希望調回北京工作卻沒有接收單位，只能來到位處邊緣的安徽，更因直接受到「歌德派」的排擠，內心的沉鬱不言而喻。見柯原：《告別公劉》、從維熙：《悲歌一曲送公劉》、邵燕祥：《憶公劉》，收入《詩在你在：公劉紀念文集》，劉粹編，桂林：廣西師範大學出版社，2006 年版。

〔註 128〕1979 年 3 月在寫作《新的課題》前，公劉正在北京參加會議，「正好是政治部通知我，讓我回到總政治部去，補辦轉業手續，發給我一套軍裝，表示一切都恢復了，改正了。我就住在總政招待所寫的」。

劉教誨他：「心中要有小我，還要有大我」〔註 129〕。公劉最初的動機是對抗「歌德派」的「瞞和騙」，他反對「歌德派」時採用標準是「誠實」，是「千百萬人民群眾的社會實踐」，是真正的「現實主義」原則，更進一步，公劉從文學的社會功能上，提出「凡是有利於社會主義民主和四個現代化的就要歌頌，反之，就要鞭撻」〔註 130〕的評價標準。公劉以扭轉乾坤的「人民」之力反抗了「歌德派」後，繼續扮演「人民」的代言者角色，要求「我們」「既要有勇氣承認他們有我們值得學習的長處，也要有勇氣指出他們的不足和謬誤」〔註 131〕，試圖對青年詩人進行合法的思想規導。隨後，公劉在《詩與政治及其他——答詩刊社問》中，強調詩歌的政治化、人民標準與詩人戰士的歌唱姿態：「在我們這個無產階級專政的國家，企圖非政治化尤其是不道德的，因為它不符合人民的根本利益。」「詩只能是民主與科學的戰士，只能是實現共產主義理想而鬥爭的戰士，而不能叫詩去做這一個或那一個政治家的奴婢」，「詩人只能為人民歌唱，為消除一切反人民，反傳統，反理想的陰暗面而放聲歌唱」〔註 132〕。

　　1980 年 4 月全國當代詩歌討論會上，公劉首先從政治高度闡釋當前的社會主義民主與現代化，認為這與「五四」的「資產階級民主」、「科學救國」不同，不能回到「五四」的道路上去。隨後公劉表達了「我們作為中年的一代」承上啟下的責任，具體到詩歌領域，公劉指出青年詩歌中的三種傾向：第一種，完全反對社會主義，反對共產黨的領導，反對無產階級專政這樣一種社會，反對我們整個體制，如黃翔《火神交響曲》，「這樣的詩我沒看見」。隨後公劉對其他兩種傾向做出了數量判斷：一種是「大概寫現代派，或者簡直就是現代派的這種詩大概百分之七十到八十」，另一種現實主義的，「有很鮮明的革命立場，很鮮明的革命態度的這樣一種積極的進取的樂觀的戰鬥的這樣一種青年的詩，大概有百分之二十，甚至不到，這是根據我接觸的所作的統計，大概是這麼個情況」。公劉劃分出駱耕野、曲有源、雷抒雁、葉文福為代表的現實主義一翼，代表「我們這個時代的青年當中的方向」；另一翼是現代派的「北島、舒婷，包括顧城同志，他們也不滿」，但他們的不滿與革命現實主義詩人的不滿

〔註 129〕 梁小斌：《我不是朦朧派詩人》，《追尋 80 年代》，第 59 頁。
〔註 130〕 公劉：《詩與誠實》，《文藝報》，1979 年 4 月號。
〔註 131〕 公劉：《新的課題——從顧城同志的幾首詩談起》，《星星》復刊號，1979 年
　　　　 10 月。
〔註 132〕 公劉：《詩與政治及其他》，《詩刊》，1980 年第 1 期。

不一樣。現實主義詩人由於同情、理解現代派詩人，在創作中「也滲透了某種程度的現代派成分」，因此我們要對這兩派詩人都「寄以希望，而且同樣都要對他們給予扶持，都要給以引導。但是我們更多地是應該使健康的一翼」壯大起來，這是「我們工作的重點」。既然是偏重於扶持現實主義一脈，那麼對現代派則要控制他們的發表量。公劉最初曾積極幫助顧城將詩歌轉給《星星》，顧城得知要在三月號上發表後很受鼓舞，又寄了一組直接給《星星》，同時也給公劉寄來一打子。公劉不滿意顧城的產量之多：「我批評他寫詩是入了魔」，「發展了我在《新的課題》裏我不希望你發展的那一面」，「不能脫離社會生活」，「老是寫自我」，所以告訴顧城：「第一，你少寫；第二，寫了以後你少發表。」〔註133〕公劉的顧慮是這類詩歌的大量發表會影響社會主義的威信。

　　公劉的標準成為新詩潮論爭中反對方的有力依據，也成為官方刊物發表青年詩人詩歌的編選原則。但1980年10月公劉的態度發生了巨大的變化。而最初微妙的變化卻是在1979年《新的課題》發表後不久，公劉受到了大學場中陳布文的批評以及大學生刊物《這一代》的牽連〔註134〕有所反思而萌生。《新的課題》寫好後，公劉首先投寄到《詩刊》，「《詩刊》把它退了」。《星星》正在籌備復刊，來安徽合肥組稿，公劉把《詩刊》退稿的情況講了，「《星星》的同志果然是不凡，他們就用了」。隨後《文藝報》轉載，反響熱烈。此時，北京工藝美術學院張汀的夫人、張朗朗的母親陳布文，無條件地支持青年詩人。她拿著公劉的文章找了一些《今天》周圍的年輕詩人們，組織了《新的課題》討論座談會，並如實筆錄下來，投寄給《文藝情況》，在第四期上刊登

〔註133〕　《公劉在全國當代詩歌討論會上的發言》，《當代文學研究參考資料》（內部資料），中國當代文學研究會編，1980年（2／3）期。

〔註134〕　十三大學的《這一代》出版後，刊物編輯部寫信把《這一代》完整的校樣送給文代會主席團的馮牧。而正在武漢大學中文系讀書的張光年的兒子張安東，正是《這一代》武漢大學中文系珞珈山編輯部的小成員，《這一代》的骨幹，他以個人名義寫信了馮牧。馮牧把這些資料交給公劉，希望公劉能本著像《新的課題》那樣一分為二的基本態度，撰文評價。此時，武漢大學珞珈山編輯部和杭州大學的學生也寄給公劉一本殘缺的樣本，公劉在回信中提醒大學生，文字上各方面要注意，不要授人以柄。但這個信件落到了不是收件人手中，而且立刻彙報給團中央，然後上報了黨中央，其中將馮牧、公劉插手學生的刊物，事情就越來越顯得嚴重了。「在這種情況下，我是有些觸動，我感覺到年青人的東西，談論的本身就包含一種巨大的危險。」見《公劉在全國當代詩歌討論會上的發言》，《當代文學研究參考資料》（內部資料），1981年第1期。注：張安東從1979年3月1日開始給《今天》寫信，訂閱《今天》雜誌。見趙一凡：《來信摘編》第三冊。

出來，即《「我們」、「他們」及其他》。公劉認為，在收到的青年來信中，大部分是肯定的、敬禮的，但也有少數「不但不鞠躬不敬禮，而且橫眉怒目，或者是帶著一種挑釁和挑戰姿態出現的，其代表，就是《文藝情況》上登的這篇文章」。公劉在南寧會議上公開談論了此事的前因後果，承認《「我們」、「他們」及其他》「抓住了我那篇小文字的要害，因為我那篇文章裏講了，我們怎麼樣，他們怎麼樣，我們之間的關係如何」，起初公劉驚訝於「還有這樣一種態度，有這樣一種立場！但是後來我想想也是可以理解的」〔註135〕。隨後在南寧會議期間，公劉因腦血栓住院，到9月份回家得知，自己和艾青的詩歌同樣被「左派」人士批評為「情調低沉，其思想感情與人民群眾相距甚遠」。面對這種批評，公劉或許已經意識到，「人民標準」與代言人身份中隱含著一種專斷。從《〈仙人掌〉勘餘雜感》這篇文章開始，公劉不再積極提「人民標準」和「現實主義」主導論，相反他開始為藝術多元化辯護：「根據大量的史實證明，藝術上的現代主義不等於政治上的反動，正如同現實主義者並不一定都是革命黨一樣。」即便是表達對青年一代的希望時，也開始使用個人立場的「我」這一措辭，而不再使用早期文章慣用的集體概念「我們」。此時「朦朧詩」的論爭業已開始，公劉主張「詩應該讓人看懂」，而「不懂」的原因之一，是由於社會生活不正常，有些詩人既想為人民說話，又須避開文字獄，因此採取某種隱晦曲折的手法所致。公劉從詩歌創作角度，為「朦朧詩」提供了一種社會生活決定藝術方法的解讀方式，同時批評了某些人對朦朧詩進行惡意攻擊的政治式解讀方式：「有渾水摸魚者，他們大喊大叫，說什麼人的什麼詩『似乎隱藏著什麼東西』，『太古怪了』，等等。說穿了，這不過是一種新的挑釁方式，甚而至於是一種新的『告密』手段。我希望，有頭腦的讀者萬萬不可上當，手中握有權力的領導同志更是萬萬不能輕信。」〔註136〕面對共同的敵人「極左思潮」的回潮，公劉此時與朦朧詩人站到了一起。

此時，顧工在《兩代人——從詩的「不懂」談起》中，以「看來和我相似的同代人在節節敗退」、「兩代人的筆，要一起在詩的跑道上奔馳和衝刺」的「理解」論〔註137〕，也宣告著「引導」論的破產。面對著這種顛覆，公劉也只是以文風不好表示反感，而對「朦朧詩的爭論」不願涉足：「我不想捲入這

〔註135〕《公劉在全國當代詩歌討論會上的發言》，《當代文學研究參考資料》（內部資料），1981年第1期。
〔註136〕公劉：《〈仙人掌〉勘餘雜感》見《星星》，1981年第1期。
〔註137〕顧工：《兩代人》，《詩刊》，1980年第10期。

場混戰。這次爭論看來效果不好，不是填平『代溝』，而是加深展寬了這個鴻溝。爭論的雙方事先也沒有想到結果會這樣。這場爭論至少是對整個詩歌事業的發展不利，對詩歌隊伍的團結不利。希望能停止爭吵，希望大家心平氣和。」〔註138〕

　　公劉的文章思路，始終囿於「詩與政治的關係怎樣才算正常與合理」的框架中，這既是整個時代的侷限，也是他忠於自己的立場和責任使然。問題在於，當這種個人主張被提升為對所有詩人的共同要求時，無疑又陷入了另一種溫和的「文化專制主義」。公劉後期的些許轉變，重新回到了反抗「歌德派」「文化專制主義」的原點上。這種回歸，意味著此時的「朦朧詩」論爭中，意識形態的爭鬥仍在繼續，甚至極端化，表現在臧克家的筆下，「朦朧詩」被從政治高度專斷地痛斥為「一股不正之風，也是我們新時期的社會主義文藝發展中的一股逆流」〔註139〕。公劉清醒地看到了時代的侷限，無力也不願再介入朦朧詩的混戰中，他最終堅守自己的立場，希望以心平氣和的方式平息爭端〔註140〕。

　　另一批厭倦意識形態爭鬥的批評家，既試圖擺脫公劉的標準，又難免鬥爭邏輯的支配，例如南寧會議期間，「一位年輕的詩歌理論家說的話非常直率。他說中國新詩的發展的前途就是朦朧詩」〔註141〕。而謝冕則從最初宣傳「詩

〔註138〕《在京部分詩人談當前詩歌創作》，《文藝報》，1981 年第 16 期，原載《長安》，1980 年第 7 期。1982 年第三期《作品與爭鳴》編輯部為公劉的這個發言特意加上《現實主義必然是主流》的標題，連同顧工的一篇反批評文章《一點訂正和不解——致公劉同志》一起發表。同時附錄了顧工 1980 年第 10 期《詩刊》上發表的《兩代人——從詩的「不懂」談起》和顧城《結束》全詩。顧工在反批評文章中，援引公劉詩集中的《繩子》一詩，對其中同樣晦暗的隱喻提出質疑，警示公劉不要再從政治意識形態上對詩歌作刻意的闡釋。參見田志偉：《朦朧詩縱橫談》，瀋陽：遼寧大學出版社，1987 年版，第 15 頁；《中國新時期爭鳴詩精選》，《詩刊》社編選，長春：時代文藝出版社，1996 年版，第 123 頁。

〔註139〕臧克家：《關於「朦朧詩」》，《河北師範學報》，1981 年第 1 期。

〔註140〕1981 年 10 月，雖然公劉個人仍堅持詩歌的現實主義，但遵循藝術民主，捍衛青年詩人運用西方現代派手法、運用朦朧美的試驗權。認為青年人正在實現「詩必須首先是詩」的復歸，「至於他們選擇的某一條路子，對還是不對，不妨讓他先試一試」。而對於思想理論界的爭論，公劉「既不同意那種一味鼓吹所謂朦朧詩的『理論』，也反對看見凡是自己感到彆扭一點的東西就視同洪水猛獸的『理論』。這也就是說，大家都不要把話說絕了。」見公劉：《詩的異化與復歸》，《海韻》，1982 年第 2 期。

〔註141〕方冰：《我對於「朦朧詩」的看法》，《光明日報》，1981 年 1 月 28 日。

人的使命,在於替人民說話」、「詩人是人民的代言人」〔註142〕、「我們要考慮作品的社會效果」〔註143〕,迅速轉變為在會議結束後,立刻在《光明日報》發表《在新的崛起面前》〔註144〕,隻字不提公劉的標準。論爭的雙方都被推逼到「生存還是滅亡」的意識形態衝突中,在反覆的衝撞和淘洗中,南寧會議上爭論的「懂與不懂」的問題,被推至顯著的位置上,藉此又一批學院派批評家在詩歌美學的基礎上展開平心靜氣的討論,希望將詩歌場從意識形態的籠罩下獨立出來。

二、艾青的憂慮、堅守與恩怨

從 1979 年到 1980 年 4 月的南寧會議,公劉與艾青從來不以「懂／不懂」作為評價青年詩人詩作優劣的標準。即便是在 1980 年 8 月《詩刊》發表章明的《令人氣憤的「朦朧」》並組織「朦朧詩大討論」後,艾青也沒有主動介入。相反,艾青從《今天》誕生前,就積極支持年輕詩人的藝術探索與創新,以個人化的姿態,與年輕詩人交流詩藝。

1979 年 2 月 1 日,中國作家協會正式為艾青平反,恢復黨籍及其他待遇。隨後擔任詩人海港訪問團團長,率領蔡其矯、呂劍、孫靜軒等去廣州、海南、湛江、上海等地訪問。蔡其矯曾語焉不詳地暗示艾青此時「已經有地位了」,「本質上是古的。他到日本去開了個什麼會回來。就完全是官方口吻了。他有了地位後,就慢慢顯出他的古了。這是官方意識對他的影響,所以他就反對『朦朧詩』」〔註145〕。如果考慮蔡其矯個性誇張、說話隨意以及標榜「新潮」的立場,簡單地把一種審美趣味的「古」與「官方意識的影響」直接關聯起來,就過於草率,而把艾青反對「朦朧詩」歸於他的「官方意識」也有所偏隘。

事實上,艾青復出後,極力支持政治民主和藝術民主,「對詩人的要求是更能聽從自己的意志,比較自由地工作。對於主題和題材沒有固定的要求,能寫什麼就寫什麼。主要看你怎麼寫」。艾青對自己詩歌的要求是四個方面:「樸

〔註142〕 謝冕:《鳳凰,在烈火中再生——新詩的進步》,《長江》,1980 年第 2 期。
〔註143〕 謝冕:《詩人的使命》,《廣西日報》,1980 年 4 月 23 日。
〔註144〕 此前謝冕在《北京書簡・談詩與政治》中還堅守著「我們這個時代要求於詩人的,不管琴聲也好,鼓聲也好,都應當真誠地、熱烈地、執著地、無限深情地唱出億萬人民獻身於社會主義現代化的心聲」這個「一貫的觀點」。該文在《紅旗》1980 年第 5 期上發表。與此同時《光明日報》上發表了《在新的崛起面前》。在這種並存與對峙中,可以看出南寧詩會後,謝冕的轉變。
〔註145〕 廖亦武、陳勇:《蔡其矯訪談錄》,《沉淪的聖殿》,第 495 頁。

素，有意識地避免用華麗詞藻來掩蓋空虛；單純，以一個意象來表明一個感覺和觀念；集中，以全部力量去完成自己所選擇的主題；明快，不含糊其詞，不寫為人費解的思想。決不讓讀者誤解和墜入五里霧中。」而這四個方面，艾青認為自己尚未達到，只是「我所企求達到的目標，如此而已」。對於難懂的詩，艾青採取隨意的態度：「有的詩看不懂就不看了」。艾青認為「可以試驗多寫些短詩，短到一個段、只幾句、甚至只一句。但必須要給人深刻的印象，使人感到新鮮」〔註146〕。這種試驗的想法，多少受到北島等《今天》詩人的小詩體啟發。艾青無疑更注重從藝術上談論詩：「無論什麼時候，從藝術上說，都應該把寫詩的注意力放在形象思維上。形象思維是藝術創作的靈魂」。「沒有想像就沒有詩。詩人的最重要的才能就是運用想像。」「比喻的作用，在於使一切無生命的東西活起來，而且賦予思想感情。」艾青注重「生活的積累」，也是從「生活」是「想像」的來源方面去理解。艾青堅持「人必須說真話」，從這個方面尋求與「人民」的心靈匯通：「人民會從一切作品中鑒別真與假、善與惡、美與醜。」〔註147〕

　　讓艾青深深憂慮的，最初是青年詩人無視群眾的閱讀水平〔註148〕，寫作過於隨意的問題。在南寧會議上，艾青曾樂觀地認為讀詩的人並不少，讀者並不存在問題，而是詩人創作的態度不夠嚴肅、不能真誠地與人民同心同德〔註149〕。後來艾青聽到了太多「新詩的銷路」不好、新詩讀者在減少、「難懂的詩也應該發表」〔註150〕的論調，他並不同意「新詩危機」這種消極論調。

〔註146〕艾青：《我對詩的要求——在一次座談會上的發言》，《艾青談詩》，廣州：花城出版社，1982年版，第38頁。

〔註147〕艾青：《和詩歌愛好者談詩——在北京勞動人民文化宮》，《艾青談詩》，第56頁。

〔註148〕堅守「讀者至上論」艾青認為，要讀者理解你的詩，有兩種辦法，一種是提高群眾的文化程度，但這工作不是一個人或幾個人做的事情，這是整個國家、民族的文化程度、文化教養的問題；二是把詩人的水平降低，降低到群眾能接受的水平。因為詩人自己就生活在這個時代的這個國家裏，應當考慮怎樣才能寫出讓更多人理解的作品。見艾青：《與青年詩人談詩》，《艾青談詩》，第68頁。艾青的標準過於絕對，創新與傳統、詩人與讀者本是互動發展的關係，而不是靜止的對抗關係。詩歌中有易於讀者接受的，也有超越於一般讀者閱讀水平的，同時，讀者的閱讀能力與需求趣味也存在著差異。

〔註149〕艾青：《新詩應該受到檢驗》，《新詩的現狀與展望》，第11～16頁。

〔註150〕國外理論家是指美國威斯康星大學教授周策縱。一九八〇年艾青訪問美國，在愛荷華舉行「中國周末」上認識。周策縱提出「難懂的詩也應該發表」。周策縱的觀念在《北方文學》1981年第11期上《各家詩人談詩》中整理。艾

為此他從新詩「出版、發行」，即產品的製造與推廣上去找問題〔註151〕。這就是艾青捲入朦朧詩論爭，對詩人尤其對理論批評家和出版編輯進行批評的出發點。公劉和艾青都強調「人民」，前者偏重為人民服務的「大我」精神，後者偏重與群眾溝通的平等姿態與方式。

在 1980 年 7 月 23 日《詩刊》組織的「青春詩會」上，艾青談「關於寫得難懂的詩」時，從詩歌創作的角度分析說，詩人如果「只是寫他個人的一個觀念，一個感受，一種想法；而只是屬於他自己的，只有他才能領會，別人感不到的，這樣的詩別人就難懂了。」艾青舉北島的小詩《生活》，毫無疑問是因為該詩在青年讀者中耳熟能詳的程度，便於分析：「詩的內容就一個字，叫『網』。這樣的詩很難理解。網是什麼呢？網是張開的吧，也可以說愛情是網，什麼都是網，生活是網，為什麼是網，這裡面有個使你產生是網而不是別的什麼的東西，有一種引起你想到網的媒介，這些東西被作者忽略了，作者沒有交代清楚，讀者就很難理解。」「出現這個現象，到底怪詩人還是怪別人？我看怪詩人，不能怪別人。」艾青得出的結論是詩人在構思與表達過程中忽略了引導性的「媒介」，詩人應該尋求自己和大家之間相通的東西。艾青的確不贊同一些年輕人堅持「我的詩就是這樣子，懂不懂是你的事」以及「以看不懂的就是好詩」理論，他規勸說：「其實，你既然要發表，總還是為了讓人看，還是讓人看懂才好。」隨後艾青肯定北島：「有些別人不懂的詩，也可以是寫得很好的詩，像剛才提到的這位詩人，就有一些好詩。」艾青只是為了忠告年輕詩人一個事實：讓人看不懂的詩可以創作，但詩發表出來，必然要接受讀者的檢驗。以艾青孤傲的性格，他決不輕易稱賞別人，即便是肯定，也略帶幾分幽默的挑剔，然而他卻默認《今天》可以與格律派、自由派相提並論的地位與影響力。「對青年詩作者的希望」中，艾青提倡青年詩作者大膽的自由創作：「各人按各人的興趣寫，自己想寫什麼就寫什麼，不聽從這樣寫那樣寫的指令，思想解放一點，不要怕這怕那。」對於中國未來新詩的發展，艾青並不定調，主張各人「有各人的調」、「各自一家」，而「我只是千家萬家中的一家」〔註152〕。

　　　　　青對「發表」問題的思考以之為參照背景。艾青：《答〈詩探索〉編者問》，《艾青談詩》，廣州：花城出版社，1982 年版，第 171 頁。

〔註151〕艾青：《美國歸來答客問》，《艾青談詩》，第 184 頁。

〔註152〕艾青：《與青年詩人談詩——在詩刊社舉辦的「青年詩作者創作學習會」上的講話》以及《答〈詩探索〉編者問》，《艾青談詩》，第 57～70、171～175 頁。

　　艾青主觀上從不干涉、更不主動引導青年詩人的創作方向，他只是追求
自己「明快，不含糊其詞，不寫為人費解的思想」的詩歌理想，由此出發，希
望青年詩人從發表的實際角度考慮讀者接受的問題。從長遠來看，是為新詩的
發展挽留更多的讀者。然而，艾青「詩壇泰斗」的身份客觀上致使他的發言即
便是表達個人喜好，也會在部分虔誠的青年詩人中引起一片譁然。艾青的這次
發言很快傳到北島那裡。北島從 1976 年至 1981 年時常出入艾青家中談詩問
藝，關係尚算融洽。然而 1980 年上半年來，先是《福建文藝》對舒婷批判，
繼而是南寧會議上「懂與不懂」的爭論，現在反對「朦朧詩」的「氣悶」之聲
業已出現〔註 153〕，部分壓抑的青年詩人如驚弓之鳥，把希望寄託在了艾青身
上。艾青堅守「寫詩應該讓人看懂」的立場，並批評《網》忽略了與讀者溝通
的問題，的確容易引發處於弱勢位置的青年詩人不滿甚至絕望〔註 154〕。黃翔
「認為是艾青在壓制青年詩人。為此，他寫了封《致艾青的公開信》，口氣十
分激動，要『艾青給他一條生路』」〔註 155〕。北島寫了一首叫《彗星》〔註 156〕
的詩，暗示「我們」與「你」之間或合或離的關係：「回來，我們重建家園／

〔註 153〕　《詩刊》8 月號上發表了章明的《令人氣悶的「朦朧」》後，《詩刊》展開了
　　　　　朦朧詩的討論。九月下旬，詩刊社在北京召開詩歌理論座談會。會議規模不
　　　　　大，只有二十幾人參加。《詩刊》的嚴辰、鄒荻帆、柯岩、邵燕祥自始至終參
　　　　　加了會議。馮牧最後到會作了講話。大家一致認為：在詩歌創作與詩歌欣賞
　　　　　中，必須劃清含蓄，朦朧，晦澀的界線；含蓄是要提倡的，朦朧是應容許的，
　　　　　晦澀就該反對了。含蓄就是有詩意、詩味；朦朧也不失為詩美的一種表達方
　　　　　式，但晦澀則是不知所云，霧中無花，水中無月，鏡中無像了。在目前正式
　　　　　發行的報刊中，晦澀的詩還是極少的，但對於詩歌創作中的這種現象必須引
　　　　　起重視。見鍾刃：《在爭鳴中探求新詩的道路——記全國詩歌理論座談會》，
　　　　　《星星》，1980 年第 11 期。

〔註 154〕　針對艾青到處公開引用批評《太陽城箚記》中最後一節「生活·網」，北島給
　　　　　他寫了一封信，「強調這是一首組詩中的一小節，你要批評，也應說明原委。
　　　　　我接著說，你也是從年輕時代過來的，挨了那麼多年整，對我們的寫作應
　　　　　持有寬容公正的態度。收到此信，艾青給我打電話，我們幾乎就在電話裏吵
　　　　　起來。」見劉子超：《北島：此刻離故土最近》，《南方人物週刊》，2009 年第
　　　　　46 期。

〔註 155〕　據艾青夫人高瑛 1997 年 9 月 21 日回憶。見程光煒：《艾青傳》，北京：十月
　　　　　文藝出版社，1999 年版，第 519 頁。

〔註 156〕　蔡其矯曾這樣為《彗星》辯護，它「是寫愛情的，被當政治詩批判」。見廖亦
　　　　　武、陳勇：《蔡其矯訪談錄》，《沉淪的聖殿》，第 495 頁。《彗星》顯然並不符
　　　　　合北島愛情詩的藝術慣例，而是一首寫給昔日壕戰戰友與偶像，如今獨自燦爛
　　　　　的「彗星」的宣告詩。此前，任洪淵的同題詩《彗星》，在《詩刊》1980 年第
　　　　　1 期上發表。比較二者「彗星」意象異同，有助於理解北島的《彗星》。

或永遠走開，像彗星那樣／燦爛而冷若冰霜／摒棄黑暗，又沉溺於黑暗中／穿過連接兩個夜晚的白色走廊／在回聲四起的山谷裏／你獨自歌唱」。「真正激怒艾青的還不是北島『組織人圍攻』，也不止是黃翔的這封公開信，而是黃翔不久在貴州大學文學社所辦的文學刊物《崛起》上發表的一篇聲討艾青的檄文。」〔註157〕

1980年12月，貴州大學中文系主辦的頗具影響的民刊《崛起的一代》第二期，以「無名詩人談艾青」為總題發表了八篇向艾青挑戰的檄文：方華的《艾青——「網」》、黃翔的《致中國詩壇泰斗——艾青》、啞默的《傷逝》、張嘉彥的《有誰聽說過艾青》、鄧維的《也談艾青》、梁福慶的詩《給——》、吳秋林的詩《答艾青〈與青年詩人談詩〉》、田心的《筆談〈與青年詩人談詩〉》。這些讀者反抗的邏輯，並不單純是青年與老年「代溝」的自然反應，更多是權力場中的「奪權」邏輯在詩歌場中的上演。他們針對的是場域中的「當權者」，而非中老年詩人。運用「老人」這類蔑視性話語，只是羞辱對手的修辭策略。黃翔詛咒艾青的詩「正在我們的精神世界中死去，在一代人當中死去，我們要趁你還活著的時候把你的牧歌送進火葬場，決不為它建築一座詩歌的『紀念堂』」之後，站在「過去／未來」的時間序列上，假想著自己「奪權」後的勝利場景：「未來抓握在我們的手裏，微笑在我們的勇氣中，展開在我們的腳下！」最後，嘲諷艾青「老人，既然你這樣顫巍巍的，你就別在我們中間擠了！」

貴州黃翔、啞默〔註158〕的《啟蒙》詩歌曾被民刊《今天》、國家刊物《詩

〔註157〕程光煒：《艾青傳》，北京：十月文藝出版社，1999年版，第519頁。

〔註158〕啞默曾在1979年11月16日的日記中寫道：「不過自從我給他（艾青）寄過簡陋的《草野》，《啞默詩選》後，他一直連信也沒回過，我對他的感情就變得很淡漠了。」1980年4月26日又寫下：「不過，過去的那個艾青早已在我的心中死去了。有時候，人死了，比仍活著還好些。」見李潤霞：《以艾青與青年詩人的關係為例重評「朦朧詩論爭」》，《現代文學研究叢刊》，2005年第3期。隨後，啞默於1980年7月5日直接寫信給艾青，表達了自己的態度：「詩人艾青：我在近期的《世界文學》上讀到聶魯達的幾首詩和您的《往事·沉船·友誼》，心理很不痛快。從您的回憶中，字裏行間看出很沉重、很凝聚的心情，有種悲憤的客觀而冷靜的見證感。你們這一輩詩人，包括享有國際聲譽的，實質上命運是很悲慘的。慘就慘在政治上把你們死死纏住，而你們也和政治緊緊絞在一起。有資料揭露，聶魯達屬於克格勃！他不再屬於詩人。另外，我想告訴您，艾青在我心裏已經死去了。我很悲傷。特別是今天讀到您在回憶中提及『在海岬上』時，彷彿喚回我許多年一直在人生的海岬上苦苦想念過的那位手裏拿著蘆笛的詩人。然而這對我已經是一種過去和遺忘。一本開後門買來的新版《艾青詩選》放在我的桌子上快一年了，但我連翻都

刊》拒發，而如今寄託在艾青身上的希望也徹底破滅，於是借機發洩不滿
〔註159〕。「聞訊後的艾青，先是震驚，繼而氣憤，回信黃翔，稱：『我還要別
人給出路呢？』」。而此時已經調至國務院外文局所屬的《中國文學》編輯部
任英文編輯的北島，對這些反對言論進行了不冷靜地散播〔註160〕。

　　1980 年 12 月末，「今天文學研究會」徹底中止了一切活動。1980 年 12 月
25 日，鄧小平在講話中明確指出：「我們的宣傳工作還存在嚴重缺點，主要是

沒有翻過。儘管上面的第一頁印著的第一句話是我給您的第一封信裏的第一
句話。但我覺得它對我一點兒也不珍貴。我曾捧著那本舊的《艾青詩選》流過
一次淚，一種很重要的人生感情告終了。『歲月宛如浪潮卷去／在我們心裏
／常有不死的聖靈／有時卻又是些死去的靈聖／從他們中，人，漸漸找到了
自己』。1980 年 11 月 1 日，另一封信中寫道：「過去漫長的日子裏，在情感
上我沒有辜負過自己。對詩人來說，我始終覺得感情比什麼都珍貴。情感寂
滅了，別了，一切也隨之寂滅。生活本來就是一張網。給我記憶最深的是五
七年至七六年間被網去的人生和歲月。因此，我討厭想用自己的網去網住生
活的人。最後，用青草和露水寫詩的人，卻忽視了身邊的露水和青草，多麼可
怕！」這裡面無不過量著詩人的衝動、偏激。但心裏也充滿暗暗的傷痛，啞
默知道自己遭損的是人生極其珍貴的詩性情懷。見啞默：《火炬與苦難的旗
幟——紀念艾青》，中國語文網，http://www.chinese001.com/wxsj/zgwx/xdwx/
zjda/aiqing/00586.jsp。

〔註159〕1982 年 7 月 3 日，黃翔在《藝術的否定》中開宗明意地寫到：「向艾青挑戰
是深刻的，而否定艾青是淺薄的。」1986 年 8 月中旬，在詩壇紛爭過去以後，
黃翔、張玲、王強、啞默四人一起上北京去豐收胡同 21 號拜望老詩人艾青，
兩代人恢復了和解。四五年後，黃翔袒露了當年挑戰艾青的目的和願望：「向
艾青『挑戰』，是基於更新民族文化的自覺的責任感。我希望艾青激進一些。
仍然保持年輕時代的叛逆性。……向艾青『挑戰』是我對艾青的特殊尊重方
式。儘管顯得火爆和語言不遜，但我總以為艾青會帶著寬宏大量的微笑望著
年輕的後來者。他一定會明白，啄食他的神聖的詩的前額的兇猛的山鷹正是
出於對他的厚愛。」見啞默：《火炬與苦難的旗幟——紀念艾青》與黃翔：《狂
飲不醉的歌行》，載油印刊物《大騷動》第三期，1993 年 7 月。黃翔當時並
未想到，艾青年輕時的叛逆恰恰是為了追求自己的詩歌理想，如今強迫他反
對自己的詩學立場，無疑將艾青逼到憤怒的境地。

〔註160〕據艾青夫人高瑛 1997 年 9 月 21 日的回憶。後來「一家出版社欲出版『七家
詩選』，編輯來徵求艾青意見。他就力主應該有北島，說：『北島也應該是一
家嘛』。北島和邵飛也探望過艾青。貴州詩人也與艾青重修於好。1986 年艾
青生病時，他們專程集體從貴州到北京看望了艾青，黃翔向艾青當面道歉，
之後他們常有往來。黃翔在文中表示「向艾青挑戰是深刻的，否定艾青是淺
薄的」。見程光煒：《艾青傳》，北京：北京十月文藝出版社，1999 年版，第
517～519 頁與《黃翔——狂飲不醉的歌形》，紐約天下華人出版社，1998 年
版，見李潤霞：《以艾青與青年詩人的關係為例重評「朦朧詩論爭」》，《現代
文學研究叢刊》，2005 年第 3 期。

沒有積極主動、理直氣壯而又有說服力地宣傳四項基本原則，對一些反對四項基本原則的嚴重錯誤思想沒有進行有力的鬥爭。」臧克家隨後以一聲厲嚇：「現在出現的所謂『朦朧詩』，是詩歌創作的一股不正之風，也是我們新時期的社會主義文藝發展中的一股逆流」〔註 161〕，拉開了 1981 年朦朧詩論戰的大門。《文藝報》第一期刊登出胡耀邦 1980 年 2 月的《在劇本創作座談會上的講話》，編者注明「講話就當前文藝工作、文藝創作的一系列帶根本性的問題，作了深刻的論述」，隨後 1981 年《上海文學》三月號刊載了該文，四月號開篇刊登了桑城的《文藝要成為精神文明建設的勁旅》，指出「我們必須全面地認識革命現實主義的特徵，決不能把揭露和批判視為革命現實主義的唯一的功能，決不能用悲觀失望的調子來描繪現實」，文藝界開始進行精神文明建設。

　　1981 年 1 月 8 日，艾青訪美回國，在北京圖書館群眾工作組舉行的個人報告會上，就「朦朧詩」的提問，隨便發表了一些意見。艾青在美國期間，對於抽象派藝術最典型的理論「你自己以為是什麼，就是什麼」極不認同：「如果這些都是藝術的話，什麼都是藝術了」〔註 162〕。隨後把中國當前新詩銷路不好的原因歸於「出版、發行」：「把反映現實的詩加以排斥，大家都寫起『朦朧詩』，這怎麼行呢？」對於「朦朧詩」，艾青一分為二地評價，比較好的可以發表。但太壞的，即「沒有內容、做文字遊戲的、猜謎語連謎底也沒有的怪詩」，編輯不應該發。而朦朧詩的理論家，「調子越唱越高，不是引導，而是一味吹捧，對年輕人毫無好處，只有造成混亂、驕傲自大與目空一切。其實，後來真正『崛起』的是那些評論家」。其中，「驕傲自大與目空一切」暗指黃翔、北島的過激行為，而吹捧他們的是一群借機「崛起」的評論家，由此艾青正式捲入朦朧詩的論爭。

　　1981 年廣州《作品》第三期，發表了艾青的談話《首先應讓人看得懂》，系統地闡釋了艾青的觀點。艾青指出國內的詩壇，除了年輕人大量寫愛情詩外，「也有一種傾向，就是向外國詩學習，向三十年代的現代派學習，有很多詩就很費解」。艾青從詩人創作與讀者接受兩方面分析說：「難懂的原因有很多種，有些詩寫得像外國翻譯詩似的，有些詩把許多不相干的事物扯在一起，

〔註 161〕臧克家：《關於「朦朧詩」》，《河北師範學報》，1981 年第 1 期。
〔註 162〕艾青：《美國歸來答客問》，《艾青談詩》，廣州：花城出版社，1982 年版，第 183 頁。

有的是個人的奇思怪想。於是有些謙虛的讀者甚至懷疑自己的理解的水平。」
艾青反對故弄玄虛的詩歌創作：「詩，首先應讓人看得懂，然後才能區別好與
不好。」艾青批評詩人創作的遊戲心態：「下定決心讓人家不懂的是一種奇怪
的心理，等於是遊戲，等於是無效勞動。」其實，遊戲心態恰恰是詩歌發生的
重要因素之一，中國新詩從誕生初期就存在一脈主「趣味」與「遊戲」的潛
在傳統〔註163〕，而《今天》詩人以遊戲心態進行嚴肅的語言試驗與形式探
索，是在大眾讀者缺席的文革地下時期進行的，讀者多為同人圈子，不曾考慮
公開發表與普遍接受的問題。如今走向公共發表語境，艾青對於新詩接受與
讀者市場的憂慮，確實也符合實際。艾青以自己的閱歷，指出「詩的好壞又以
什麼為標準呢？大概有下面幾種不同的標準：社會的功利，被接受的程度，外
界的反映，和實踐的檢驗。所以詩不是一個人的東西」〔註164〕。

　　隨後5月12日的《文匯報》發表了艾青的《從「朦朧詩」談起》，該文的
影響極大。艾青首先承認：「朦朧詩作為一種文學現象，不足為奇，反對它也
沒有用。」艾青批評的矛頭更多對準「吹捧朦朧詩」的「理論界」與盲目發
表朦朧詩的「編輯界」，因為正是他們，給予了青年詩人發展「不懂」傾向的
理論支撐與公共空間：「平庸的批評家，不願意作細心的、實事求是的、耐心
研究、耐心分析的工作。要說某人好，就是好到天上，說得天花亂墜。把明
明是缺點也說成是優點」，「編輯有責任把最好的東西介紹給讀者。編者也有
責任把不好的詩送還給作者。有些詩，不是個別的句子難懂，而是全篇都是
謎語，竟也發表出來」。「有一種很流行的理論：『你自己以為是什麼就是什
麼』」，「你怎麼理解都行」，「這是典型的虛無主義的理論」。隨後艾青氣憤地
批評詩歌創作界：「另外有一種現象：思想不明確，口齒不清楚，不可能通過
明確的語言表達明確的思想。胡思亂想、苦思冥想、奇思怪想，把不能聯繫
的東西拉扯到一起。或者是沒有謎底的謎語，猜來猜去，原來裏面是空的；
以殘缺不全為美，畸形的、怪胎、毛孩子，像在開化裝舞會，出現了許多蒙
面人。」儘管艾青還是重複以往的觀點，可是這次明顯情緒失控，言辭激勵，
語氣過厲。更甚至於，在6月4日「1979～1980全國中青年詩人優秀新詩評
獎」大會的《祝賀》中，突然從思想立場上批評「一些青年在詩歌創作中，有

〔註163〕張志國：《四十年代「新生代」詩歌的詩學意義》，《文學評論》，2008年第4
　　　　　期。
〔註164〕艾青：《首先應讓人看懂》，《作品》，1981年第3期。

否定一切的情緒」〔註 165〕。艾青這種情緒的失控雖由黃翔的檄文誘發，但根本仍是出於維護自身在詩壇的話語權所致〔註 166〕。艾青擔心新詩讀者的流失，要求從詩歌生產與推廣環節，進行「好詩與壞詩」的嚴格篩選，這違背了他自己的實踐標準：「社會的功利，被接受的程度，外界的反映，和實踐的檢驗」。他低估了讀者的閱讀能力、選擇能力與評判能力，沒有把詩大膽交給讀者，在歷史中去經受檢驗與淘洗。

這時，北島在《上海文學》五月號上首次表態：「應該允許別人的道理存在，這是自己的道理得以存在的前提。詩人之間需要溝通、理解、寬容和取長補短。當然，爭論也是必要的。」艾青或許意識到言辭過激，有所失態，在 1981 年 5 月〔註 167〕和 12 月情緒冷靜時再三聲明：一、「『朦朧詩』可以存在。世界上有許多朦朧的事物，只要寫得好，寫得美，當然可以寫」，「但是不宜把『朦朧詩』捧得太高，說成是新詩發展的方向；說朦朧是詩的規律等等」；二、「詩必須讓人能看懂」；「但是詩的好壞不能以懂與不懂作為標準，容易懂的不一定是好詩，不容易懂的不一定是壞詩。詩要寫得有所創新、有所突破，寫得含蓄就不容易懂」；「我也不同意讓下一代人才能看懂的說法。」艾青對於創作界的語氣平緩了很多，但對出版界與理論界冠以「全盤否定新詩的態度」〔註 168〕繼續批評。「文革」後的文化邏輯不僅僅是求真，求變求新〔註 169〕伴隨現代生活方式的變更，愈來愈主導著讀者的審美趣味。孤傲的艾青，堅守「真誠」地為「時代」與「人民」代言，然而卻把廣大讀者想像成為靜止不變的整一群

〔註 165〕 艾青：《祝賀》，《詩刊》，1981 年第 7 期。

〔註 166〕 提起這些他曾輔導過的青年人，艾青很氣憤，他幾乎罵道：「不客氣地說，這是一些詩壇的『打砸搶』派。他們一面抄襲我的作品，一面又要把我送進『火葬場』。比如那首又名的詩『生活──網』，其實源自我的《火把》。」見蘇立文：《大陸詩壇的一場大混戰──「朦朧詩」閣下的「大禍」》，香港：《七十年代》，1981 年 11 月號。艾青在這裡，顯然是在證明自己的先導地位。

〔註 167〕 《艾青談詩──答本報記者問》，《中國青年報》，1981 年 6 月 11 日。

〔註 168〕 艾青：《迷幻藥》，1981 年 12 月 6 日，《艾青談詩》，第 90～96 頁。

〔註 169〕 生活方式上的求變求新，與改革開放後，人們開眼看世界時的突然發現與自省直接相關。當時在中國上海、北京等城市舉辦了日本工業生活用品展覽、美國現代都市攝影展覽。發達的生活科技與現代化的摩天高樓直接顛覆了中國青年心目中的資本主義國家形象。在以往的描述中，資本主義人民生活在水深火熱中、等待中國去拯救，而事實卻是他們遠比中國人富足。此外，伴隨鄧麗君的甜蜜歌聲與走私品、洋裝洋貨長驅直入，香港、廣東的商業文化、流行文化，「猛襲神州」。見楊東平：《城市季風──北京和上海的變遷與對峙》，臺北：捷幼出版社，1996 年版，第 414 頁。

體。當讀者趣味出現群體分化與變遷時，朦朧詩逐漸成為引導時尚的偶像。在
1983 年全國清除精神污染、反對資產階級自由化的政治運動中，作為中國作
家協會副主席的艾青，再次發表自己的詩歌主張，然而這時已不再是個人意
義上的詩學論爭了〔註 170〕。

三、《上海文學》：精神文明建設與《今天》詩人的表態

　　1981 年，廣州《花城》第一、二期的「嘗試小集」專欄先後轉載《今天》
雜誌中江河的《祖國啊，祖國》、芒克的《十月的獻詩》、飛沙（楊煉）的《我
們從自己的腳印上……》、北島的《星光》以及舒婷新近創作的《在詩歌的十字
架上》。《花城》試圖推廣《今天》雜誌詩歌於受難與疼痛中反思歷史、追求理
想的堅毅形象。同年，《福建文藝》更名為《福建文學》，在第一期的「關於新
詩創作問題的討論」專欄下，呼應《詩刊》組織的「青春詩會」，集中刊發了
「青春詩論」十則〔註 171〕。這是一次青年詩人真誠的自由發言，表達了對於
「朦朧詩」的理解與敬意。梁小斌認為「一個無所事事的人看詩，對象總是朦
朧的。一個工人對待一個加工件的感覺應是清晰的，不然他無法行動。但是，
一個工人對待勞動的『成果』會產生喜悅，會產生朦朧的幻想，這種現象很能
說明詩歌的所謂『朦朧』問題。」李發模則表示甘拜下風：「與舒婷、顧城他們
比起來，我顯然是弱者，我很苦悶，寫不出好詩，終究一天要被淘汰，但我不
嫉妒他們，我深切地預祝他們成功！」他認為許多詩人之所以反對「朦朧詩」，
是因為朦朧詩搶佔了他們的場域位置：「真正的詩在衝擊著他們的地位，取代他
們的影響，使他們的思維方法（包括藝術構思）發生危機。……那些年中國特
有的政治氣候，造成了他們的詩風，值得同情他們的不幸……」。同時「青春詩
論」以群體發言的形式，集中凸出個性化的聲音。楊煉宣言：「我永遠不會忘

〔註 170〕《艾青談清除精神污染》，《經濟日報》，1983 年 11 月 1 日。1983 年「反精神
　　　　　污染運動」開始，《經濟日報》去艾青家採訪。「艾青把政治與私人恩怨夾在
　　　　　一起，多次點到我的名。出了門，《經濟日報》副總編輯對隨行的年輕編輯
　　　　　（恰好是我好朋友的同學）說，艾青今天涉及北島的話要全部刪掉。她的職
　　　　　業道德多少保護了我。」見劉子超：《北島：此刻離故土最近》，《南方人物週
　　　　　刊》，2009 年第 46 期。
〔註 171〕楊煉：《我的宣言》、徐敬亞：《生活・詩・政治抒情詩》、顧城：《學詩筆記》、
　　　　　高伐林：《探索之餘談探索》、李發模：《學詩斷想》、張學夢：《關於詩》、駱
　　　　　耕野《詩和詩人》、梁小斌：《我的看法》、陳仲義：《顫音》（詩歌）、王小妮：
　　　　　《我要說的話》。

記作為民族的一員而歌唱，但我更首先記住作為一個人而歌唱。」王小妮則說「作為我自己，我就寫我所熟悉的：我接觸過的農民，我身邊的青年」，「我仍舊願意珍視自己的不同於別人的感覺，願意不斷地培養自己的思考習慣。」

《上海文學》從 1980 年第五期開始集中推出青年詩人，其中發表了《今天》詩人江河的《星星變奏曲》、楊煉的《為幾個動詞而創作的生活之歌》以及舒婷的《日光岩下的三角梅》、《雙桅船》。《上海文學》推出的《今天》詩歌，都是洋溢著青春活力與積極肯定生活的詩歌，並未招致爭論，反而得到了好評。吳歡章在《年青的歌手向我們走來》一文中，熱情地讚美這些青年詩作勇於打破「題材禁區」、具有沉思特色、堅持詩歌藝術、大膽表現自我、追求新的表現方法的新特徵，認為對青年詩人來說，「最重要的還是應當繼續保持和加強同人民群眾的聯繫，一刻也不能脫離生活」，唯有如此，才能「有助於提高我國詩歌的思想性和戰鬥力」〔註172〕。這是《上海文學》的正面推介與規導方式。

《上海文學》從 1981 年第一期開始擴大發行，連續幾期推出綜合中老年詩人與青年詩人的「百家詩會」，採用「詩人詩話」加「詩作」的發表形式。在第三期上，江河發表《讓我們一起奔騰吧——獻給變革者的歌》，在詩話中寫道：「詩人應當面向世界，只進行自我的關照是不夠的。應當從各種不同的

〔註172〕吳歡章：《年青的歌手向我們走來》，《上海文學》，1980 年第 5 期。

角度，通過許多人的心靈和感官，感知、認識和理解這個世界，之後，世界就會通過他而歌唱。」比較江河不久前在「今天文學研究會」內部交流《文學資料》之一（1980年10月）上的詩話，可以發現，強調詩歌是「生命力的強烈表現」是詩人一以貫之的主張，不同在於，《今天》上更強調詩人的個體性與反抗性：「不屈，是人的天性。藝術家按照自己的意志和渴望塑造，他所建立的東西，自成一個世界。與現實世界抗衡，又遙相呼應。把人的複雜因素表現出來吧，複雜到單純的程度，美的程度」，而《上海文學》上強調詩人的社會性以及與世界的和解。在詩歌藝術上，改變了「個體／民族」身體受難寫作模式，轉變為集體歌唱。這就是《今天》詩人在《上海文學》傳播中發生的演變與新的動向。

　　1981年《上海文學》第四期刊登了桑城《文藝要成為精神文明建設的勁旅》：「當然，近年來在我們的文壇上也出現過某些調子低沉、感情不健康、追求低級趣味、脫離生活生編硬造的作品，個別作品甚至存在著傾向性錯誤。對於這些，我們也必須充分注視，不可忽視。……我們必須全面地認識革命現實主義的特徵，決不能把揭露和批判視為革命現實主義的唯一的功能，決不能用悲觀失望的調子來描繪現實。正如胡耀邦同志指出：革命現實主義的作家『應該把高尚的、美好的東西發掘出來，讚美它，歌頌它，使更多的人在這種榜樣面前感奮起來，仿傚它，學習它。」隨後楊煉表態，首先強調「我的思想和感情與人民相溝通，但在形式上要走自己的道路，藝術必須堅持獨立的價值」，並發表「呵！長江，也許我不該愛你」的政治抒情詩《一個北方人唱給長江的歌》〔註173〕；北島在表態中，強調詩歌的正義性：「詩人應該通過作品建立一個自己的世界，這是一個真誠而獨特的世界，正直的世界，正義和人性的世界」〔註174〕。編者以《我們每天的太陽》為總題，選發了北島的《我們每天早晨的太陽》和《古寺》，意味著詩人邁向了光明。舒婷選擇在1981年《飛天》第六期上發表《和讀者朋友說幾句話》：「是的，我們要對得起時代，要關心人民，要有『生活』，是的，都不錯。但許多年來，我們把時代和人民供在遙不可及的聖殿。……人民不也是我、你、他？」繼而，舒婷強調自己是藝術家而非政治家的位置：「僅僅把藝術當做工具的人是不全面的」〔註175〕。

〔註173〕《上海文學》，1981年第4期，第10頁。
〔註174〕《上海文學》，1981年第5期，第90頁。
〔註175〕舒婷：《和讀者朋友說幾句話》，《飛天》，1981年第6期。

　　這種通過官方媒介表達詩觀的方式，逐漸演化成《今天》詩歌的解讀方式之一，致使讀者往往可以根據這些詩話去推論詩人的創作意圖、想像詩人的高尚形象，使得《今天》原本豐富的精神礦藏被部分遮蔽；另一方面，借助官方媒介發表詩話，《今天》詩人也推廣各自的藝術主張、解釋創作中現代技巧的運用，如北島首次公開亮相，便總結說：「隱喻、象徵、通感，改變視角和透視關係、打破時空秩序等手法為我們提供了新的前景。我試圖把電影蒙太奇的手法引入自己的詩中，造成意象的撞擊和迅速轉換，激發人們的想像力來填補大幅度跳躍留下的空白。另外，我還十分注重詩歌的容納量、潛意識和瞬間感受的捕捉」〔註176〕。通過這種解說，讓讀者關注詩人在形式技藝上的探索，引導讀者去提高解讀詩歌的能力，從而培養合格的讀者。正是在這種精神上扼制，藝術上適度放寬的遊戲中，《今天》詩歌的形象得到了合法形塑。

　　1981年《上海文學》第七期，本刊編輯部發表了紀念中國共產黨建黨六十週年的文章《黨領導著文學事業不斷前進》，1982年一月號上舉辦第二屆百家詩會，已經取消了詩人詩話的欄目，只刊載詩歌。1982年十一月號發表《〈貫徹十二大精神，建設社會主義精神文明〉筆談》文章後，「百家詩會」完成了重塑詩壇的使命，宣告結束。《今天》的部分詩人也加入作家協會〔註177〕，詩

〔註176〕《上海文學》，1981年第5期，第90頁。
〔註177〕1980年舒婷調到福建作家協會，成為專業作家。1981年顧城、江河、楊煉加入北京作家協會。1985年顧城加入中國作家協會。北島在隸屬中國作家協會的《新觀察》雜誌當編輯，後來調到外文局的《中國報導》，直到1985年。

歌創作進入沉潛轉型期〔註178〕。《今天》詩人的官方形象逐漸明朗、稀釋，傳播空間與話語空間一步步減縮。

表三：1981 年的狀況

詩人	正規出版刊物	發表作品（名稱、數量與類型）
北島	《萌芽》第 1 期 《花城》第 2 期 《上海文學》第 5 期 《青春》第 6 期 《長春》第 10 期	《雨夜》、《你說》、《睡吧，山谷》 《星光》 《我們每天早晨的太陽——為 S.的畫題贈》、《古寺》 《界限》 《走吧》
芒克	《花城》第 1 期	《十月的獻詩》
食指	《詩刊》1 期	《相信未來》、《這是我最後的北京》
江河	《萌芽》第 1 期 《花城》第 1 期 《燕山》1 期 《上海文學》第 3 期	《從這裡開始》（組詩） 《祖國啊，祖國》 《星》 《讓我們一起奔騰吧——獻給變革者的歌》
舒婷	《花城》第 2 期 《文匯月刊》第 2 期 《當代文學》第 2 期 《萌芽》第 5 期 《人民文學》第 9 期 《上海文學》第 9 期	《在詩歌的十字架上——獻給我的北方媽媽》 《無題（我探出陽臺）》《在潮濕的小站上》、《牆》 《白天鵝》 《兄弟，我在這兒》、《夏夜，在槐樹下……》 《還鄉》 《「？。！」》、《還鄉》
（飛沙） 楊煉	《花城》第 1 期 《十月》第 3 期 《上海文學》第 4 期 《青春》第 12 期	《我們從自己的腳印上……》 《瞬間》 《一個北方人唱給長江的歌》 《沉思——寫於圓明園遺址並獻給祖國的詩》
顧城	《十月》第 1 期 《燕山》第 1 期 《四川文學》第 2 期 《長城》第 2 期 《朔方》第 5 期 《文匯月刊》第 6 期 《青春》第 9 期	《初春》、《風景》 《夢痕》 《再見》、《規避》 《昨天，像黑色的蛇》 《你和我》四首（《等》、《老樹》、《夜歸》、《避免》） 《贈別》、《小巷》 《沙灘》、《雪後》

〔註178〕舒婷在 1981 年 11 月「把一束《會唱歌的鳶尾花》裝進信封，仔細旋好筆套。我想我將要輟筆一段時間，但沒想到這一停，竟停了三年」。見舒婷：《以憂傷的明亮透徹沉默》，《當代文藝探索》，1985 年創刊號。北島、楊煉、江河開始探索新的藝術風格。芒克 1981 年至 1982 年很少寫詩。

表四：1982 年的狀況

詩人	正規出版刊物	發表作品（名稱、數量與類型）
北島	《詩刊》第 5 期	《楓葉和七顆星星》
江河	《醜小鴨》第 10 期	《沉思》
舒婷	《綠洲》第 1 期 《詩刊》第 2 期 《十月》第 2 期 《星星》第 4 期	《神女峰》、《我愛你》 《會唱歌的鳶尾花》 《致——》 《神女峰》、《我愛你》
楊煉	《醜小鴨》第 10 期	《三危山》
顧城	《作品與爭鳴》第 3 期	《結束》

表五：1983 至 1985 年的狀況

詩人	正規出版刊物	發表作品（名稱、數量與類型）
北島	《青年詩壇》1983 第 3 期 《詩刊》1985 年第 6 期	《彗星》 《誘惑》、《觸電》
江河	《黃河》1985 年創刊號 《綠風》1985 年第 3 期 《青年文學》1985 年第 3 期	《太陽和他的反光》（《開天》、《補天》、《結緣》、《追日》、《填海》、《射日》、《刑天》、《斫木》、《移山》） 《息壤》 《假如》
舒婷	《綠風》1985 年第 3 期	《國光》
楊煉	《上海文學》1983 年第 5 期 《花溪》1983 年第 7 期	《諾日朗》組詩（《日潮》、《黃金樹》、《血祭》、《午夜的慶典》、《穿花》、《煞鼓》） 《石斧》
顧城	《花溪》1983 年第 7 期	《鐵嶺——給在秋天離去的姐姐》

縱觀上表，1981 年初，隨著一批新刊物對於《今天》詩歌的關注，《今天》詩人延續著上一年度良好的發表記錄。然而這種相對自由的傳播趨勢在 1981 年 3 月後受到扼制。經過官方刊物的正面規導，《今天》詩人情緒積極的溫情詩、愛情詩與政治抒情詩凸顯出來。1982 年初，范方主持編選了「文革」後第一本公開出版的現代詩選集《青春協奏曲》，其中收錄舒婷、梁小斌、顧城、徐敬亞、王小妮、北島、楊煉、江河、陳所巨等一大批日後聲名顯赫的現代詩人的作品。福建三明也成為推動中國新時期現代詩的策源地之一〔註 179〕。與

〔註 179〕1980 年，范方調至三明市文化局創作組，與福建另外兩位著名詩人劉登翰和

此同時，在北國的高校中，一本供中文系師生教學參考與科研使用的《朦朧詩選》，由遼寧大學中文系文學研究室少量刊印，內部發行。1983 年後，楊煉、江河的民族神話詩引起關注。這時，詩壇上活躍著「朦朧詩」的兩批「感應群體」，象徵著「朦朧詩良性循環的勝利標誌」〔註 180〕。

周美文共同創辦了《希望》文學叢刊。《希望》辦了六期，影響很大，1982 年停刊。三位詩人利用這本刊物推動剛剛由地下轉為公開的現代詩歌運動。1982 年初，范方以「希望編輯部」為名主持編選了現代詩選集《青春協奏曲》，作為「希望詩叢」出版，沒有定價，供交流使用。1985 年，周美文以「福建省文學講習所」之名又編選了一本現代詩選集《南風：抒情詩·朦朧詩選》，由鷺江出版社出版。該選集收錄了老一輩詩人辛笛、鄭敏、陳敬容、杜運燮、蔡其矯、彭燕郊、陳侶白詩作 30 首、「崛起的一代」舒婷、北島、江河、顧城、楊煉詩歌 23 首、范方等三明、南國地區詩人詩歌 51 首。見由蕭春雷責任編輯的「紀念范方專版」，《廈門晚報》，2003 年 9 月 16 日。

〔註 180〕　徐敬亞認為，1979 年～1980 年，形成了朦朧詩的第一批感應體，包括王小妮、孫武軍、駱耕野、王家新、徐曉鶴、徐敬亞等，藝術的傳染與領悟，最先在大學生中蔓延，順至文學青年。形成了藝術追逐的廣泛行列；1981 年～1986 年，朦朧詩第二批感應體活躍於詩壇的表層，豐富著朦朧詩主體簡瘦的軀幹，填補了朦朧詩的空隙和細節，強化了這個群體的力度，為朦朧詩在全國範圍內的更大普及，作出了卓越的引發，包括車前子、呂貴品、身宏菲、培貴、張德強、韓東、武兆強、梅紹靜、傅天琳、李綱、許德民、筱敏。姜強國、陳所巨、徐國靜等。然而，限於朦朧詩代表人物開闊的意識空間和語言新範式，它的兩批感應詩群沒有更多的創新。他們的創造才華被淹沒在一種正被社會接納的新創造的激烈興奮之中。見徐敬亞：《圭臬之死——朦朧詩後》，《崛起的詩群》，上海：同濟大學出版社，1989 年版，第 131 頁。

　　當一個傳統開始形式化而成為準則時，它便開始喪失生命力。然而由《今天》引發的朦朧詩潮，不僅激發了「朦朧詩後」詩人的創造力，而且《今天》相對統一的美學標準與藝術慣例，成為眾多流派詩人發揮個性才能的背景與奮起反叛的美學對象。在朦朧詩論爭中崛起的民間與學院力量，開闢出了與官方相區別的自由空間。活躍於其中的詩人與批評家，不再認可官方工具性的評判標準，反而時刻保持警惕。詩歌的評判權開始從官方詩壇的手中散落，形成官方、學院、民間三足鼎立的詩壇格局與評判體系，這是《今天》傳播及朦朧詩論爭所蘊含著的變革詩壇的重要意義。

第五章　《今天》詩歌的閱讀與朦朧詩的發生

　　在上一章敘述中，民間、大學、官方不同場域與同一場域內不同位置的刊物與個人皆參與了《今天》詩歌傳播空間的搭建。傳播過程中必然性與偶然性因素依託於現代媒介獲得相互促動的力量，現代媒介扮演了極為重要的角色。它的功能並不止於推廣新詩文本，規誡與重塑新詩的形象，更為重要的是，它拓寬了話語言說的空間，孕育著新的話語實踐與多元話語，從而與舊的話語實踐與單一話語發生了衝突與協商，朦朧詩論爭的話語空間由此生成。

　　「發表作品，也就是通過將作品交給他人以達到完善作品的目的。為了使一部作品真正成為獨立自主的現象，成為創造物，就必須使它同自己的創造者脫離，在眾人中獨自走自己的路。」〔註 1〕然而，正如本書第一章依據「傳釋學」指出的，讀者群體的背景差異會使「誤讀」不可避免的發生。如何回到讀者的閱讀視野，尋找「誤讀」的視角、動因與邏輯，進而解開朦朧詩在論辯中得勢之謎，本章首先對讀者群體進行斷代分類與場域區隔。「朦朧詩」論爭的出現主要緣於斷代讀者與場域讀者的閱讀實踐。在二者的交織中，場域的權力邏輯居於核心位置，推動論爭的進展。民間、學院、官方通過迎拒朦朧詩，訴求詩壇話語權的重新分配或一元壟斷。他們借助不同的概念話語與論爭策略，在求真求變的歷史邏輯與概念框架的學理邏輯運作下，推動朦朧詩確立合法的詩壇地位，並最終獲得藝術民主制度的保障。而朦朧詩論爭中非議最多

〔註 1〕羅貝爾・埃斯卡皮：《文學社會學》，於沛選編，杭州：浙江人民出版社，1987年版，第 36 頁。

的「晦澀詩」，在歷經漫長的非法與合法的爭執後，時至今日也應給出科學的詩學認定。

第一節　《今天》的讀者類型、趣味區隔與閱讀方式

在《今天》詩歌的地下創作傳播期、《今天》雜誌的民間公開傳播期與《今天》詩人的官方詩壇期，青年詩人從創作訴求、編選意圖、發表動機到面對的讀者群體都發生了潛移默化的變遷。

在地下創作期，《今天》詩人把詩歌視為自我心靈拯救與生存的方式，「毫無功利性」〔註2〕。這與地下寫作的中老年詩人相似，不同在於，敏感的青年詩人與遭遇挫折、失落無望的年輕讀者迅速聯結成親情共同體。在這些共同體中，詩人即讀者，讀者也是詩人，他們同為有著相近體驗的同齡人，彼此間分享有限的藝術資源。他們以藝術消泯地位、身份的差異，加強心靈的溝通與理解；同時也用藝術區隔身份與趣味，增強美學上的差異、競爭與等級感。但不容忽視，位於親情共同體之外的青年讀者，對於《今天》詩人詩歌在思想立場上的長期排斥〔註3〕。

20世紀70年代初，隨著現代主義藝術的滲入，詩人追新求異的美學競爭加劇了，親情共同體內部出現了西方古典趣味與現代趣味的分野。在河北白洋淀，崇尚古典審美趣味的周舵，面對朋友多多的詩歌「只能接受一半。形式上，我堅持無韻的不能叫詩；內容上，我那時還不能接受他們某些大膽直露的

〔註2〕馬佳認為他們這一群體詩人的基本特徵，第一個就是毫無功利性，「這和《今天》開始以後是完全不一樣的」。馬佳認同因為沒有功利性，才是真正詩人的觀點。因此，他後來也不發表詩。第二，當時寫這種詩歌有殺頭之罪，到1978年改革開放之後，朦朧詩出現的心理、社會承受、歷史感都不一樣，有截然的不同。見廖亦武、陳勇：《馬佳訪談錄》，《持燈的使者》，第384頁。

〔註3〕1971年至1972年之交，在福建上杭開往龍巖的早班車上，謝春池從上杭一中政治教師手中讀到舒婷《寄杭城》：「誰說公路枯寂沒有風光，只要你還記得那沙沙的足響」，「這兩句詩一下子記入我的腦子裏。直覺告訴我這是一首好詩，但這種情調的作品不合時宜，絕對不能發表」1980年舒婷組詩《心歌集》在《福建文藝》1月號發表，「那十分優美又十分熟悉的意境早就在我心裏縈回。不過，即使這樣，這時的我還不能贊同舒婷的『小資產階級情調』等在我看來所謂並不很健康的東西」到1980年10月，「對舒婷詩歌中的「孤寂」、「憂愁」、「迷惘」、「壓抑」這一類情緒，我一直持批判態度。那時我也並非沒有這一類情緒，但我認為一個『革命青年』不應該有這樣的情緒」。見謝春池：《我和舒婷》，《廈門文學》，2005年第1期。

文字。當然，我說得客氣，只道自己『不懂』。」審美差異的背後是哲學趣味的差異：「我向他推薦羅素，三番五次，他根本就讀不下去。他大捧薩特，我勉強讀了，但毫不喜歡。」〔註4〕由於詩人的「在場」，作為熟識的朋友，讀者會給予堅定的回絕。宋海泉在閱讀根子的詩歌時，恰逢詩人匿名且不在場，讀者在好奇心的驅動下，表現出從最初反感、牴觸到被震動、征服的閱讀體驗過程：「我掃了一眼題目：《三月與末日》。心想：『又是誰在故弄玄虛，用死亡、末日一類的字眼來譁眾取寵。』我順著詩行讀下去，感受到一種強烈的震動，以至拿詩稿的手不由自主地顫抖，反覆幾次，才把它讀完。這時，我已經筋疲力盡了。我感到我面對一個『獰厲』的魔鬼。」〔註5〕這種理解後震驚體驗的獲得，離不開讀者此前對於拜倫、波德萊爾詩歌的熟悉與體驗累積。在這一時期中，讀者依循各自的期待視野，自由選擇不同趣味的詩。同時詩歌較多通過詩人誦讀的形式傳達給讀者，這種朗誦的形式延續到《今天》雜誌民間傳播期，營造出讀者置身現場的參與感與親近感。

　　1978年底進入民間公開傳播後，《今天》詩歌作為《今天》雜誌的一個組成部分，在與其他文類的相互闡發中，獲得自身的定位。《今天》編輯對於《今天》詩歌能否被讀者順利接受並無信心，因此在創刊號上，最先編排了三篇社會問題小說，隨後才是溫情與冷峻的詩歌。小說成為讀者優先關注的對象，這與新的讀者群，即第二批讀者的閱讀能力與閱讀動機密切關聯。岡茨布姆發現：「文化參與中的差異主要和處理文化信息的能力上的差異有關。」〔註6〕這些新讀者，多為大中學生和青年工人。據1979年2月至5月的讀者來信統計，78位讀者中已明確身份58位中。大中學生34人（大學生24人，中學生及畢業生10人），占58%；青年工人19人，占32%；中學教師2人、醫生、戰士、售貨員各1人，占10%。他們具備閱讀現實主義小說的基本能力。這時的大學生，普遍陷入了信仰空虛與追求光明的衝動之中。一位插隊三年、第一批上大學的讀者說：「二十四歲了，還沒有一個可以獻出整個身心的信仰。」「近十年枯燥僵死的生活道路，對莊嚴的經典理論的褻瀆，能給我什麼呢？我誰也不信，什麼也不信，腦子是空的。我想從大學的生活中得到力量而奮發起來，但是最美好最高尚的理想與最骯髒最嚴酷的實際在心上留下的創痕彌合

〔註4〕周舵：《當年最好的朋友》，《沉淪的聖殿》，第212頁。
〔註5〕宋海泉：《白洋淀瑣憶》，《持燈的使者》，第157頁。
〔註6〕佛克馬、蟻布思：《文學研究與文化參與》，俞國強譯，北京：北京大學出版社，1996年版，第178頁。

是多麼不容易啊。」他們厭倦了無止地控訴，更希望在《今天》的社會問題小說中尋找光明的出路，因此不滿《今天》創刊號發表的小說：「悲劇的效果不是讓人們因為感到壓抑而自殺，而應該讓人們因為壓抑而奮起。」〔註7〕而「對政治和社會幾乎可以說一無所知」〔註8〕的應屆高中生，渴望得到熱情的鼓舞，他們認為《今天》的內容「是否有些太沉悶，能否使觀眾在沉悶中得到幾分鼓舞的力量」〔註9〕。

作為民間刊物的《今天》，之所以被接受，是因為青年讀者對於現狀與未來的追問，「在官方報紙和刊物上是很難找出我們需要的答案的」〔註10〕。讀者對官方公開發表的「幫文藝」作品早已膩透，而《今天》作為文學刊物，衝破了今日文壇的沉悶和文藝禁錮，「打破了某些文藝雜誌千篇一律的腔調，給人以一種清新的感覺」〔註11〕。其中，大學生傾向從人道、人權、民主、精神方面定位《今天》，青年工人更傾向從「實現四個現代化、繁榮社會主義文藝創作」方向上接受《今天》。

讀者對於《今天》詩歌的接受顯得相當遲緩。「現在怨案這麼多，你們不去管，寫這些看不懂的東西幹什麼！」〔註12〕表達了最初一批社會功用型讀者的不滿。另一部分讀者，偏愛從生活態度上給予評價。他們認可溫情的《你好，百花山》，「生活味極濃。但有些詩宿命論思想較強，不大怎麼為『今天』的人們接受」，暗指食指的命運漂泊詩。隨後是一批關注審美的讀者，他們從不同的審美層面給出評價：一位來自大西北精神饑渴的讀者，看到「創刊號」開篇詩作《風景畫》後，「我焦渴的心靈第一次得到溫潤，她像草原上一滴晶瑩的露珠，折射出太陽五顏十色的光彩」〔註13〕，其欣賞重感覺不重深思。另一位詩歌業餘愛好者則認為，《風景畫》「有些地方太隱蔽了，有時叫人摸不著頭腦。好詩不見得『歐化』了好。我們祖國文學遺產就非常豐富，也可以探討一下中國——我們偉大民族的文化寶庫嗎」〔註14〕，主要對隱喻手法與「歐化」句式難以接受。這群審美讀者普遍能接受芒克的小詩《十月的獻詩》，「她

〔註7〕1979年2月28日，郭玲來信。趙一凡：《來信摘編》第一冊。
〔註8〕1979年3月13日，雪野來信。趙一凡：《來信摘編》第一冊。
〔註9〕1979年3月9日，郭平平來信。趙一凡：《來信摘編》第一冊。
〔註10〕1979年4月12日，黃翠凌來信。趙一凡：《來信摘編》第一冊。
〔註11〕1979年3月10日，宋鋼來信。趙一凡：《來信摘編》第三冊。
〔註12〕鄭先：《未完成的篇章》，《持燈的使者》，第101頁。
〔註13〕1979年2月27日，王劍西來信。趙一凡：《來信摘編》第三冊。
〔註14〕1979年3月10日，宋鋼來信。趙一凡：《來信摘編》第三冊。

顯示了一個崇高的靈魂」〔註15〕。《今天》叢書1980年1月最先出版了芒克的詩集《心事》1000冊，7月前最先售完。此外，一位青年工人在閱讀了《今天》第一、二期後，發現了舒婷與北島：「我尤其喜歡舒婷及北島。舒婷的《致橡樹》格調很高；而北島的幾乎所有的小詩〔註16〕，我覺得無論從哪方面衡量都具有第一流的水準。這些作品堪稱雋永，我不懷疑它們能經受時間的磨礪，請編輯部轉達我對舒婷、北島的致意。」〔註17〕

　　《今天》詩歌在民間傳播階段，從第三期「詩歌專刊」開始，遭遇了讀者更多的疑問，其中不乏詩歌業餘愛好者。田曉青以理解的態度表示困惑：「你們的詩歌，凡是我能讀懂的，我都非常喜歡，甚至無法分清更喜歡哪一首。但有些比較難懂的詩句卻使我困惑，我知道，詩是一個未明末暗的夢境，如果加以注釋，無異於破壞這個夢境，但我仍希望在某些方面得到你們的啟發。」〔註18〕與田曉青的含蓄不同，一位北京大學的學生直接對北島的思辨小詩《太陽城劄記‧藝術》，提出疑問：「我有些弄不清的問題，」「為什麼『億萬個輝煌的太陽，顯現在破碎的鏡子上』？這鏡子是怎樣破碎的？難道它有破碎的必然性和不可避免性嗎？怎樣才能使破碎的鏡子恢復原狀，再顯現出太陽的完整形象呢？我覺得凡是真正覺醒了的真正的人都是希望碎鏡復圓的，但我不知道，持有這種希望的人是否會被事物的辯證法所嘲弄，所折磨。請編輯同志給予解答和幫助。」儘管這位讀者隱去了對詩題的追問，而聚焦在「破鏡重圓」的希望上，但是讀者能對如此簡短的兩句小詩提出這麼多的疑問，本身便足以暗示出這種小詩的與眾不同。更為關鍵的是，這位讀者似乎已經察覺出這類小詩的遊戲化傾向，但不直接點破，給出委婉的批評：「假如你們不是為了藝術而藝術，而是為了一種正義的事業，那麼我衷心祝你們發展下去，用各種一般人們容易接受、但又是合法的形式，去喚醒那些還在沉睡的人們吧，去打擊那些隨波逐浪的社會渣滓吧！」〔註19〕

　　第二批讀者與第一批讀者在人生經歷、知識結構和藝術儲備上已不相同。他們處於萬象更新的變革年代，求真與求變先後成為整個社會主導的文化

〔註15〕1979年3月8日，葉小鋼來信。趙一凡：《來信摘編》第二冊。
〔註16〕這裡所指的小詩，並非「小詩體」詩歌。在第一、二期上「北島」並未發表小詩體，他化用「艾珊」發表了小詩組《冷酷的希望》，讀者並不知道。
〔註17〕1979年3月14日，蔡亞力來信。趙一凡：《來信摘編》第二冊。
〔註18〕1979年5月10日，田曉青來信。趙一凡：《來信摘編》第二冊。
〔註19〕1979年4月17日，張正義來信。趙一凡：《來信摘編》第一冊。

邏輯。因此他們對於個人的未來、國家現代化的發展,滿懷希望與衝動。這使他們難以接受《今天》「命運漂泊詩」的迷惘,也多質疑小詩中「破碎不安」的消沉情緒。然而這種詩歌趣味的時代區隔,並沒有阻礙讀者對《今天》詩歌中溫情詩、愛情詩以及政治批判詩的接受。由於讀者將《今天》作為一個文學整體來閱讀,對於少量詩歌的質疑,不會動搖他們對《今天》刊物的整體認可。況且,這群讀者始終把《今天》看作是青年人「自己」的刊物,一個不同於官方的民間文學刊物,它為那些畏懼、厭倦官方刊物或者被官方拒絕的年輕讀者,提供了實現自己作家夢的想像空間。因此,第二批讀者能夠以一種寬容、理解、發展的眼光與提高自身審美能力的態度,看待《今天》的詩歌。然而,當《今天》詩人進入官方詩壇後,一批掌握話語權與評判權的讀者迅速聚集到詩壇表層,尤以中老年讀者為主。而第二批青年讀者繼續活躍於民間與大學,汲取《今天》詩歌的藝術養分,積極爭奪詩壇話語權。

第二節　公開詩壇:朦朧詩概念的歷史構成與確立

一、「引導」論讀者與「朦朧」的印象

　　「編輯」讀者對於詩歌運動與潮流的推動作用毋庸置疑,然而時常被忽視。20 世紀 70、80 年代之交的中國,官方刊物的編輯讀者作為掌控公開發表權的特殊群體,既要服從國家宣傳機構的思想規約,又要堅守編輯職業自身的公正性,讓不同的聲音發言。因此經常縈繞在詩歌編者面前的問題是,刊物上的詩歌應該呈現出怎樣的面貌:

> 簡明點說,就是從何種角度選詩。是從讀者的角度選詩?是從編者的角度選詩?還是從作者的角度選詩?三個角度兼順起來,當然比較理想。只是鑒於詩的欣賞、詩的評論在主客觀上存在的差異,目下還只能相對地選其中的一個角度。從讀者的角度選詩,理當如是。辦刊物,發作品,哪能不顧讀者需要!然對於詩,讀者的需要懸殊太大。有的詩,差可判斷讀者對它的態度;有的,實在無法捉摸。即便如高級讀者——詩評家對同一首詩,你愛他不愛,他懂你不懂,分歧竟然天壤之別。想到這點,這角度只好暫且割愛。從編者的角度選詩,問題可能更大。雖然有句名言,可偏愛不可偏廢,然而談何容易,既有偏愛,哪能沒有偏廢之理!所以這兩種角度,

若非不能取，便是難能取，倒不如從作者及作品的角度取詩。作者
累千上萬，作品各姿各色，很大程度上體現出一個百花齊放的局面。
只要思想內容上把握住無害的最低線，藝術上覺得是詩，且達到要
求的水準，何妨不問手法風格流派，兼收並蓄，一概錄用。〔註20〕

　　合格的編輯讀者，顯然能夠充分注意到詩歌文體自身的藝術特性，包容多
元化的藝術趣味，選發合乎藝術水準的作品，對於思想內容的控制較為寬鬆，以
「無害的最低線」為準繩。這使得編輯讀者在詩歌運動中，相對能夠保持不偏
不倚的立場，注重詩藝高低的比較。他們對待詩人與詩歌的態度，大致是嘗試
理解與溝通，或迎或拒，自身並不直接參與批判論爭。他們的作用更多在於發
現與培養新人與新的作品風格，並組織不同意見的批評家展開平等的爭論。

　　作為《詩刊》當時的編輯讀者，邵燕祥轉載《今天》詩歌中「剛健清新的
『嘔心』之作」。他注重從詩人的藝術風格上解讀北島的《回答》與舒婷的《致
橡樹》：「他們的詩是從靈魂深處汲上來的，已經在心中千錘百鍊過了，完整透
明，彷彿天成。北島冷峻，舒婷溫婉，同樣顯示了詩人的風骨。」作為國家刊
物《詩刊》的編輯，邵燕祥不能不考慮詩歌的社會導向。當時反對的聲音，並
未見諸文字，「比較婉轉的是說『看不懂』，直截了當的則是說《回答》一詩中
的『我──不──相──信』，助長甚至煽動了當時的『三信（信仰，信念、
信任）危機』」。而「助長『我不相信』這種偏激情緒，是要犯政治錯誤的」。
為了尋求詩歌發表的合法性，邵燕祥依據政治意識形態標準，認定「這首詩寫
於『文革』後期，能持『我不相信』的態度而不盲從，正是獨立思考和判斷的
結果，有什麼可指責的？」

　　與《詩刊》編者看重《今天》詩人剛健的精神氣質與多元的藝術風格不
同，一些意識形態目的論讀者，偏愛在詩歌中搜尋社會歷史問題或道德問題，
進而要求溫和的思想引導或者發動粗暴的政治打壓。他們習慣追隨主流意識
形態與「政治標準」的變遷，從「歷史認識論」與「道德論」〔註21〕出發解讀

〔註20〕張書中：《編詩：被遺漏的拾起》，《當代文藝思潮》，1983 年第 1 期。張書中
　　　　當時任職於《飛天》編輯部。引文著重號為筆者所加。
〔註21〕如周良沛從男女性愛的角度解讀舒婷的《往事二三》。見周良沛《殊途同歸
　　　　──讀舒婷的幾首詩有感》，《當代文藝思潮》，1983 年第 3 期；「其時頻繁出
　　　　入《詩刊》的×××以自己的方式為此作了『箋注』。我曾兩次聽到他向剛接
　　　　任主編的鄒荻帆先生『進言』，評說舒婷的《往事二三》一詩。第一次說得還
　　　　比較隱晦，鄒先生也只是含糊其辭；第二次則排闥而入，稱『這首詩分明寫的
　　　　是野合嘛』，並質問『《詩刊》為什麼不管？』結果遭到鄒先生嚴詞拒斥。」見

詩歌。其中少部分在「文革」中得勢的讀者,仍堅持「上綱上線」的專制態度,成為詩歌運動發展中極端專制的阻撓力量〔註22〕。另一部分較溫和的讀者,不滿於「文革」的文化專制與「瞞和騙」的標語口號詩,在「求真」的文化邏輯下,捍衛社會主義的純正性,藝術上要求「恢復詩歌的現實主義傳統,提高詩的人民性、真實性和戰鬥性」〔註23〕,在這一基本原則下,講求藝術的技巧性。他們要求所有的詩歌,尤其是青年一代的詩歌,能夠給他們一個明確的、符合50、60年代革命傳統的正確答案〔註24〕。延續這一解讀思路,公開詩壇上逐漸匯聚出一股新的文化保守力量。

公劉借助顧城的詩歌,從民間刊物中發掘青年一代錯誤的思想動向,將之帶入公開詩壇,要求集體引導和解決。公劉將有思想問題的青年劃分為兩部分:一部分青年「在政治上得出了不正確的結論,混淆了政治欺騙與革命理想的界限」;「更多的青年則陷入巨大的矛盾與痛苦之中,他們失望了,迷惘了,彷徨了,有的甚至蹩進了虛無的死胡同而不自知。其中滿懷激越,發而為聲的,便是目前引起人們注意的某些非正式出版物上的新詩」〔註25〕。顧城、北島、舒婷等《今天》詩人被劃歸為第二類有問題的青年,他們「寫接近現代派,或者簡直就是現代派的這種詩」,在青年詩歌中占「大概百分之七十到八十」。其餘的是「現實主義的,充滿了朝氣,充滿了革命精神」的青年詩人,如駱耕野、曲有源、雷抒雁、葉文福,他們「代表我們這個時代的青年當

唐曉渡:《人與事:我所親歷的八十年代〈詩刊〉》,《經濟觀察報》,2006年9月2日。

〔註22〕1979年《詩刊》發表艾青《在浪尖上》,詩歌轉向,武漢一個在「文革」中起來的詩歌作者,批評說《詩刊》已經是一個右派刊物了,發了一些不合他們口味的詩歌。見田志凌:《對話邵燕祥:對新詩的推薦推動新詩向前走》,《南方都市報》,2008年7月20日。1980年4月,武漢某詩人又以市文聯的名義組織歷時三天的座談會,對公劉和艾青進行「缺席審判」。見公劉《〈仙人掌〉勘餘雜感》,《星星》,1981年第一期,第93頁。

〔註23〕《全國當代詩歌討論會紀要》,《當代文學研究參考資料》(內部資料),1981年第1期。

〔註24〕公劉時常拿「青年一代」與「我們這一代,和我們的上一代」對比。周良沛則把寫於1958年批評「晦澀」、提倡「明朗」的信,在1980年發表出來,藉以暗示五、六十年代明朗的詩歌的正統性。見周良沛:《關於詩的信──含蓄與晦澀》,《榕樹文學叢刊》,1980年第二輯「詩歌專輯」,福建人民出版社,1980年版,第220頁。

〔註25〕公劉:《新的課題──從顧城同志的幾首詩談起》,《星星》復刊號,1979年10月。

中」最正確的「方向」，他們的詩歌「大概百分之二十，甚至不到」。公劉進而補充，青年現實主義詩歌中也有「資產階級觀念的影子」，《今天》現代派詩歌中也有相當大量的「充滿了愛國主義的，進取的精神，甚至有的詩中也有革命的因素」〔註26〕，而就藝術的「功力」和「獨到之處」，現代派超過了現實主義詩歌。在公劉的前後敘述中，他從對青年思想的簡單劃分，轉向對青年詩歌的複雜分解。

公劉等「引導」論讀者從「人民標準」出發，進行詩人分類與詩歌分解工作，從客觀效果看，具有詩歌史的建構意義：（一）公劉首先引導詩壇熱切地關注存在思想問題的《今天》詩人和詩歌，逼使這批青年詩人長期成為讀者爭議的對象。他們的作品不斷地被分析和細讀，讀者被充分調到起來，積極參與詩歌的閱讀與理解活動，逐漸演化成一場全國範圍的詩歌普及運動。從經典的外部構成上看，作品傳播的廣度、與讀者接觸的次數、被關注與理解的深度，是每個時代文學經典構成不可或缺的要素；（二）將《今天》詩歌從姿態上劃分為「進取」與「迷惘」兩類，給予區別對待。一方面使批評家與刊物編輯獲得正面宣傳《今天》詩歌的合法性；另一方面則將詩壇論爭的焦點圈定在「迷惘、彷徨甚至懷疑一切」〔註27〕的詩歌類型上。對「迷惘」問題的追問，延伸出詩歌中「小我／大我」之爭、「懂／不懂」之爭，推進了論爭的深入，催化了朦朧詩概念的提出；（三）將現代派作為藝術手法，與消極、墮落的資產階級思想割裂開來。承認現代派藝術的正面價值與積極意義，把《今天》詩歌與現代派聯繫起來。公劉指出現實主義詩歌中也有現代派成分，對於「寫現代派或者熱衷於寫現代派或者熱衷於宣傳現代派詩歌的這樣的一大批青年詩人」〔註28〕，不像某些批評者那樣簡單粗暴地打壓，而是給予扶持與引導。這使中國新詩獲得與現代派藝術再度聯姻的合法根據，也為「崛起」論者從現代派藝術角度闡釋《今天》詩歌朦朧、晦澀的特徵提供了依託。延續這一思路，艾青把「懂／不懂」的問題與現代派藝術關聯起來。〔註29〕

〔註26〕《公劉在全國當代詩歌討論會上的發言》，《當代文學研究參考資料》（內部資料），1980 年（2／3）期。

〔註27〕《全國當代詩歌討論會紀要》，《當代文學研究參考資料》（內部資料），1981年第 1 期。

〔註28〕《公劉在全國當代詩歌討論會上的發言》，《當代文學研究參考資料》（內部資料），1980 年（2／3）期。

〔註29〕艾青指出「也有一種傾向，就是向外國詩學習，向三十年代的現代派學習，有很多詩就很費解。」見艾青：《首先應讓人看得懂》，《作品》，1981 年第 3 期。

「朦朧」一詞的提出最初建立在上述詮釋框架上。章明在《令人氣悶的「朦朧」》中，首先指出杜運燮的《秋》「立意和構思都是很好的；但是在表現手法上又何必寫得這樣深奧難懂呢？」在語言句法上，「覺得彆扭，不像是中國話，彷彿作者是先用外文寫出來，然後再把它譯成漢語似的」。在章明看來，該詩「立意」清楚，「朦朧」是由表現方式的難懂所致。這的確指出了現代漢語與現代派藝術技巧磨合時必然要面對的問題。章明集中批評了這種表現形式的「朦朧」，卻忽視了在詩人創作思維中除了明晰的「理性」，還存在「朦朧」感覺的意識狀態：「紊亂的氣流經過發酵，／在山谷裏釀成透明的好酒；／吹來的是第幾陣秋意？醉人的香味／已把秋花秋葉深深染透」，這已經不是單純的表現形式問題。隨後，對於李小雨《夜》的表現形式，章明積極認可：「作者是很有想像力的」，「很有意境，而且很美」。在他看來，該詩的表現方式易懂，而「朦朧」是由於詩人思想、感情「不知為何物」所致：「通過這些形象的描繪，作者究竟要表達的是什麼感情，什麼思想，那是無論如何也猜不出來的。」這種解讀最終還是導向了公劉的「迷惘」範疇。章明等目的論讀者批評「朦朧」時，並不把它作為純粹美學的問題，而是在公劉的詮釋框架中，從「詩言志」〔註30〕的詩教觀出發對它進行軌導：「寫詩是為了給人讀的，詩人總得有些群眾觀點吧？」〔註31〕

章明更多把「朦朧」作為讀者閱讀的「晦澀」感受，提出「朦朧體」概念：「有少數作者大概是受了『矯枉必須過正』和某些外國詩歌的影響，有意無意地把詩寫得十分晦澀、怪僻，叫人讀了幾遍也得不到一個明確的印象，似懂非懂，半懂不懂，甚至完全不懂，百思不得一解。」「為了避免『粗暴』的嫌疑，我對上述一類的詩不用別的詞，只用『朦朧』二字；這種詩體，也就姑且名之為『朦朧體』吧。」〔註32〕這裡的「朦朧」既是指表現手法，更是指難以理解的晦澀。儘管「朦朧」一詞最初是貶義的指稱，然而對於整個論爭的深入展開卻有積極的意義：（一）論爭雙方必須首先回到詩歌的美學構造中去思考語言與精神的問題，從而將「自我／人民」這種意識形態的顯性對抗推置幕

〔註30〕對於五、六十年代成長起來的詩人與讀者，他們認定的「志」，是合乎革命性與人民性的「思想與感情」，他們要求的「言」與「言」的方式，是以抒敘性、說解性語言為主，形象語言為輔，借助比喻、擬人等相對傳統的修辭手法與簡單慣用的句法結構給予表達，從而獲得明朗風格。

〔註31〕章明（章益民）:《令人氣悶的「朦朧」》，《詩刊》，1980 年第 8 期。

〔註32〕章明:《令人氣悶的「朦朧」》，《詩刊》，1980 年第 8 期。

後。那種繞過「朦朧」的學理辯說而直接從讀者接受、文藝功用、社會效果、政治標準去評價詩歌的簡單做法，日漸顯得空洞無力。詩歌的外在標準逐漸向美學標準遷移，有效地推動論爭走向學理化；（二）從讀者閱讀的維度提出「朦朧」問題，在朦朧詩概念的構建上，有助於「作者」維度和「詩歌自身」維度的提出與系統思考。將含蓄與晦澀區分開來，針對晦澀問題的爭論，必然推及現代派藝術的探討，從而將相對封閉的中國新詩置於整個世界文學發展的國際背景中重新思考；（三）「朦朧體」的提出成為論爭中一個重要轉折點。此後反對《今天》詩「迷惘」傾向的讀者，首先要將注意力分散到「朦朧體」詩上。在對真假「朦朧體詩」的甄別中，客觀上將一種獨特的詩歌類型提升出來，這要求此後的詩歌研究，更需注重詩體本身的探索與文體學方法的運用。而在「朦朧詩」概念的歷史構成中，反對方的「朦朧體詩」概念與支持方的「朦朧詩潮」概念相互區別開來。

二、「崛起」論讀者與「朦朧詩潮」／「新詩潮」

　　有關「朦朧」問題的學理化分析與爭辯，由於最初在「詩歌存在不良傾向」的評判框架下展開，對於整個詩歌潮流的發展，難以產生迅速有效的推動作用。因此，當公劉不斷採用分解策略，客觀上瓦解著由《今天》引發的詩歌潮流時，崛起論批評家與讀者，則以反抗邏輯，採用整體化與重寫詩歌史的策略，支持詩歌潮流的發展。在朦朧詩論爭展開後，對於「朦朧詩」這一分解性概念，崛起論批評家儘量迴避使用，或者給予重新闡釋，傾向「新詩潮」這一整體化概念。

　　謝冕的論爭策略最早在《鳳凰，在烈火中再生——新詩的進步》〔註33〕中全面展現。謝冕用「詩歌隊伍的壯大」一詞，將中老年詩人與青年詩人整合為一體，給予讚賞：「我們的隊伍的壯大不僅表現在失而復得的恢復，而且表現在生生不斷的發展。」他關注青年詩人的發展，但不作現實主義與現代派的劃分，他把雷抒雁、曲有源、李發模、張學夢、駱耕野和舒婷、北島、江河、顧城作為一個群體，尋找他們的共性：他們「的確是在那裡勤奮地耕耘著」，「他們無拘無束地吸收著來自各方的營養。他們是不拘一格的，他們敢於向『傳

〔註33〕寫於 1980 年 4 月 8 日，是謝冕參加廣西南寧會議的論文。後發表於《長江》，1980 年第 2 期。會議期間，謝冕曾於 1980 年 4 月 23 日《廣西日報》上發表《詩人的使命》，出於社會效果的考慮，文章並未提及青年詩人的問題，仍遵循主流意識形態的人民立場與黨性原則。

統」挑戰。因此，他們容易遭到非議。但不論他們有多少的短處，他們終究是我們的希望和未來」。在對詩歌隊伍做了整體化處理後，對青年詩歌中出現的問題並不細究，而是認為「他們受到了歧視」。對於「難懂」的詩歌，他解釋說：「讀得懂或讀不懂，並不是詩的標準。有的詩，對生活作扭曲的反映，有的詩，追求一種朦朧的效果，應當是允許的。」〔註34〕在這裡，謝冕也使用了「朦朧」一詞，但作為籠統的藝術風格，並不刻意區分。

其次，謝冕從詩歌藝術追求自由、多元、解放的立場重寫詩歌史。在他的敘述中，現代派詩歌成為促進新詩史良性發展的成員之一。謝冕把「五四」時期「自由詩派、格律詩派和象徵詩派」「多風格多流派的自由競爭的局面」，稱之為「中國詩歌藝術的第一次大解放」。同時認為，抗戰中被忽視的卞之琳、馮至和「一些受到西方現代詩歌影響較深的年青詩人們」理應受到「應有的評價」。他批評1942年後「新詩必須在民歌和古典詩歌的基礎上發展」的片面理論，以及新詩在1975年走進了「幫腔幫調」死胡同的境地，認為直至1979年後，中國詩歌藝術才出現「第二次解放」。在理論上，謝冕借助「現代生活，應當有現代的節奏；現代的詩歌，應當展示現代人的思想和情感」的「現代生活反映論」與「開放、變動、創新」的現代「傳統」觀，反對「中國作風中國氣派」獨斷專行、排斥外國詩歌藝術探索的做法。

《在新的崛起面前》中，謝冕沿用了上述分析。他強調「一批新詩人在崛起」，但在策略上不忽視「一些老詩人試圖作出從內容到形式的新的突破」。他把現實主義與《今天》詩人統稱為「新詩人在崛起」，並將他們的詩歌都與「大膽吸收西方現代詩歌的某些表現方式」聯繫起來。他在對詩歌史進行敘述時，有意將焦點從重建新詩藝術多元格局與為現代派翻案上，轉移到否定「六十年來」新詩發展道路的問題上：「六十年來不是走著越來越寬廣的道路，而是走著越來越狹窄的道路。」具體而言，30年代的「大眾化」討論、40年代的「民族化」討論和50年代「向新民歌學習」的討論，「都不是鼓勵詩歌走向寬闊的世界，而是在左的思想傾向的支配下，力圖驅趕新詩離開這個世界」。這次「矯枉過正」的詩歌史書寫，目的在於為「新詩學習外國詩」正名、為新詩人的探索開路。當然也受到了批評〔註35〕。

〔註34〕謝冕：《鳳凰，在烈火中再生——新詩的進步》，《長江》，1980年第2期。
〔註35〕謝冕在《在新的崛起面前》發表後，「臧克家先生以前輩的身份，給謝冕寫了一封長信，非常懇切、但是也很嚴厲地批評了謝冕，規勸謝老師回到正確的立

謝冕在《失去了平靜之後》中，首先搶佔了「朦朧詩」潮的命名權。他並不從讀者閱讀的角度去爭辯，也不從朦朧體的藝術特徵上去界定，而是延續「新詩人在崛起」的詩人整合策略，把青年詩人作為一個群體，要求人們理解和信任，從正面給予積極地推出。在這裡，謝冕把「朦朧」既作為詩人主體的意識狀態：「他們對生活懷有近乎神經質的警惕」、「往往交織著紊亂而不清晰的思緒，複雜而充滿矛盾的情感」；又作為表現方式：「往往採用了不確定的語言和形象來表述，這就產生了某些詩中的真正的朦朧和晦澀」。而作為讀者閱讀感受的「朦朧」，被特意懸置起來，從而避免與讀者標準的糾纏。這種懸置讀者的策略，被崛起論者普遍採納。

謝冕懸置「人民標準」後，以符合歷史邏輯的「進步標準」、「人的標準」與「主潮」說為「朦朧詩潮」正名：「誠然，在某些青年的思潮中，不免夾雜著空虛、頹廢以及過多的感傷情緒，但這並不是事情的全部，而且也並非不可理解。」「需要強調的是，作為這股激流的主潮，是希望和進取（儘管夾雜著淚水和歎息），而不是別的。」被謝冕統歸於「朦朧詩潮」的詩人有舒婷、顧城、陳所巨、北島、江河、梁小斌、楊煉、王小妮、高伐林、徐敬亞[註36]。在肯定了「朦朧詩潮」的積極意義後，謝冕以「進步」的時間邏輯，批評某些讀者「欣賞和批評的惰性」以及「過分『戀舊』」的趣味。從置身論爭的現場看，批評他人的趣味陳舊，多少就能證明自己趣味的正當其時，這種客觀效果不可避免。然而謝冕儘量避免鬥爭的邏輯，他使用「惰性」、「戀舊」、「偏見」這些可轉化成中間狀態的詞彙，即不勤不惰、不舊不新、不偏不倚，既爭取讀者趣味多元化的合理性，又不至於走向某種趣味的專斷。謝冕希望「在藝術上講點寬容、講點仁慈，我們更不贊成以偏執代替批評的原則，從而對青年人的作品施以貶抑」。

至此，貶義的「朦朧」概念被謝冕以「朦朧詩潮」的概念，從青年詩人主導思想的進步性上和讀者趣味的求新上給予了反撥和置換：「朦朧詩潮」的作

場上」。謝冕對臧克家很尊重。「我們 50 年代上大學的時候，是他和徐遲先生提議讓我們（還有孫玉石、孫紹振）編寫『中國新詩發展概況』，給我們許多指導。記得在公共汽車上，我看了這封信。我猜想，謝老師當時可能有些矛盾。但是他並沒有接受臧克家先生的規勸，始終給『朦朧詩』以支持。」見洪子誠：《一首詩要從什麼地方讀起──北島的詩》，學術中華網，2005 年 6 月，http://www.xschina.org/show.php?id=3961。

〔註36〕按照姓名在文章中出現的先後順序排列。見謝冕：《失去了平靜以後》，《詩刊》，1980 年第 12 期。

者，來自於「文革」這一「歷史性災難的年代」造就的「青年一代」;「朦朧詩」
人的思想中，既「夾雜著空虛、頹廢以及過多的感傷情緒」，但主導精神是「希
望和進取」。具體而言，他們反叛「現代迷信」，追求「人」的價值與自尊、自
愛，他們追求美:「當生活中缺少這種美時，他們走向自然、或躲進內心，而
不願同流合污」;「朦朧詩」的精神內核，是「恢復自我在詩中的地位」，批判
「詩中個性之毀滅」，追求「人性的自由的表現」，同時「並不忘卻時代和人
民」;「朦朧詩」的藝術特徵，是「擺脫一切羈絆而自由地發展」，向「豐富多
樣」的詩歌資源汲取營養，表現出「新奇」的特徵。具體而言，「對於瞬間感
受的捕捉，對於潛意識的微妙處的表達，對於通感的廣泛運用，不加裝飾的
情感的大膽表現，奇幻的聯想，出人意想的形象，詭異的語言，跨度很大的
跳躍，以及無拘無束的自由的節奏……」〔註37〕。由於「朦朧詩潮」構建的概
念框架，在論爭中被廣泛運用，逐漸覆蓋了公劉的詮釋框架，使得「引導」論
讀者在運用「朦朧詩」這一集合性概念時，不得不承認朦朧詩潮的合法存在
〔註38〕，而把批評焦點對準非法的「朦朧體詩」。至此，朦朧詩潮在中國新詩
史上爭取到合法生存的地位。隨後的「朦朧詩」經典化進程，便是沿用這一詩
潮概念進行界定、結構而成。

　　此時，劉登翰在《一股不可遏止的新詩潮——從舒婷的創作和爭論談起》
中提出「新詩潮」的概念。與謝冕的「朦朧詩潮」相同，劉登翰強調青年詩人
作為一代人共同的精神特徵，即文革十年中「從狂熱的迷信到痛苦的覺醒」
的心靈歷程、「強烈的叛逆情緒」、「冷靜的思索」以及「藝術觀念和形式的叛
逆」。他並不以青年詩人的思想分類，而是從「他們的風格和形式上的藝術追
求」區分:第一類，即現實主義詩人，「這部分作者的探索，主要表現在內容
方面，以敏銳的思索和犀利的鋒芒見長，大膽而深刻地觸及了現實生活中某

〔註37〕謝冕:《失去了平靜以後》，《詩刊》，1980 年第 12 期。
〔註38〕1981 年後「引導」論批評家開始默認朦朧詩潮的合法存在。公劉甚至把它作
　　　　為流派:「朦朧詩」作為一種流派應當允許存在，但我從未提倡過它。」見公
　　　　劉《在京部分詩人談當前詩歌創作》，《文藝報》，1981 年第 16 期，原載《長
　　　　安》，1980 年第 7 期;方冰認為，「既然有不少的青年人在寫它，也有不少的
　　　　人在愛好它，還有它的理論家，這是一個客觀存在。它是一株新的花，應該讓
　　　　它佔有一塊園地，讓它發展」。見方冰《我對於「朦朧詩」的看法》，《光明日
　　　　報》，1981 年 1 月 28 日;艾青說:「朦朧詩作為一種文學現象，不足為奇，反
　　　　對它也沒有用」，但反對把朦朧詩作為整個詩壇發展的方向。見艾青:《從「朦
　　　　朧詩」談起》，《文匯報》，1981 年 5 月 12 日。

些重大而敏感的領域，在藝術上雖然也吸取了某些現代派的手法，但激情的直抒和生活場景的正面描繪，依然是他們主要的表現手段」；另一部分，即《今天》詩人，他們「尋求內容和形式一致的創新」，「他們開始於四人幫時期的創作，便迴避直露而傾向含蓄的意象和象徵；而他們展示自己內心歷程和探索人的感情世界的趨向，又使他們比較容易地從某些西方現代派的詩歌藝術（或者間接從三十年代、四十年代某些接受現代派影響的新詩）中找到借鑒。通過自己內心的折光來反映生活，追求意象的新鮮獨特、聯想的開闊奇麗，在簡潔、含蓄、跳躍的形式中，對生活進行大容量的提煉、凝聚和變形，使之具有一定象徵和哲理的意味，是他們的主要特點。」其中舒婷的位置，「從風格上講，她屬於後一派，但又比這一派更為明朗」〔註39〕。

　　劉登翰也談「朦朧」，但不是從讀者接受和藝術手法上考慮，而是從詩人創作時的意識狀態上給予解釋：「有時還透過一剎那的幻覺和朦朧的意識，來表現那相應的感情色彩。」他舉舒婷「四月的黃昏裏，流曳著一組組綠色的旋律」（《四月的黃昏》）為例，詩人是「在表達那種要唱不敢、要笑不能的思想束縛，惆悵的心情，對於在美麗的夕照下，一棵棵彷彿浮動起來了的花木的朦朧感受，卻是真實的」。從詩人創作過程中豐富的內心感受和意識狀態角度界定「朦朧」，相當精準地抓住了這類「朦朧體」詩歌的根本所在，這與公劉認定的青年詩人「迷惘」的精神狀態與謝冕的分析的「紊亂而不清晰的思緒，複雜而充滿矛盾的情感」殊途同歸，但更深入到了「朦朧體」詩的思索中。劉登翰也使用「含蓄」一詞，但把「含蓄」視作詩歌表達的方式和手法，即舒婷為了表達「朦朧的意識」，採用了「視覺的形象向聽覺的形象轉移」的通感手法，即《今天》詩人在表達方式上，「迴避直露而傾向含蓄的意象和象徵」。劉登翰此時把「含蓄」的手法，與中國新詩傳統中的現代派藝術聯結起來，並給予肯定：「現代派的影響則在以後的歷次運動中被視為資產階級詩歌潮流，一直受到批判而處於異端。這顯然是不夠公正的，使我們的藝術發展失去了一條可資借鑒的途徑。」但也忽視了中國古典詩歌的「含蓄」傳統對於《今天》詩人審美意識的潛在影響。

　　劉登翰的貢獻不僅在於「新詩潮」概念的推出，更關鍵的是把「朦朧」歸於創作主體的意識狀態範疇，把「含蓄」限定在「表達手法」範疇，從而迴避

〔註39〕劉登翰：《一股不可遏止的新詩潮——從舒婷的創作和爭論談起》，《福建文藝》，1980 年第 12 期。

與讀者閱讀的「晦澀」、「古怪」、「難懂」、「朦朧」感受互相糾纏。這種從創作主體出發解讀詩歌、迴避讀者評判的論爭策略，有效地避開反對者的攻訐與責難，另闢一路，推動新詩潮向前發展。從「朦朧詩」概念的歷史構造上看，他開始深入到「朦朧體詩」這一詩歌類型的思考中。而對於「朦朧體詩」的追問，「朦朧詩潮」的反對者進行了更為深入的詩學探索。

三、批評視點的轉移與「朦朧體詩」

「朦朧詩潮」概念在運用中逐漸合法與得勢〔註40〕，致使「引導」論者不得不在這一概念框架下思考「朦朧詩」，將批評的視點聚焦在合法與非法的「朦朧體」詩上。

在《我對於「朦朧詩」的看法》中，方冰開篇便與謝冕爭辯，認為梁小斌的《雪白的牆》、《中國，我的鑰匙丟了》並不是「朦朧詩」。因為梁小斌的詩，儘管表現手法曲折了一些，但「詩意是很清楚的。我看像這樣的詩，都不能算作朦朧詩」。進而他指出了真正的「朦朧體」詩：「經過苦思冥想，猜測作者的意圖是什麼？表現的什麼？猜來猜去，還不知道猜得對不對。」方冰對於「朦朧」的界定，也從詩人主體意識入手。他舉出顧城的小詩《遠和近》與《弧線》，主要疑問是「不知道作者為什麼寫這樣的詩」，又引用另一位詩人的「一句詩」：「你能把一切都黏在一起嗎？」（《漿糊》），質疑道：「字句是能看得懂的。既然叫作詩，就要有詩的主題，就要有詩的意境，兩者我怎麼也琢磨不出在哪裏？這能算詩嗎？！」在隨後的論述中，他總結出「朦朧詩並不只是語言形式上的朦朧，首先是思想認識上的朦朧，內容上的朦朧」。例如北島的一字詩《生活》：「網」，「這樣的詩很難理解。這種一個字的『詩』其實不能算詩。有人又稱它為『古怪詩』，也的確怪」。方冰固然無法擺脫「詩言志」的解讀方式與「引導」論的立場，將這種「朦朧體詩」簡單地歸因於「作者對於生活失去堅定的信心，追求自由化，才會把生活看成是束縛人的『網』」，但他的確是感應到存在一種立意朦朧的「思辨體」小詩，讓人惶惑不安。

〔註40〕這種得勢，既源於「引導」論者對詩潮事實的默認，又與批評界對於「現代派」認識的變化有關。在爭論「朦朧詩」與「現代派」的異同關係時，支持者採取的策略是，立足本土，取其精華：「所謂『朦朧詩』的形式，深深地植根於時代的內容，生活的土壤，決不是對西方現代派的消極模仿，決不是頹廢絕望表現。它是時代的產物，時代的另一面」。見林英男：《吃驚之餘——就新詩的探索方向與黃雨同志商榷》，《作品》，1981年第2期。

　　方冰認為這種「朦朧體詩」與「表現自我」的觀念有關，批評這種「脫離集體的、脫離社會的、無限膨脹的自我表現」〔註41〕。進而分析朦朧詩的朦朧，主要有兩種原因：「一種是對時事看不清，一種是看清了不敢直說的表現。」還有一種朦朧詩的作者，「他們不是思想感情或是世界觀人生觀的問題，至少主要的不是這方面的問題。他們在探索一種新的表現方法」〔註42〕。依據方冰的劃分，至少應該存在三種「朦朧體詩」。這種向「朦朧體詩」掘進的努力，對於「朦朧詩」概念的科學構造和美學認定，極為重要。

　　隨後，周良沛對顧城《弧線》一詩表示「不知所云」〔註43〕，峭石也指出《弧線》「假若不是標題，我真不知道它說的是什麼。而聯繫標題看詩，又不知道用這些形象說明『弧線』是何用意。如果認為『弧線』是一種美，那生活中的『弧線』太多，蛇的爬行時弧線，蒼蠅繞著碗口飛也是弧線，美嗎？說是別的意思，這『謎』不太好猜；僅僅寫出『弧線』，思想豈不淺薄？這像不像一種文字遊戲？看來，這種詩風，算個什麼樣的『新課題』呢？彷彿像個翻新的舊課題：故弄玄虛的無病呻吟」〔註44〕。陳良運認為《弧線》是「晦澀詩」，不是「朦朧詩」：「這四種東西所造成的弧線，暗示了一個什麼思想呢？很難捉摸，要麼實在是太玄妙，要麼只是一種直覺的記錄，作者給我們唱了一出『空城記』。」〔註45〕艾青在列舉了「引導」論者和「崛起」論者對於顧城《遠和近》聚訟紛紜的評價後，認為：「這樣截然不同的兩種看法，兩種理論，究竟哪一種更合乎科學呢？還是兩種都不科學呢？」在評價標準喪失後，艾青一語道破玄機：「這只能說明詩所給人的東西不多，讀者只能從它的六句話裏去猜想。」〔註46〕

　　延續「朦朧體」詩的探索思路，截至1982年，不少批評家開始擺脫意識形態目的論的規約，整體轉向詩歌本身的學理分析。「開展一場學術性的討論，不但要有熱烈性，還要注意科學性。」〔註47〕「只有在互相心平氣和的討論

〔註41〕同時持有這種觀點的文章還有黃雨的《新詩向何處探索》，《作品》，1981年第1期。

〔註42〕方冰：《我對於「朦朧詩」的看法》，《光明日報》，1981年1月28日。

〔註43〕周良沛：《說「朦朧」》，《文藝報》，1981年第2期。

〔註44〕峭石：《從〈兩代人〉談起》，《詩刊》，1981年第3期。

〔註45〕陳良運：《朦朧與晦澀》，《江西日報》，1981年6月18日。

〔註46〕艾青：《從「朦朧詩」談起》，《文匯報》，1981年5月12日。

〔註47〕陳良運：《朦朧與晦澀》，《江西日報》，1981年6月18日。

中，真理才會越辯越明，我們討論的本身正是為著追求真理的目的。」〔註48〕
在讀者對「朦朧體詩」的指認中，朦朧詩的廣度無限擴大。除了舒婷的《四月
的黃昏》和顧城的《遠和近》、《弧線》、《愛我吧，海》〔註49〕外，北島的《網》、
《迷途》、《一切》等被列入「朦朧體」中〔註50〕。同時，一批借鑒《今天》詩
歌的藝術手法，表現當下社會生活體驗與思考的詩歌也被納入「朦朧體」中，
如《夜》：「深夜，我窺望到火球似的太陽和焊花般繁星，體感到冰冷的汗味和
灼熱的手溫。還有，酸甜苦辣澀，鹹魚欖角香。」〔註51〕公劉舉出《三原色》
一詩，絕望地說：「平心而論，前些年的某些朦朧詩，還可以被稱作詩。到了
如今，它的末流以下的分行文字，卻確實不知道應該叫作什麼了」〔註52〕；更
進一步，朦朧體詩的範圍超越了「這一代」青年詩人的創作，涵蓋到中國古代
詩人李商隱、李賀、樊宗師〔註53〕，中國現代詩人徐志摩、戴望舒《雨巷》、
何其芳《畫夢錄》〔註54〕、艾青《樹》〔註55〕、卞之琳《斷章》〔註56〕以及國
外詩人詩作〔註57〕。

在朦朧體詩的辨別與分類過程中，「引導」論讀者並不甘心完全退縮到學
術場中，而學術場中不同派別由於審美趣味的差異也是揚此抑彼。他們對「朦
朧體詩」的分解與辨認，目的仍是尋找「朦朧」病症的根源，進而剝奪它美學

〔註48〕 朱先樹：《實事求是地評價青年詩人的創作》，《新文學叢刊》，1982 年第 2 期，
轉載於《詩刊》，1982 年第 10 期。
〔註49〕 譚繼賢：《樊宗師與「朦朧詩」》，《山花》，1981 年 8 月。
〔註50〕 朱先樹：《實事求是地評價青年詩人的創作》，《新文學叢刊》，1982 年第 2 期；
程代熙：《給徐敬亞的公開信》，《詩刊》，1983 年第 11 期。
〔註51〕 「深夜怎麼會窺望到火球似的太陽？太陽又怎麼會與繁星同現？即使猜謎，
也有謎底。」「《夜》的謎底在哪裏？《夜》是荒誕朦朧詩。」見魯梁：《「朦朧」
小議》，《作品》，1981 年第 5 期。魯梁還無法理解這種注重感覺表達的超現實
想像、通感與對立意象的並置手法。
〔註52〕 公劉：《詩要讓人讀得懂——兼評〈三原色〉》，《詩刊》，1984 年第 1 期。
〔註53〕 中唐時期韓愈詩派代表人物之一。流傳世上的僅有兩篇作品：《蜀綿州越王樓
詩》和《繹守園池記》。見譚繼賢：《樊宗師與「朦朧詩」》，《山花》，1981 年
8 月。
〔註54〕 胡昭：《意象的朦朧與意思的朦朧——討論詩歌藝術風格的通信》，《杜鵑》，
1981 年第 4 期。
〔註55〕 李黎：《「朦朧詩」與「一代人」——兼與艾青同志商榷》，《文匯報》，1981 年
6 月 13 日。
〔註56〕 周良沛：《說「朦朧」》，《文藝報》，1981 年第 2 期。
〔註57〕 如艾青舉美國詩人桑德堡的《霧》。見艾青：《從「朦朧詩」談起》，《文匯報》，
1981 年 5 月 12 日。

與歷史存在的合法性。在這個過程中,「朦朧體詩」與「晦澀體詩」的細緻區分成為了必要。1980 年 9 月下旬,《詩刊》社在北京召開詩歌理論座談會,一致認為:「在詩歌創作與詩歌欣賞中,必須劃清含蓄,朦朧,晦澀的界線;含蓄是要提倡的,朦朧是應容許的,晦澀就該反對了。含蓄就是有詩意、詩味;朦朧也不失為詩美的一種表達方式,但晦澀則是不知所云,霧中無花,水中無月,鏡中無像了。」〔註 58〕1980 年 11 月在昆明召開的當代文學研究會議上,有人把「朦朧」視為「晦澀」,與「含蓄」相區分,進而批評「朦朧詩」〔註 59〕。

　　陳良運試圖分辨三者:「朦朧,在本義上講,是指『月色不明』」,「主要從景色方面講,從形象方面體現」,「朦朧詩的特點是:形象的迷離恍惚,帶來意義上的不定性和多向性,它使讀者深入體味,細心揣摩,往往仁者見仁,智者見智」;「含蓄,也是指意義而言,『言有盡而意無窮』。「非朦朧體含蓄的詩,由於形象的展示是清晰、穩定的,因此意義是定向的,只會使不同的讀者在理解上有淺深之別,不會讓人解釋紛紜。」陳良運認為,「朦朧詩的作者」寫作時的思想並非「朦朦朧朧」,「真正寫得好的朦朧詩的詩人,他創作時的思想不但是清楚的,而且往往是深刻的」。因此他肯定地說:「朦朧詩更多的是表達比較含蓄的意思,也可以表達比較明朗的意思,這就是說,朦朧不一定與晦澀有必然的聯繫,形象朦朧不一定導致意義上的晦澀」。儘管陳良運注意了詩人的創作思維,但忽視了它明晰與朦朧交織並生的複雜狀態,「朦朧」在他的定義中,仍屬於詩歌形象的問題。他主要批評的是「晦澀」,即『意義隱晦,文句僻拗』」,「主要是從意義字句上講,從文意詩意的隱晦僻拗方面體現」,「晦澀詩的致命病根,就在於形象上的混亂。如果再加上文句上的艱澀僻拗,更不堪卒讀」。因此,「從美學觀點來說,晦澀詩不應該稱為詩,它只是昏人的囈語,胡思亂想的記錄」〔註 60〕。陳良運把「晦澀」既看作語言形式上的僻拗,又歸罪於詩人創作時的「昏人囈語」、「胡思亂想」,否定非理性因素在創作中的積極功能。

　　在「胡思亂想」這點上,羅宗強的正面表述更為精確:與晦澀詩相關的問題,是「哲理的思辨侵入了詩歌的領域」。「思辨的詩當然可以有一席之地」,西晉玄言詩即是。但「作為詩歌,它是以情感人的。一首詩,如果不把人引入情感與想像的天地,而把人引入思辨的領域,它就會失去詩歌的固有力量」。

〔註 58〕鍾刃:《在爭鳴中探求新詩的道路——記全國詩歌理論座談會》,《星星》,1980 年第 11 期。
〔註 59〕丁力:《新詩的發展和古怪詩》,《詩刊》,1981 年第 3 期。
〔註 60〕陳良運:《朦朧與晦澀》,《江西日報》,1981 年 6 月 18 日。

更進一步,「如果思辨的詩而又晦澀,那就不僅不會有感染力,而且讓人望而生畏。思辨而又猜謎,會弄得詩情全消,興味索然的」〔註61〕。他看到了「晦澀」的另一面,即詩不以情感人,而以思惑人。

與「崛起」論者堅守「詩人中心論」的論辯立場不同,「引導」論者儘管進行「朦朧體」詩的學理分辨,但本質上仍護守「讀者中心論」的至高權。然而 1983 年,徐敬亞突然發表的《崛起的詩群——評我國詩歌的現代傾向》〔註62〕一文,完全打斷了他們的批評思路。徐敬亞絲毫不談朦朧詩人思想的複雜性、也不分辨詩體的類型,以完全肯定地姿態,向讀者們推介這種新傾向和「一套新的表現手法」:「以象徵手法為中心的詩歌新藝術」和「跳躍性情緒節奏及多層次的空間結構」。徐敬亞回擊讀者接受困難的邏輯是「新的,就是新的」:一種新藝術傾向的興起,總是以否定傳統的面目出現,總是表現反對原有舊秩序的強侵入!這就足以觸動社會的全部惰性。鉛一樣的舊秩序常常產生一種自我防禦性的本能排斥。」徐敬亞的「審美惰性」說無疑受孫紹振的啟發:「藝術的革新,首先就是與傳統的藝術習慣作鬥爭」,但孫紹振謹慎地補充:「但是如果他們漠視了傳統和習慣的積極因素,他們有一天會受到辯證法的懲罰」〔註63〕,這一辯證的策略被徐敬亞忽略了;徐敬亞的「新詩史」敘述,以唯我獨尊的反傳統〔註64〕姿態,把謝冕「重寫詩歌史」的「六十年來」「走著越來越窄狹的道路」推向極至:「新一代詩人顯然都更深刻、更明確——有一種徹底拋棄幾千年的因襲,全面走向現代社會的現代感」,「而新詩人們運用的一套新的藝術手法,更是過去的詩人們不可企及的」。徐敬亞以「新/舊」秩序的對抗邏輯徹底衝撞了「引導」論者的詩美分析,同時該文又得到了香港文學界的聲援〔註65〕,終於激化起官方詩壇對於「詩歌理論的三

〔註61〕羅宗強:《朦朧的美與思辨的美》,《天津日報》,1980 年 12 月 10 日。
〔註62〕原文載於遼寧師範學院校刊《新葉》,1982 年第 8 期,11 月刪改後,刊於《當代文藝思潮》,1983 年第 1 期。
〔註63〕孫紹振:《新的美學原則在崛起》,《詩刊》,1981 年第 3 期。
〔註64〕「徐敬亞不僅主張拋棄古典詩歌的民族傳統,而且還鼓吹要根本否定『五四』以來新詩的現實主義原則。」見陶文鵬《脫離民族土壤何來新詩「崛起」——評〈崛起的詩群〉中的反傳統觀點》,《光明日報》,1984 年 1 月 26 日;「對民歌也持全盤否定的態度。」見陳志明、常文昌:《評〈崛起〉的反傳統主張——兼談新詩的發展方向》,《當代文藝思潮》,1984 年第 2 期。
〔註65〕璧華以懷冰的筆名,在香港《爭鳴》雜誌 1983 年 5 月號上發表《投進中共詩壇的一枚炸彈》,為《崛起的詩群》歡呼,引起官方評論家的不滿,借用它來攻擊現代詩派。重慶詩歌討論會上,鄭伯農和柯岩分別發表《在「崛起」的聲

次『崛起』」〔註66〕的思想批判，美學的批評再次淪為政治的批判，朦朧與否的爭論退避出評家的視野。

在全國開展清除精神污染、反對資產階級自由化的鬥爭背景下〔註67〕，批判長達一年之久。直到 1984 年 3 月 5 日徐敬亞的檢討書《時刻牢記社會主

浪面前》和《關於詩的對話》，都提及該文的嚴重性：「無怪乎有人認為這是『中國現代派宣言』，甚至有人幸災樂禍地高呼：這是『投向中共詩壇的一枚炸彈』。」見《崛起的詩群——中國當代朦朧詩與詩論選集·出版說明》，璧華、楊零編，香港：當代文學研究社，1984 年版。

〔註66〕鄭伯農：《在「崛起」的聲浪面前——對一種文藝思潮的剖析》。本文是在重慶詩歌討論會上的書面發言，原載《詩刊》，1983 年第 6 期，又載《當代文藝思潮》，1983 年第 10 期。

〔註67〕黨的十二屆二中全會通過了《中共中央關於整黨的決定》，全會確定，從 1983 年冬季開始，用三年時間，進行全面整黨。文藝界存在著黨內思想不純、作風不純和組織不純的嚴重情況。見社論：《文藝界要認真學習貫徹二中全會精神》，《文藝報》，1983 年第 11 期。具體到詩歌界，自徐敬亞在《當代文藝思潮》1983 年第 1 期上發表《崛起的詩群》後，1 月 7 日《當代文藝思潮》編輯部在蘭州地區召開了「關於當前文藝思潮與社會主義精神文明建設的討論會」，接著又與中國文聯理論研究會在北京聯合召開座談會。中國作家協會副主席馮牧作了講話，強調座談會「是一個暢所欲言的、百家爭鳴的、平等待人的、既有批評又有反批評的學術討論會」，因此並未上升為政治批判的高度。見《當代文藝思潮，1983 年第 2 期；1983 年 9 月份，在新疆石河子舉行的綠風詩會上，某詩人在痛斥了所謂「三個崛起」後，說：「你給他們講學術，人家可不跟你講學術。不是說要用不同的方法解決不同性質的矛盾嗎？那好，是學術就用學術的方法來解決，不是學術，就用不是學術的方法來解決嘛」；10 月 4 日至 9 日，中國作家協會書記處常務書記朱子奇、書記柯岩等人參加了「重慶詩歌討論會」，會議由方敬、王覺、楊益言、梁上泉等主持。會前邵燕祥已經知道這個會的批判意圖，告知謝冕「最好不去」，謝冕後來沒去。會上「三個崛起」被定性為「程度不同並越來越系統地背離了社會主義的文藝方向和道路」的「錯誤理論」，朱子奇、柯岩等人對「崛起論」，進行了措辭激烈的批判。此外，舒婷的《會唱歌的鳶尾花》、《牆》、《流水線》，北島的《白日夢》、顧城的《空隙》、《泥蟬的表演》、楊煉的《諾日朗》被點名批評，氣氛非常緊張。《詩刊》。會後，新華社發了消息，批評「三個崛起」的「謬論」，稱要堅持詩歌的社會主義方向。中國作家協會顧問臧克家號召「文藝工作者要站在清除精神污染的鬥爭的前列」，批評「熱衷於西方現代派等，輕視、反對繼承和發揚我們寶貴的民族遺產」的傾向。1983 年 12 月號發表了重慶會議的「綜述」。最終，徐敬亞迫於壓力發表了自我批判，這場爭論由此結束。見呂進：《開創一代新詩風——重慶詩歌討論會綜述》，《詩刊》，1983 年第 12 期；田志凌：《對話邵燕祥：對新詩的推薦推動新詩向前走》，《南方都市報》，2008 年 7 月 20 日；《臧克家談要站在清除精神污染鬥爭前列》，新華社，1983 年 10 月 29 日電，《崛起的詩群——中國當代朦朧詩與詩論選集》，璧華、楊零編，香港：當代文學研究社，1984 年版，第 171 頁。

義的文藝方向——關於「崛起的詩群」的自我批評》在《人民日報》上轉載〔註68〕，理論界的公開批判才宣告終止。與此同時，以社會主義精神文明建設為衡量準繩，《今天》詩人的作品也被重新闡釋與批判：舒婷在 1982 年《詩刊》二月號上發表的《會唱歌的鳶尾花》，被批評為脫離人民、脫離生活的「虛幻的夢境」、「對舶來藝術吞而不化的一例」、「很像吃得撐得，閒得無聊的大小姐少奶奶以男女之事廝磨終日所作的遊戲」。《流水線》的主導思想傾向被定性為「對流水線上勞動的憎惡情緒」、「剝削」階級的「尊嚴」觀。《往事二三》被視為「如此自我陶醉地表現樂在其中的自我感覺」，喪失了「尊嚴」，不是「詩」應該追求的〔註69〕；1980 年 8 月創作的《暴風過去之後》被認為違背了社會主義人道主義，陷入資產階級人道主義的迷誤。1981 年九月號《上海文學》上發表的《？。！》，被認為是「公開的站在讚頌你的崛起論者一邊了，而把持不同觀點者當作向你射擊的『他們』，把自己比作『驟雨中的百合花』」〔註70〕。楊煉在 1983 年第五期《上海文學》上發表的組詩《諾日朗》被視為宣揚「性解放論」、「把人民群眾寫成了群氓」〔註71〕、「一個凌駕於民族和時代之上的個人的聲音」、「鑽進『純詩』的象牙之塔，拼湊文字遊戲以自我陶醉」〔註72〕與「崇拜神權」〔註73〕。即便是為之辯護的批評家，儘管理解

〔註68〕 該文寫於 1984 年 2 月 10 日，首先在《吉林日報》1984 年 2 月 26 日以加「編者按」形式發表，《人民日報》1984 年 3 月 5 日全文轉載，《當代文藝思潮》1984 年第 3 期再次轉發。徐敬亞在文章中承認：「由於我受當時泛濫著的資產階級自由化思潮的影響很深，使這種探索和評介偏離了正確的方向，在一系列原則問題上出現了重大的失誤和錯誤。在文中，我輕率地否定了我國古典詩歌的文化傳統；貶低乃至否定了幾十年來我國革命詩歌的發展序列；否定了詩歌創作中的現實主義原則；盲目地推崇西方現代派藝術，將當時出現的某些詩歌作品譽為『崛起的詩群』，作了不妥當的評介；宣揚了『反理性主義』和『自我表現』等唯心主義文藝觀點。尤為嚴重的是，在分析藝術流派產生的條件時，竟主張『要有獨特的社會觀點，甚至是與統一的社會主調不諧和的觀點』，並以『我不相信』四個字錯誤地總結了詩人們對過去生活的態度，這，就不僅僅是文藝觀點的錯誤，而是政治觀點的錯誤。文章發表後，在理論界和詩歌界造成了很不好的影響」。

〔註69〕 周良沛：《殊途同歸——讀舒婷的幾首詩有感》，《當代文藝思潮》，1983 年第 3 期。

〔註70〕 段登捷：《致舒婷同志的一封信》，《山西師院學報·社會科學版》，1984 年第 3 期。

〔註71〕 魯揚：《莫把腐朽當神奇》，《詩刊》，1984 年第 1 期。

〔註72〕 齊望：《評〈諾日朗〉》，《文藝報》，1983 年第 11 期。

〔註73〕 潘仁山：《「崛起」聲浪中浮出的苦果——析組詩〈諾日朗〉》，《文學報》，1984 年 3 月 29 日。

《諾日朗》是通過詩歌表現對「文化大革命」歷史災難的批判，但從現實主義立場出發，認為畢竟時過境遷，只消極地發洩感傷、憤怒與絕望，不合時宜了：「一個人在詩裏面表現絕望，總必須那時代環境確實使人面對著一個令人絕望的世界，那詩裏的絕望才是真實的，也才具有激發人們憤而變革那種絕望現實的力量。而現在有些青年詩人在詩裏面表現的絕望情緒，我總覺得近似於一種『為賦新詞強說愁』的忸怩情態，有些輕率，也有些像某種後遺症式的畸變」。這種絕望情緒除了與「作者內心的隱患」有關，「可能與詩歌藝術方面，為某種外來影響的誘發有關」〔註74〕。

　　然而，此時「朦朧詩潮」與「朦朧體詩」已經在青年讀者中迅速蔓延並確立地位。理論批評界從 1984 年下半年開始，掀起為「朦朧詩」平反的浪潮。支持者一方面從「詩人中心論」的解讀立場，以「整體」而非「局部」的詮釋方法，指出對舒婷「《會唱歌的鳶尾花》的全部指責乃是由於沒能領會作者的詩情所導致的」；另一方面，堅持「社會意識形態的發展並不是嚴格遵循形式邏輯的軌道運動」，為「朦朧詩」潮的當下存在尋找合法性：「『朦朧詩』產生之初的社會歷史條件消失了，這種文學現象未必會旋即消失。因為使『朦朧詩』產生的還有比較穩定持久的美學動因。從美學上來講，『朦朧詩』表達上追求的含蓄，意象的疊加等手段，既是對當時橫行的標語口號詩、空泛無味的大句話詩的抗爭，又是對『詩美』傳統的盡力恢復，只要不是一味盤桓在晦澀的領空，它們還是對詩美傳統的一種堅持。從這些方面來講，『朦朧詩』不失為一種自身合理的獨特的美學追求。所以我們認為，『朦朧詩』的出現是好事而不是壞事」；再進一步，從生活的豐富多彩與藝術趣味的多樣性上，肯定「人以多種方式掌握和理解世界。當人以藝術的方式掌握世界時，他心靈中獨具的親和力就會沿著自己的方向驅動主體產生不同的美學追求。藝術流派的分野常常正是通過美學追求的差異體現出來並影響藝術史。只要在整個社會歷史的進程中，這種追求不是悖謬時代進步，它就依然還會爭得自己的一席地位。因此我們斷言，『朦朧詩』在今後的詩壇上，將作為一個流派存在

〔註74〕石天河：《重評諾日朗》，《當代文壇》，1984 年第 9 期。圍繞《諾日朗》的創作傾向，謝冕在《山泉》1983 年第 5 期以《他們走向成熟》加以肯定和鼓勵、楊煉本人在《山花》1983 年第 9 期上撰文《傳統與我們》闡述自己的創作主張。綜述的文章有向川：《對楊煉近作的不同評價》，《文藝情況》，1984 年第 3 期；蕭犢整理：《關於組詩〈諾日朗〉創作傾向的三種不同意見》，《詩選刊》，1985 年第 1 期。

著。」雖然,「『朦朧』這種稱謂是很不準確和不明確的,但既然它已經在各種場合被引用著,我們就無須咬文嚼字地打筆墨官司,把許多精力放在爭解它的稱呼上,而姑且將它作為一個『代號』」〔註75〕。這種論述巧妙地避開了與「引導」論者在思想立場上正面爭執,回到詩歌解讀的方法論、美學規律的特殊性與讀者趣味的多元化,在「晦澀」與「詩歌發展方向」問題上作出局部妥協,從而確立了「朦朧詩」的合法地位。

從1984年下半年,詩歌批評界就「期待著美學的批評」:「發展美學的詩歌批評,不僅是推動當代新詩創作,總結當前審美經驗的需要,而且是繼承我們民族的文學批評傳統,建立有民族特色的、現代化的文論體系的需要」,其中,最關鍵的是理論隊伍自身的建設:「如果美學家、文藝理論家、詩人們都能夠關注美學的詩歌批評,再加上原有的詩歌批評家,則我們這支批評的隊伍就比較可觀了」〔註76〕。很快,這種美學批評與新詩藝術大膽探索的主張獲得了體制上的保障。1984年底至1985年初,在全國第四次作家代表大會上,作為「新詩潮理論領袖的謝冕與作為新詩潮主要代表詩人之一的舒婷當選為中國作協理事,體現了整個文學界對於詩歌創新運動的關注與支持」。1985年2月12日,中國作協理論研究室邀請在京部分詩人、評論家舉行座談:「劉湛秋、謝冕、張志民、牛漢、楊煉、鄭敏、李黎、屠岸、劉再復、邵燕祥等十多位老、中、青三代詩人、評論家紛紛發言,感慨詩壇新的春天得來不易,呼籲給予藝術探索者愛護、聲援、支持」〔註77〕。

同年3月21日,《深圳青年報》文藝版以整個版面發表了北島、舒婷、江河、梁小斌、顧城、楊煉、傅天琳、李鋼、駱耕野、王小妮、孫武軍、王家新、陳所巨、梅紹靜、楊牧、張學夢、葉延濱、徐曉鶴、徐國靜、高伐林等20名詩人的作品,並在同一版發表了謝冕的《它們存在並且生長》,文章肯定了崛起詩潮的價值在於,「使當代中國人對神的否定和對人的重新肯定的這一時代精魂,在詩歌領域中成為實體」。孫紹振發表《自由的風在召喚》一文,指出新詩的改革是社會變革、生活方式變異、「人的價值標準正在巨變,新的價值觀念和審美心理模式正在崛起」的必然產物。「編者按」則意氣風發地呼號:

〔註75〕 王舟波:《倦倦女兒心——談舒婷的詩兼與周良沛同志商榷》,《當代文藝思潮》,1984年第6期。

〔註76〕 李黎:《詩歌,期待著美學的批評》,《文匯報》,1984年8月1日。

〔註77〕 李黎:《中國當代文壇的奇觀——近年來新詩潮運動述評》,《批評家》,1986年第2期。

「改革之潮湧蕩，觸目皆是崛起！為推進文學改革，開拓創作自由之風，為展示我國詩歌新林陣容，本報博集了國內二十家青年詩人的最新作品，輯成詩專版」〔註78〕。

　　第二天，在廈門文學評論方法論研討會上，中國作協理論室與《詩探索》編輯部聯合召開詩歌評論家座談會：「孫紹振、樓肇明、張炯等等十餘人先後發言，一致呼籲：要從根本上杜絕那種粗暴的、帶有某種『大批判』餘風的所謂批評，開展最符合詩歌藝術特徵的美學的批評。」會議上批評家互相傳告「北島、舒婷、顧城、楊煉、江河等人的詩集已被譯成英、法、德、瑞典、挪威、丹麥等多種文字在其他國家出版。」有評論家認為，「在中國當代文學創作中，詩歌最有希望達到世界總體文學的先進水平」〔註79〕。舒婷應邀到會，介紹了青年詩人們的創作近況。至此，新詩潮的理論界與創作界緊密地團結在一起，作為新詩潮核心的朦朧詩，公開而合法地矗立在當代中國的詩壇上。轟轟烈烈長達五年的「朦朧詩」論爭，以崛起論一方的勝利，宣告結束。

　　此後，隨著一代代受惠於朦朧詩的青年詩評者的成長〔註80〕，朦朧詩開始了它漫長的「正解」、「擴大化」〔註81〕與「經典化」過程。與此同時，詩歌

〔註78〕李黎：《中國當代文壇的奇觀——近年來新詩潮運動述評》，《批評家》，1986年第2期。

〔註79〕李黎：《中國當代文壇的奇觀——近年來新詩潮運動述評》，《批評家》，1986年第2期。

〔註80〕這些青年詩評者大多在大學階段開始欣賞「朦朧詩」，從正面撰文解讀，並且獲得了公開發表，學院派成為朦朧詩傳播的新生力量和人數最多的讀者。如華中師範學院中文系80級彭萬榮在《當代文藝思潮》，1985年第1期上發表了《北島和現實世界齟齬》、北京師範學院中文系82級馬力在《當代文藝思潮》，1985年第2期上發表《在「朦朧詩」潮漸漸平息之後》、華東師大的李劼在《當代文藝探索》，1985年第3期上發表《舒婷顧城北島及朦朧詩派論》、呂梁師專中文系八二級趙新林在《呂梁師專學報》，1986年第2期上發表《啟蒙：北島詩的靈魂》。

〔註81〕吳奔星認為，1985年後，由於朦朧詩「為個別外國詩人所提及，從而『褒派』復起」，他們為朦朧詩爭取當代詩壇的主流地位，設法將朦朧詩從「貶義」轉化為「褒義」，因此流露出「排他性」與自我「擴大化」傾向。這種擴大化表現在四個方面：「首先，是概念的擴大化，把一些青年詩人寫的並不朦朧的詩籠而統之地歸入『朦朧』詩」；「第二，是『朦朧』詩人隊伍的擴大化，把本非寫『朦朧』詩的詩人擴大為『朦朧』詩人」；「第三，是時間的擴大化，把出現於80年代為決的『朦朧』詩，擴大到了現代文學的各個時期」；「第四，是空間的擴大。即把80年代出現於大陸的朦朧詩，擴大到臺港甚至海外，把流行於臺港的現代詩，視為朦朧詩」。見吳奔星：《評「朦朧詩」的擴大化》，《人民日報》，1989年10月31日。

運動波濤洶湧，迅猛向前。1984 年至 1985 年的詩壇表層上，朦朧詩的響應者承續、充盈著朦朧詩的藝術慣例，而「反朦朧詩」的現代主義支流也開始在大學生詩群〔註82〕和「東方化」的四川青年詩人中匯聚：「這僅僅是另一次開始的前兆。這是一個缺少詩歌巨人的時期，以北島的符號系統為代表的朦朧詩的一系列高峰審美體驗，人們已經久久沒有經歷了。」〔註83〕到了 1987 年，當「平民詩人」發出「別了，舒婷、北島，我們要從朦朧走向現實」〔註84〕時，不少批評家不禁傷懷地「挽留『朦朧美』」〔註85〕。

第三節　詩歌家族與朦朧體詩的分類

在「朦朧詩」概念的歷史構成與確立過程中，「朦朧詩潮」與「朦朧體詩」

〔註82〕大學生詩歌在 1985 年獲得「學院詩」的命名。1980 年官方刊物開始關注大學生詩歌，如四川成都的《星星》詩刊 1980 年第 5 期推出「大學生之歌」專欄，發表郭小聰、蕭蕭、高伐林等九位詩人的詩作，主體追求純美風格；吉林長春的《春風》，1980 年第 9 期推出「大學生詩頁」，發表王小妮、徐敬亞等詩歌 8 首，表達主流社會認同的積極價值理念，如勞動、奮進。其中，最引人注目的是甘肅蘭州《飛天》雜誌自 1981 年 2 月號開闢的「大學生詩苑」。起初辦這個欄目的動機，是感覺到大學生詩歌的「清新之風」，希望藉此「在甘肅詩歌園地的某個角落，吹皺一池『春』水！」反映出當時刊物編輯普遍厭舊追新的審美趣味。截止到 1983 年初，給「大學生詩苑」投稿的高等院校「已達三百二十多所，累計投稿人數四千多名，詩作九萬多首。北起黑河，南至湛江，東起鼓浪嶼，西至喀什、拉薩、下關一線，無一省沒有大學生來稿。」筆者認為，中國新詩最集中的讀者群和作者群之一，新近幾年就在大學校園。「我看高等院校的詩歌愛好者不下五萬人，習作者在一萬人左右，投稿者至少有七千人。詩歌，在具有較高文化知識的一代青年中，不知存有多大的潛在力量！」《詩苑》的前二十輯，用刊物的將近一百二十個頁碼，選發了九十來所大專院校、二百一十多人的三百七十餘首詩。比之作者及其來稿，只是很小很小的一部分。」該刊從九萬多首來稿中選出四百多首刊用，選稿率很低。「七七級在校時，接近千分之六，七八級在校時，大致在千分之五」，退稿率為「百分之九十九點五」。見張書中《編詩：被遺漏的拾起》，《當代文藝思潮》，1983 年第 1 期。評論「大學生詩歌」的文章有公劉：《〈大學生詩苑〉漫評》，《飛天》，1981 年 12 月；謝冕：《飛天的新生代——〈飛天〉〈大學生詩苑〉述評》，《飛天》，1982 年 11 月；潘洗塵、楊川慶：《開放在校園裏的詩花——漫談我國近年來的大學生詩歌創作》，《當代文藝思潮》，1984 年第 3 期；陳壽星、宰學明：《「學院詩」與「朦朧詩」》，《當代文藝思潮》，1985 年第 4 期。

〔註83〕徐敬亞：《圭臬之死——朦朧詩後》，《鴨綠江》，1988 年第 7 期，收入徐敬亞：《崛起的詩群》，同濟大學出版社，1989 年版，第 118～147 頁。

〔註84〕《別了，舒婷、北島》（筆會），《文匯報》，1987 年 1 月 14 日。

〔註85〕吳奔星：《別了「朦朧詩」，挽留「朦朧美」》，《作品》，1988 年第 5 期。

兩個層面的產生，儘管源於共同的邏輯動因，即反叛「文革」的詩學體系與詩歌風格，共同指向以《今天》詩人為核心的「這一代」朦朧詩人群，但由於「崛起」論者與「引導」論者不同的闡釋立場、理論視角與方法侷限，造成二者在「朦朧詩」所指上的交錯與駁難。

具體而言，堅持從「詩人中心論」出發的讀者，採用把作品還原為「時代精神」和「作者」的整體（Whole）視角，在策略上，將朦朧詩界定為一股新的詩歌潮流，將活躍於這股潮流中的詩人和其創作的所有詩歌統歸為整一的「朦朧詩」，懸置「朦朧體詩」的分辯與讀者標準的評判；而堅持從「讀者中心論」和「詩體中心論」出發的讀者，採用把作品拘囿於人民群眾的「懂與不懂」、「朦朧與晦澀」的認識論視角，在策略上，格物致知、分解細化、去粗取精，直擊存在思想或美學問題的「晦澀詩」，要求純化「朦朧體詩」，排除「晦澀詩」。因此，在肯定「朦朧美」的意義上，「崛起」論者與「引導」論者達成了共識，「朦朧詩潮」與「朦朧體詩」這兩個層面交融起來，這成為了「朦朧詩」概念存在的美學依據。

然而，對於「晦澀詩」能否劃歸為「朦朧詩」的問題上，「崛起」論者寬容地把它視為「朦朧詩潮」探索與創新中的組成部分，甚至具有積極的美學意義；「引導」論者嚴格地把它歸為「朦朧詩潮」中的不良傾向，要求捍衛中國詩歌的「正統」，擔心它對詩美的破壞與對詩歌潮流的誤導，尤其是當許多年輕詩人沉迷於「晦澀詩」的封閉探索，將大幅度割斷詩歌與大眾讀者的關聯。在新詩形式尚不成熟，未能充分積澱成為中國現代讀者的文化構成之前，迅速進入玄奧的象牙塔，對於中國新詩的發展而言，無疑埋下了潛在的危險。

儘管新詩潮後來的發展，並未走向這一絕境，而是向「朦朧詩」的美學圈定之外努力掙脫與散溢，使得「崛起」論在論爭的硝煙飄散之後，仍佔據著顯性勝利的高地。然而，論爭中被遮蔽的詩歌問題還會不斷浮現出來，這是回歸美學批評的「引導」論的隱性意義，它以對詩美本質的堅守和敏感的危機意識，在特定的歷史時期，掣肘新詩潮流的散漫航行與喪失詩美的非詩化，它時刻警示著中國新詩勿忘詩美，勿忘讀者。

在朦朧詩論爭中，真正受到抨擊的，不是「含蓄」，不是「朦朧」，而是「晦澀」。20世紀80年代末，當朦朧詩的地位業已確立、經典化甚至被 Pass 後，吳奔星仍要將論爭中懸而未決地概念重新提出，以遏制朦朧詩的擴大化與捍

衛「朦朧美」的純正性。他從風格學的範疇，建議探索「當代『朦朧詩』的『朦朧美』的風格和傳統詩的『含蓄美』的風格的根本差異」，獲取「朦朧美」詩風的獨立空間，進而將朦朧詩視為一種詩歌風格，而非詩體，「以免和抒情詩、敘事詩、自由詩、格律詩等獨立的詩體混為一談」〔註86〕。由於吳奔星意圖建構一種純粹的「朦朧美」詩風的「朦朧詩」，因此剔除了「晦澀」、「含蓄」在「朦朧詩」中的合法位置。其實，早在1980年樓肇明就明確提出了更為科學的詩體建設觀點。「追求象外之旨、弦外之音的含蓄，卻不一定表現為畫面形象的朦朧，它可以是撲朔迷離的，也可以使歷歷在目的。晦澀，則表現為畫面形象的支離破碎、雜亂堆砌，造成形象與意蘊之間無從追索的游離或隔膜，陷人於迷宮之中。這與朦朧要有一個完整豐滿的意境，和諧統一的氣氛，有時意蘊的依違兩可，仍不失大體可以把握的穩定的方面，是不可同日而語的。因此，把朦朧從含蓄中分離出來，與晦澀劃一道界限，獨立拈出來作為美的一種品類加以肯定，並非譁眾取寵。」他的方式是，一方面尋找「霧靄，雲霞，水氣溟濛，月色迷茫」這些「自然現象中客觀存在的朦朧美」，和「一些就外觀而論是醜的事物，在變得朦朧的特定條件下還可以化醜為美」的現象，如「一個外貌醜陋的女子也許背影是窈窕的」，以及「一些本來就美的事物，還往往因其朦朧而增添異彩，饒有韻致，甚至從一種風格的美轉化為鄰近品類的美」，如「霧裏看花」、「雪天觀景」；另一方面，從「人的心理活動和意識流程」中分離出「朦朧狀態和朦朧美」：「夢境、幻覺和所有的潛意識都是朦朧的。人們在回憶中不可能復述已經褪色淡忘的記憶，懷念親人因思念太過反而模糊了面影；對某種理想境界的追求和憧憬」等。如果把朦朧作為「藝術的描繪對象，也是藝術的表現手段」〔註87〕，就可以建構真正意義上的「朦朧詩」。吳思敬也指出「我們所說的『朦朧體』是指具有較濃重的『朦朧』風格的作品。這種作品早已有之，並非這兩年的新發明。」「如果作者為表達某種特殊的感情，追求某種特定的效果，不僅僅是使『背景』和次要人物『朦朧』，而且在所表現的主體和整個畫面上也塗有較重的『朦朧』色彩，那就成了所謂『朦朧體』的作品。」〔註88〕這種自覺的詩體建構，對於理解朦朧詩潮中的「夢幻詩」具有積極的意義，但無法解釋70、80年代朦朧體詩的複雜現象，也不符合80

〔註86〕吳奔星：《評「朦朧詩」的擴大化》，《人民日報》，1989年10月31日。
〔註87〕樓肇明：《「朦朧美」小議——詩畫漫筆》，《文匯報》，1980年11月7日。
〔註88〕吳思敬：《說「朦朧」》，《星星》，1981年第1期。

年代朦朧詩潮的客觀事實。然而，這再次顯露出一個問題：到底在朦朧詩潮中，「引導」論讀者對於朦朧體詩的區分和認定，在排除了意識形態的干擾後，是否合乎歷史與美學的真實，對於這種詩體的確認，對於朦朧詩潮概念的完善無疑具有重要意義。

一、思辨體小詩：抽象的詩題與晦澀

在朦朧詩論爭中，被攻擊最多、最有力的便是北島和顧城等的思辨體小詩，如北島《太陽城劄記》中的《生活》和顧城「小詩六首」中的《遠和近》、《弧線》。這類詩歌有兩個鮮明的特點：一、詩題抽象，詩行具象，前者是詩人突出的旨趣，其內涵與外延遠大於後者，前者和後者相互依存，才成其為詩；二、詩體短小，語言簡易。如艾青所言，「讀者只能從它的六句話裏去猜想」〔註89〕。

毫無疑問，這類小詩的隻言片語，是詩人日常生活中點滴感悟的積聚，顧城稱之為「筆記型小詩」〔註90〕。詩人在這些詩句中寄予了某種旨趣，希望讀者能夠理解和體味。顧城自己解釋《遠和近》，「很像攝影中的推拉鏡頭，利用『你』、『我』、『雲』主觀距離的變換，來顯示人與人之間習慣的戒懼心理和人對自然原始的親切感。這組對比併不是毫無傾向的，它隱含著『我』對人性復歸自然的願望」〔註91〕。問題不在於詩人最初的感悟是否具有詩性，是否可被理解，而在於當詩人把這些隻言片語集結在一個抽象詩題下時，如《弧線》，這種由詩題與詩行組合而成的詩體，其理解更多受控於它的詩題。在這裡，詩題成為詩行的主宰，離開詩題，詩行將散亂無章，意義混亂，詩歌也不再是詩歌。所有的詩行首先圍聚著詩題，而不是詩人來獲得意義。詩體脫離詩人的控制，獲得了相當大的獨立與闡釋自由。

讀者在閱讀這類小詩時，首先接觸到一個抽象命題，如《生活》，詩題是一個等待說解或印證的外在對象。在詩題與詩行之間，存在一種邏輯上的求證關係，具體形象的生動運作便是求證的方式。顧城解說《弧線》時採取從具象到抽象的思路：「外表看是動物、植物、人類社會、物質世界的四個剪接畫面，用一個共同的『弧線』相連，似在說：一切運動、一切進取和退避，都是採用

〔註89〕艾青：《從「朦朧詩」談起》，《文匯報》，1981 年 5 月 12 日。

〔註90〕顧城：《剪接的自傳（上）》，《青年詩人談詩》（教學參考資料），老木編，北京大學五四文學社，1985 年版，第 53 頁。

〔註91〕顧城：《關於〈小詩六首〉的通信》，《星星》，1981 年第 10 期。

『弧線』的形式。」〔註92〕但在詩歌呈現時，詩人將玄思後的驚喜發現置於詩首。因此，對於讀者而言，這類詩歌閱讀的出發點，始於一個抽象命題，它的展開既需要對形象的感悟，更多還要訴諸於讀者的思辨。這種思辨，始終發生在詩題與詩行的印證關係中。這種關係是否吻合，是一個因人而定的邏輯問題。首先，抽象詩題作為被關注的對象，讓讀者先行陷入哲學的思考，確立了詩歌閱讀的思辨起點。這還意味著同一詩題完全可以有不同的形象闡釋方式，只要形象闡釋合理即可。倘若詩人並不在意或者省略了形象並置之間的呼應與穿引，加之言辭簡短，意象濃縮，讀者不贊同或者無法追隨詩人的理解方式，消極讀者就會陷入迷失方向的境地。而積極讀者完全有權從思辨角度推翻詩人的依據與詩歌的合理性。由於抽象詩題的篡權阻隔，詩人情感主體隱蔽與退場，使得這類思辨體小詩落入語言與思維層面的「玄言妙語，神乎其神」〔註93〕的「晦澀」指責中。事實上，指責它為「晦澀」的讀者，都輕而易舉地把握住了詩歌的抽象主旨，即詩題，他們已經理解了詩歌。他們不理解的是，這種抽象的命題與詩人及其時代存在著何種關聯。如果這種關聯中斷，小詩淪為形式主義遊戲，評價這類小詩的共識性標準何在、小詩存在的意義何在。

這類詩題抽象的思辨體小詩，創作上自由隨意，信手拈來，易於模仿。詩人的詩情與詩思無需展開，語言修辭也無需過高功底，便可輕巧寫出詩來，並且獲得青年讀者一片稱奇的追捧聲。這多少反映出「求新」文化邏輯當時正向詩壇內部滲透並改造詩壇構造的趨勢。從詩壇內部競爭看來，這種取巧的競爭策略，觸犯了一批態度嚴肅、主詩情和語言苦吟型詩人的利益。尤其當這種創作化為藝術上的單純模仿，無需投入詩情的智力遊戲與娛樂時，在推崇「主情」、「主意」、冷落「主知」、貶抑「主趣」的中國新詩詩質格局中，這種小詩體便溢出了詩壇正統的遊戲規則，喪失了詩質的合法性，只是在「求新」文化重構詩壇的運作下，殘存下來。

朦朧詩潮中的思辨體小詩與卞之琳的《斷章》曾被劃歸為一類，但二者間的差異不僅在於卞之琳對於詩行「相對」關係的苦心經營上，最大的區別是，《斷章》這一詩題，既不是詩行的旨趣，也不是詩體中不可或缺的組成部分，詩行自身完整，自成一個世界。

〔註92〕顧城：《關於〈小詩六首〉的通信》，《星星》，1981 年第 10 期。
〔註93〕高繼恒：《含蓄與晦澀》，《海鷗》，1980 年第 8 期。

朦朧詩中的思辨體小詩與顧城的《一代人》、芒克的《青春》、艾青的《樹》等小詩體更不相同。顧城曾惶恐地記下：「近百家報刊發表了評論文章，圍繞著兩首極短的筆記型小詩展開了爭論，兩首小詩都是表現一種特定心理的」，「前者（《一代人》）獲得了一些讚揚；後者（《遠和近》）受到了一些批評」〔註94〕。表面看來，《一代人》、《青春》的詩題也具有抽象性，但是考察詩題與詩行的關係後，便可以發現，「一代人」和「青春」可以轉化為詩中的抒情主體「我」，詩題是詩行的組成成分，而非論證的外在命題，因此它並未阻斷詩人與詩行之間直接脈動的生命關聯。這類小詩屬於詠物詩家族，目的在於借物抒情，而後引發讀者的沉思默想。既然訴諸於生命情感，而不是思辯論證，那麼崇尚詩情的讀者，可以順利滿足期待視野，感受詩歌；崇尚思辨的讀者，在生命與情感面前，也多少放棄了爭辯的意圖，沉於情思的體味中。

作為一種詩體探索或者語言遊戲，朦朧詩潮中的思辨體小詩無可厚非，甚至對於「主知」、「主趣」在中國新詩詩質格局中的提升，提供了形式上的珍貴經驗。圍繞它的爭論，實質上是不同詩質之間美學合法性的爭執與互斥，而這種詩質合法性的爭執，與新詩發展方向與詩人在詩壇中的位置及利益之爭又直接關聯。

二、夢幻詩：朦朧的意識與晦澀

朦朧詩論爭中又一個批評的焦點，是命運漂泊詩家族中的「迷惘夢幻詩」與「追夢詩」，這二者時常交結在一起，但又有差異。「迷惘夢幻詩」將情緒圈定在當下時空，表現無所尋求、恍惚無序、官能交錯的意識狀態，是沒有方向、非線性結構的夢幻詩，有人將之與古代詩歌中的「無寄託詩」〔註95〕相提並論。舒婷的《路遇》、《往事二三》和易名的《彷彿》屬於這一詩類；而「追夢詩」，多有一個追尋夢境的線性結構，預設了某種找尋的方向。當追尋的目標明確，追尋的姿態堅定，便很快被當時的詩壇接受，並無爭議，如梁小斌的《中國，我的鑰匙丟了》、《雪白的牆》、北島的《你好，百花山》。問題是，當追逐的目標虛幻，目標本身便化作朦朧之謎，「追夢詩」就分離出具有方向性和線性結構的「追逐夢幻詩」，在情緒上沾染上追逐的激動甚至美好，如舒婷的《會唱歌的鳶尾花》、北島《迷途》、小青《帶我去吧，風》等。

〔註94〕顧城：《剪接的自傳（上）》，《青年詩人談詩》（教學參考資料），老木編，北京大學五四文學社，1985年版，第54頁。
〔註95〕袁忠岳：《朦朧詩與「無寄託」詩》，《詩刊》，1981年第4期。

　　「追逐夢幻詩」與「迷惘夢幻詩」這兩類「夢幻詩」落入了詩人意識與詩歌內容層面「胡思亂想，撲朔迷離；虛無縹緲，不知所云」〔註96〕的「晦澀」指責中。由於「愛情」與「夢」的結合，在中西愛情詩傳統中有著悠久的歷史，合情合理，因此「愛情夢幻詩」並不被列入晦澀的責難中。

　　讀者對「追逐夢幻詩」的線性敘述結構相對熟悉，按圖索驥，便可抵達目標。但這一目標是拒絕說解的多重意象組合，其所指不明，散溢著多種理解的可能性，而將多重意象統攝起來的，是一種相對穩定的情緒。被徐敬亞指認為「典型」「朦朧詩」的《迷途》，將夢境設置在「我」面對著「藍灰色的湖泊」前：「在微微搖晃的倒影中／我找到了你／那深不可測的眼睛」。徐敬亞以「象徵」來說解：「以『湖泊』象徵追尋的歸宿；其中『你』和『眼睛』雙重象徵著理想物的化身」。這種解說直接抓住孤立的個體意象，指明其所指，但忽略了詩歌的意義首先產生於意象之間特殊的組合關係。《迷途》最後找尋到的是「眼睛」，以「深不可測」一詞製造出玄秘感與深邃感，而在「我」、「你」與「眼睛」三者並置關係中，存在三種理解的可能：（一）「眼睛」是「你」的，「我」要找尋的是「你的眼睛」，這個「你」可以是「愛人」，可以指「理想」。「眼睛」則代表著溝通，如表示「愛情」；（二）「眼睛」就是「你」，我要找尋的是「眼睛」，「眼睛」既在「天空」上，也在「湖泊」中，既可以指「積極的希望」，也可指「失落的夢」，「眼睛」被賦予神秘性；（三）「眼睛」是「我」的，「我」面對著自己在湖水中的「倒影」，看到了自己堅定而深邃的「眼睛」。尋找眼睛就是確認自我的方式。《迷途》發散性的結尾，讓讀者陷入了「胡思亂想，撲朔迷離」的想像中，而情緒卻統攝於「找到了」的穩定結局中。

　　「追逐夢幻詩」因為線性敘述結構的穿引，讀者固然不滿於結局的「虛幻」，但的確已經觸及了「夢境」本身。因為是「夢」，其所指本身就難以確定，具有多義性。對這類詩歌的美學批評，止步於此，更多是思想批評：「詩寫夢，決不是為寫夢而寫夢」，「它抒情的精神境界是不高的」。朦朧詩論爭中集中批評的「夢幻詩」，是「迷惘夢幻詩」，在排除生活態度積極與否的考量後，就詩質而言，它注重表現「朦朧的意識狀態」。單純表現與集中描寫「朦朧意識」的新詩創作，在中國新詩傳統中極為少見。古典詩歌中的「疏影橫斜水清淺，暗香浮動月黃昏」、「南朝四百八十寺，多少樓臺煙雨中」更多呈現自然界中由於物理空間構造出的朦朧美，而非表現詩人朦朧的意識狀態。

―――――――――――――――――――

〔註96〕高繼恆：《含蓄與晦澀》，《海鷗》，1980 年第 8 期。

　　所謂「朦朧的意識狀態」，與詩人觀察世界時「出神的意識狀態」〔註97〕具有懸置理性的共通性。葉維廉在《秩序的生長》中說：「在這種出神狀態中，時間和空間的限制不再存在，詩人因此便能將這一刻自作品其他部分及這一刻之前或之後的直線發展的關係抽離出來，使到這一刻在視象上的明澈性具有舊詩的水銀燈效果。」〔註98〕這段話強調了「出神」狀態的意識特徵：一、時空限制不被明確地意識到；二、「一刻」間視象的明澈性。而要進入「出神」意識狀態，條件之一是主客觀環境的「虛靜」，之二是觀者要「喪我」，通過與自然事物特殊的對話方式，溶入事物自身的舒展中，之三需要「特別注意」或「凝神觀望」，即一種「略為離開日常生活的觀看方法」，「把你注意的事物撤離了一般的時間和空間觀念」〔註99〕。具體到詩歌類型，基本為詠物詩，食指的《煙》可歸入此類。

　　然而「朦朧的意識狀態」與之又有顯著不同。「朦朧意識狀態」的進入，不需要主客觀的「虛靜」與「忘我」準備，相反，朦朧意識的延展需要外界時空形、音、色的不斷刺激與擾亂，它並不把目光始終鎖定在同一對象上「凝神觀照」與「思接千里」，而是隨著印象與情緒的流轉，不斷切換鏡頭。因此意象的運動與多變增強，留下一片片一閃而過的影子：「鳳凰樹突然傾斜／自行車的鈴聲懸浮在空間／地球飛速倒轉／回十年前的那一夜」（《路遇》），「石路在月光下浮動」、「桉樹林旋轉起來／繁星拼成了萬花筒」（《往事二三》），「彷彿翳暗車窗的人影／彷彿玻璃上塗了半截白漆／彷彿天藍的轉椅搖過棕黃的影子／彷彿舞臺上早寒的楊枝」（《彷彿》）。這種「朦朧意識」是以主體觀照客體時所產生的「錯覺」為基礎，這種「錯覺」表現為視、聽、觸、味多種官能與印象的偏差、錯亂與變形。因此反映在藝術手法上，顯現為運用通感、變形、并置手法呈現瞬間印象與錯覺的特徵。

　　這類「朦朧意識狀態」詩，不求意義的尋找，只求彷彿可見，被冠以「虛無縹緲，不知所云」的評價，並不為過。問題不在於它的客觀存在是否合法，而在於以「錯覺」為基礎的「朦朧意識狀態」能否獨立出來，成為中國新詩詩

〔註97〕以下「出神意識狀態」的分析，見張志國：《詩畫皆窗——葉維廉的詩歌美學》，臺北：《創世紀》，2008年3月春季號，第183～203頁。
〔註98〕引自周伯乃：《古典的迴響》，見《人文風景的鐫刻者——葉維廉作品評論集》，廖棟樑等編，臺北：文史哲出版社，1997年版，第104頁。
〔註99〕梁新怡等：《與葉維廉談現代詩的傳統和語言》，見《葉維廉自選集》，臺北：黎明文化事業股份有限公司，1978年版，第252頁。

質格局「主情、主意、主知、主趣」之外的又一元，即主「錯覺」。它是否只能作為表現「情、意、知、趣」的附屬手段，處於隱性地位，難以提升到新詩詩質的高度。這受限於人們對於「人」的理解與塑造。「中國新詩詩質以現代意義上的『自我』意識為內核。這一『自我』主體意識的形塑、凝定、凸現乃至消解、重構只有在『合適』詩形的有力支撐下方能有效達成。」〔註100〕根據《今天》詩歌的發展經驗判斷，主「錯覺」的「朦朧」詩往往發生在現代人類的「自我」意識出現危機、消解與重塑前的階段。它對於解構「舊我」，具有一種積極的消解功能，而對於「新我」的重塑，取決於詩人的合理運用。在《今天》與朦朧詩傳播階段，這類「朦朧意識」詩大多溢出了《今天》詩歌的主導框架。詩人多將「朦朧的意識狀態」與「情思」表達協調在一起，從而實現它美學建構的積極價值。

三、朦朧的表達方式：隱喻、含蓄與晦澀

與上述「不求意義的尋找，只求彷彿可見」的「迷惘夢幻詩」不同，《今天》與朦朧詩潮中的詩歌在主體上都追求意義的表達。然而在表現形式上產生了「含蓄」與「晦澀」的爭執。這一爭執背後，涉及中國詩歌「民族化／歐化」、「大眾化／精英化」、「守舊／求新」、「詩美／不美」、「懂／不懂」等文化心理、時代精神、審美習慣、語言修辭多重層面的衝突與對話。

「含蓄作為詩歌固有的一種藝術特徵，歷來為人們所重視。唐代司空圖有句名言：『不著一字，盡得風流』，意思是說，在字面上不露一絲痕跡，卻可以完全顯示出事物的精神實質。所謂含蓄，就是意思不明說，而含藏在形象之內，它不是一看就明白，而讓你思而得之；它表面是模糊，但本質是清楚、真實的；它的傾向不是『特別地說出』的，而是自然地『流露出來』的；它的作用不是強加給讀者的，而是潛移默化地引導、陶冶著人的情思。它能極大地調動讀者的思維活動，提高讀者的想像力和審美能力。」〔註101〕

晦澀詩的特徵是：「矯揉造作，華而不實；玄言妙語，神乎其神；胡思亂想，撲朔迷離；虛無縹緲，不知所云。讀這類詩，如看天書，高則高矣，但莫名其妙。目前，這類詩勢頭很大，簡直成了『熱門貨』。」〔註102〕其中，後三

〔註100〕張志國：《四十年代「新生代」詩歌的詩學意義》，《文學評論》，2008年第4期。

〔註101〕高繼恒：《含蓄與晦澀》，《海鷗》，1980年第8期。

〔註102〕高繼恒：《含蓄與晦澀》，《海鷗》，1980年第8期。

種特徵已在上文論及，這裡只討論「晦澀」在語言修辭層面上的「矯揉造作，華而不實」。

　　朦朧詩最主要的藝術表現手法是「隱喻」。在情感表達方式上，寓情於物，這與「含蓄」相似。但朦朧詩中的「隱喻」更偏重思想的表達：一種是「對時事看不清」卻想表達精神上的迷惘，如「命運漂泊詩」，一種是「看清了不敢直說」〔註103〕，借助非「常態」意象表達思緒，如「戲劇對抗詩」。在隱喻的運用中，晦暗意象和神秘意象只是語義晦澀的一種類型。造成朦朧詩潮中詩歌意義「晦澀」的藝術原因，主要是語法違規、變形失真與結構零散。

（一）語法慣例與語法晦澀

　　在《今天》詩歌的藝術慣例中，「明暗隱喻」與「視聽意象」的經營是其主要藝術手法。在朦朧詩的傳播階段，它們被反覆運用。其中，引起批評的主要是「隱喻」手法。章明在引發「朦朧詩」爭論的《令人氣悶的「朦朧」》中，對李小雨的「追逐夢幻詩」《夜》產生了疑問：「『輕雷』指的是什麼？椰子落水的聲音能和雷聲（哪怕是「輕雷」）相比擬嗎？」章明深諳「隱喻」手法，但並非每個意象都必須採用隱喻解讀法，而忽視物象本身。章明困惑的其實只是「輕雷」在月色朗照的夜晚從何而來。章明隨後的追問，儘管有些牽強，但透過這種追問，可以看出章明的深層意圖，即「求真」。正如阿紅在引進象徵派時所擔心的：「神秘、暗示、人類情緒方程式，歸根結蒂，都是說詩人對激發自己情緒的事物不要去鮮明的描繪，對自己的情思不要去直接的表達，故意造成一種朦朧感，神秘感，讓讀者思而得之。」但如果過分追求，「使得詩人的思維遠遠離開一般人思維活動的規律，詩的形象、意象遠遠離開生活實體的自然狀態，詩的躍動遠遠超過讀者的接受能力，於是，詩就變成了猜不透的『謎』，解不開的『方程式』，莫測高深的『神秘』，陷進晦澀的泥淖」〔註104〕。

　　遵循「寫真實」的邏輯，章明對杜運燮的《秋》也提出了這樣的疑問：「鴿哨是一種發聲的器具，它的音調很難有什麼成熟與不成熟之分」、「說氣流發酵，不知道是不是用以比喻氣流膨脹」、「『秋陽在上面掃描豐收的信息』，信息不是一種物質實體，它能被掃描出來」？這些「求真」讀者對於美的認識，首先基於「生活實體的自然狀態」與生活事理邏輯的真實性上。一旦違背生活的

〔註103〕方冰：《我對於「朦朧詩」的看法》，《光明日報》，1981 年 1 月 28 日。
〔註104〕阿紅：《從象徵派詩論想到「引進」象徵派》，《芙蓉》，1981 年第 1 期。

真實邏輯，詩歌便被視為晦澀難懂。可以說，「文革」後的詩歌，始終在藝術求真與藝術求新兩個向度上此起彼伏地發展，或相互掣肘，或相互激發。

章明的確指出了詩歌語言方面的晦澀問題。陳良運認為，「晦澀，主要是指『意義隱晦，文句僻拗』」，「晦澀詩的致命病根，就在於形象上的混亂。如果再加上文句上的艱澀僻拗，更不堪卒讀」〔註105〕。

杜運燮的《秋》中，「平易的天空」中的形容詞「平易」、「經歷過春天萌芽的破土」中「萌芽的破土」的語法，被批評為「希奇」和「彆扭」。杜運燮在《我心目中的一個秋天》對「萌芽破土」一詞的重寫，顯然也意識到這一問題。如果說詩人是要強調種子「萌芽」而後「破土」的艱難過程，那麼「萌芽的破土」中「萌芽」一詞屬於動賓結構的動詞，這個「的」字，表示事理上的遞進關係，銜接兩個動賓詞組；如果說詩人把「萌芽」視為一個偏正結構的名詞，「萌芽的破土」中「萌芽」一詞就是主語，「破土」是謂語，那麼「的」只是一個語氣詞，增強「破土」的動能；「萌芽的破土」還有一種解讀法，即偏正結構，然而這種結構並不成立，「萌芽」並不是「破土」的修飾語。

根據詩人自己的解釋，「萌芽的破土」與「扭曲和受傷」二者對稱，在意義上應該取第一種遞進關係的解讀法，即「萌芽破土和扭曲受傷」〔註106〕，那麼「的」字是多餘的，可以用「與」替代；但是根據詩句所處的位置，從詩歌節奏上看，詩人之所以特意加上「的」字，主要是為了呼應第一詩節中每行4頓的節奏與每句句末偏正關係的詞組，以及下一行句末「成長中的扭曲和受傷」的偏正結構，由此「萌芽的破土」被設置在偏正關係中，但這種結構並不成立；此時，第二種解讀法更具備了合理性，其一，第二詩節開篇缺少主語，根據作者後來的解釋，省略的真正主語是「經過劫難的枝條」，但這一主語遲至第三詩行才出現。因此，第一詩行中的「萌芽」一詞，有暫代主詞的功能。這就是把第二詩節中第一、二句「萌芽的破土」與「幼葉成長中的扭曲和受傷」，同時看成主謂結構，而「的」只是語氣詞，增強節奏感。但問題又出現了，在主語與謂語之間加入「的」的做法，在現代漢語語法和應用中並不合理。

因此，當讀者面對詩歌本身時，第一反應是偏正結構，但並不成立，立刻

〔註105〕陳良運：《朦朧與晦澀》，《江西日報》，1981年6月18日。

〔註106〕杜運燮：《我心目中的一個秋天》，《中國新時期爭鳴詩精選》，《詩刊》社編選，長春：時代文藝出版社，1996年版，第47頁。

否決;第二反應是主謂結構,但加入「的」字,的確不合文法常規;第三反應是遞進與並列結構,但「的」又多餘。惜字如金的詩人,加一個改變詞性的「的」字,意圖何在。讀者因「文句僻拗」,陷入語法晦澀的牢籠中。

就此,杜運燮商榷地說:「由於文字方面的原因,主要是語法結構有點特別(語法不通的當然不在內),如語序的變化,主語、謂語的省略,詩思在語句之間的跳躍等。這在古典詩詞裏也是不少,著名的有杜甫的『綠垂風折筍,紅綻雨肥梅』等。新詩還有個如何對待語言歐化的問題。另外,似也可包括魯迅的寫作經驗談:『意在簡練,稍一不慎,即流於晦澀』。」〔註107〕杜甫的詩句,將「因果關係」中的「果」提前,「因」置後,語序的變化遵循「具體經驗」〔註108〕美學中依循實境經驗的先後順利跡寫原則。然而古代漢語以單音節詞為多,語法靈活性強,現代漢語以雙音節詞為主,現代語法與歐化句法有更多的相似點,也更為嚴格。因此,現代漢語在追求古代漢語的簡練時,也應該考慮現代語法的應用規則,兩種語言的磨合需要艱苦的探索過程。

(二)「變形失真」與意象晦澀

語言晦澀的另一種情形,發生在「求新」與「求真」邏輯相剋相生的爭執中,具體表現為變形手法的運用。超現實主義的「形象聯想」,即「通過事物之間『特殊相似性』的把握而由一個形象聯想到另外一個形象」〔註109〕,這兩個形象之間需要存在「特殊相似性」。優秀的詩人往往能夠「依靠『日常經驗式想像』,將現實中的一種經驗短暫地轉化為另一種富有動態感的現實經驗,然後回歸兩種經驗感受交疊在一起的現實生活中」〔註110〕。如唐代詩人李白的《靜夜思》中,「床前明月光,疑是地上霜」便是抓住了「明月光」與「地上霜」視覺色彩上的「相似性」,意象是日常生活中的自然意象,「特殊相似性」亦符合日常經驗。現代詩人孫鈿的《雨》中,「我夢見/胸口給日本鬼子戳了個窟窿,鮮血噴湧出來/好像扭開了水籠」,也抓住了「鮮血噴湧而出」

〔註107〕 杜運燮:《我心目中的一個秋天》,《中國新時期爭鳴詩精選》,第48頁。
〔註108〕 葉維廉提出的詩學概念,簡單講,「具體經驗」就是未受知性的干擾的經驗。見葉維廉:《從比較的方法論中國詩的視境》,《從現象到表現——葉維廉早期文集》,臺北:東大圖書股份有限公司,1994年版,第155頁。
〔註109〕 老高放:《超現實主義導論》,北京:社會科學文獻出版社,1997年版,第175頁。
〔註110〕 張志國:《四十年代「新生代」詩歌的詩學意義》,《文學評論》,2008年第4期。

的狀態與「扭開水籠」狀態的「相似性」，這些意象與相似性共同源於日常生活經驗，不僅不失真，反而新異。如果打破這種「日常經驗式想像」，將兩個具有某種相似性的意象直接並置、拼貼在一起，固然可以達到精練語言、強化情緒、追求新異的目的，但也會由於超出日常經驗而「失真」，讓人難以理解。如果這種「失真」發生在「夢幻詩」中尚屬合理，但發生在日常生活詩中，不免讓人困惑。舒婷在一首愛情詩中設置了真實的對話場景：「『你快樂嗎？』／我仰起臉，星星向我蜂擁。／是的，快樂。／但我不告訴你為什麼。」艾青認為：「這樣一首詩，只有『星星向我蜂擁』一句比較費解外，全詩都是明白易懂的。」〔註111〕這裡詩人選取「星星」與「蜂擁」在數量和空間方位上的外在相似性，而忽視了二者在色彩明暗和情感揚抑上對立的自身屬性，因此與整個詩歌快樂、含蓄的基調發生了偏差。

「變形」手法的不恰當運用，往往發生在詩人為了傳達強烈、濃縮甚至狂亂情緒，不自覺地借助意象的次要屬性以構造相似性，進而製造張力的一瞬間。此時，詩人無暇仔細推敲意象相似性的依據，他更注重情緒運作的酣暢淋漓與整體性。如若加之語言的繁複、體式的龐大和自由詩體，這種細節上的弊病便會顯現。《今天》詩人中屬於強情緒型的詩人主要是北島、江河與楊煉。北島在《今天》上發表的詩歌，多為半格律體，在舒緩的愛情詩中，運用變形手法，極為重視意象之間的相似性。在《一束》中，詩人不斷並置兩個意象，但立刻以第三個意象點明前二者相似性的所在：「你是噴泉，是風／是童年清脆的呼喊」，以「清脆」和「呼喊」點明「噴泉」、「風」、「童年的呼喊」三個意象形、聲、色的相似。在《黃昏：丁家灘》中：「是他，用指頭去穿透／從天邊滾來煙圈般的月亮／那是一枚定婚的戒指／姑娘黃金般緘默的嘴唇」，「煙圈」、「月亮」、「戒指」、「嘴唇」整體上借助意象自身形狀上的相似性，同時也注意從「黃金」的色彩光澤與莊重意義上聯絡起「月亮」、「戒指」與「嘴唇」。儘管「煙圈」的色度難與月亮的「黃金」光澤相呼應，但讀者依據生活經驗，可以想像成月前的雲煙中波蕩起一圈圈立體層疊的光暈。楊煉在《今天》後期也頻繁運用這種變形手法，利用日常意象相似形色的想像，寫出「紅色的月亮／像一個渾圓的、八月的橙子」、「露珠的戒指摔得粉碎」（《蘭色狂想曲》）等奇異詩句。但江河的「泡沫似的蜜蜂時時騰起，又隱沒」（《向日葵》），雖然把握住了「泡沫」與「蜜蜂」騰起又隱沒的相似性，卻也忽視了兩個意象

〔註111〕艾青：《從「朦朧詩」談起》，《文匯報》，1981 年 5 月 12 日。

本身在形色上的巨大差異，如「泡沫」輕盈、透明、易碎、球體，「蜜蜂」輕盈、非透明、不易碎、非球體，詩人選擇二者「輕盈飄忽」的特性，而忽略其他屬性在意象構造中的功能，終而使「泡沫似的蜜蜂」這一意象組合不對稱而略顯古怪。在朦朧詩論爭中，受制於論辯的邏輯與策略，對於「變形」手法運用中存在的問題，「引導」論者籠統地概之以形象上的混亂，「崛起」論者從進步的立場宣揚「變形」的合理性〔註112〕，而對它存在的弊病未作分析。

　　1981 年北島公開發表超現實詩歌《界限》，依然遵循「日常經驗式想像」，利用意象之間形色相似性進行「變形」：「我的影子站在岸邊／像一棵被雷電燒焦的樹」，並嘗試將悖論融入變形中：「我喉嚨裏的果核／變成溫暖的石頭」（《白日夢》），「果核」與「石頭」在形色、質地上相似，「溫暖的石頭」利用語義悖論表達淡淡的反諷。但不可否認，詩壇上業已風行起「常以潛意識、原始性情緒牽引一連串世俗瑣事，做自然主義展覽」的超現實詩歌，它們「調侃的甚至完全輕佻的語言對現實一切規範法則包括對自身進行戲謔挑釁，不再精心組織意象，不再藉此去尋求象徵的微言大義」〔註113〕。與詩壇表層的浮亂相比，精於詩歌語言錘鍊與經營的詩人，沉潛到詩歌深層的個體化寫作與思索中，其對中國新詩語言的淨化而言，意義更為久遠。

　　「變形失真」中的意象本身，畢竟是人們日常生活中相對熟悉的自然物象或生活物象，這是讀者理解詩歌的前提，只是對於意象間不對稱的轉化關係，讀者冠之以「晦澀」。然而越來越多陌生的晦暗意象和神秘意象進入朦朧詩後期的寫作中。在後「文革」時期開放的語境中，讀者逐漸喪失了一體化的社會文化背景，開始關注當下的日常生活。面對個性化的意象隱喻，如北島《同謀》中「又邪惡，又明亮」的「雲母」、「蝮蛇眼睛中的太陽」、「基地」等，讀者只能猜疑這些晦澀意象，隨之流轉，滑動在詩人編織的自己的鏡像中。

（三）整體統一與結構晦澀

　　結構上的晦澀，在徐敬亞看來，是由於朦朧詩「在結構上的大跨度跳躍與

〔註112〕　陳仲義曾精彩地指出這種變形手法在朦朧詩中的積極運用，但未分析可能存在的問題；徐敬亞的「變形」概念，並非超現實主義的「變形」手法，而是本文所討論的「朦朧的意識狀態」。見陳仲義《新詩潮變革了哪些傳統審美因素？》，《花城》，1982 年增刊第 5 期；徐敬亞：《崛起的詩群——評我國詩歌的現代傾向》，《當代文藝思潮》，1983 年第 1 期。

〔註113〕　陳仲義：《中國朦朧詩人論》，南京：江蘇文藝出版社，1996 年版，第 48～52 頁。

詩行組合上的分解、擴展」，運用「意識流」手法，「打破單一性詩情和想像線索而造成的形式突破」。這種「大幅度跳躍，多數是作者精確選擇後的結果」。徐敬亞列舉詩歌的片段後，如江河的組詩《從這裡開始》第二組第一詩節，便匆忙結論：「他簡直是在隨意地劃分著段落，哪裏有什麼固定的分節、字數和韻腳」。《今天》時期的詩歌，詩人對於詩歌結構的要求極為嚴格，除了新格律體和小詩體外，主要是自由體組詩和長詩。自由體組詩，以《從這裡開始》為例，詩人隨後為每組補充上了分標題，先後是「苦悶」、「青春」、「傷心的歌」、「沉思」、「從這裡開始」，有著鮮明完整的邏輯結構。具體到每一組節，段落的劃分，也都依據情境而定。又如楊煉的長詩《為了》，運用「為了黎明，我走向黑暗／為了生命，我擁抱死亡」等反覆句式銜接結構。《今天》時期的長詩和組詩，詩歌結構大致遵循「當下／過去／未來／當下」時空交錯的順序線索，或者前面詩節由「正／反」構成，最後詩節歸於「正」的結構，如楊煉《蘭色狂想曲》。

顯然，局部句式的跳躍、形象的零散並不意味著結構整體的零散。陳仲義在分析「形象的零碎組合」時，以舒婷《祖國呵，我親愛的祖國》和北島《一束》二首新格律詩為例，指出「表面上看，各種形象雜陳錯亂，其實它們都具有內在有機聯繫」，即「統一性」。「零碎構圖法的優點之一是能夠使我們從正面、反面、側面，即從各個角度以觀照審美對象」，「第二個優點是以特有的『散漫』來擴展表現空間，同時避免單純統一帶來的刻板。」形態色彩各異的珠子，「以極其散漫的方式串聯或並聯於它的主線」，距離雖然很遠，卻始終沒有失落，「它是另一種意義上的統一連貫，而且這種統一連貫顯得更富於變化」〔註114〕。朦朧詩中零碎構圖法的顯現，遮蔽了《今天》詩歌最具藝術貢獻的色彩「對比構圖法」，使得這一手法長久以來受到忽視。

朦朧詩論爭中，被批評為詩歌情節跳躍太大、意旨隱晦的，據記載，主要是一首《履歷》和顧城的小詩《泡影》。顧城「詩中的水泡、夢海、銀霧、我和你，這些互不相關的形象拼湊在一起，成了一張無法索解的畫」〔註115〕。由於這是一首夢幻詩，理應有夢幻的結構特點，因此主要討論《履歷》的問題。《履歷》被指責為「從整首詩看，形象之間究竟有什麼內在聯繫，放在一

〔註114〕陳仲義：《新詩潮變革了哪些傳統審美因素？》，《花城》，1982 年增刊第 5 期。

〔註115〕馬焯榮：《朦朧與晦澀》，《光明日報》，1981 年 4 月 21 日。

起表現了什麼，總的主旨又是什麼？都很難弄明白」〔註116〕。這首詩歌結構線索清晰，主要描寫一位曾在「文革」中做過紅衛兵的「英雄」，歷經勝利的喜悅，如今「像一個囚徒／道路已經走完」。在消沉中，受到「和我一樣」的礦工群體的感發，奮起「把烏黑的金子填進太陽／／照耀著人們走回家去」。「烏黑的金子」指煤礦，填進「太陽」的熔爐中，表示為人民服務的決心。詩歌的問題出現在同一意象所指的差異上，也可以視為情節跳躍太大。詩歌第一詩節敘述紅衛兵經歷，詩人寫道：「烏雲中／太陽期待著／像妻子一樣」。暫且不考慮將「太陽」比作「妻子」是否符合一般中國讀者的審美心理，而注意「太陽」這個意象，它代表著「理想」，這個「理想」曾經像妻子一樣，「一頭撲進我的懷裏／無言的愛撫……靜默……／蜜蜂似的顫抖……／柔軟的頭髮流遍全身」。在「太陽」被賦予了「妻子」的身份後，詩人又直接「把烏黑的金子填進太陽」。如果「太陽」仍是指「妻子」，那顯然不合情理。因此「太陽」的所指跳過「妻子」形象而直接回歸到「理想」上來。這種跳轉的確給人混亂的感覺。一個意象前後所指的過渡不當，儘管不會影響對於整首詩歌的理解，但無疑是破壞了意象體系的統一性。顯然，一些年輕詩人對於詩歌結構的整體意識尚需完善。

馬拉美說：「晦澀或者是由於讀者方面的力所不及，或者由於詩人的力所不及，事實上兩方面同樣都是危險的。」讀者由於「智力一般，文學修養的準備也不夠充分」〔註117〕，對可解的詩也會指為晦澀。「這要提高讀者的文化和藝術欣賞水平。倘使連很多有欣賞水平的讀者都莫名其妙，那就不能不認為是作者『力所不及』」〔註118〕。

〔註116〕　朱先樹：《實事求是地評價青年詩人的創作》，《新文學叢刊》，1982 年第 2 期。
〔註117〕　引自阿紅：《從象徵派詩論想到「引進」象徵派》，《芙蓉》，1981 年第 1 期。
〔註118〕　阿紅：《從象徵派詩論想到「引進」象徵派》，《芙蓉》，1981 年第 1 期。

第六章 《今天》詩歌合法化與
朦朧詩經典化

　　政府機構通過設置評獎制度、大學科研機構借助現代大學教育、出版社為滿足消費市場的需求，分別承擔著各自的社會職能。其中後二者通過「文學史」的書寫、個人詩集、「朦朧詩」選本的出版，促成「朦朧詩」的經典化，構建出朦朧詩人的文學史秩序，同時開啟了文學標準評判權從官方詩壇向大學與民間轉移的通道。在這個過程中，商業資本的參與預示著詩壇格局將因另一種經濟力量的滲入而發生微妙的變化。

第一節 《今天》詩歌合法化進程與評獎制度

　　經過前面章節的敘述和分析可知，在 20 世紀 60、70 年代的中國，《今天》等青年詩人在民間進行著「非法」創作與傳播。這種局面到了 1978 年底，因《今天》等民間刊物的創刊開始轉變。《今天》雜誌獲得了公開傳播的短暫機遇。為了爭取生存的合法地位，它主動對《今天》詩歌進行了嚴格的自我規約。其中「啟蒙」社詩歌因強烈的政治動機被回絕，根子、多多、顧城的詩歌既因詩稿難覓，更因「自我觀」的背離亦被漠視。1979 至 1980 年底，《今天》雜誌進入與官方雜誌的並存期。其中《今天》雜誌上的詩歌被部分吸納入主流詩壇的構建中，《今天》部分詩人開始同時為兩種刊物投稿。《今天》詩歌與《今天》詩人的形象得到了第二次形塑與最廣泛的傳播。1980 年底，《今天》雜誌與「文學研究會」被依法中止，《今天》詩歌真正進入「朦朧化」時期。其中，芒克因拒絕參與主流詩壇的構建與朦朧化進程，其詩歌被公開詩壇遺

忘。從 1981 年到 1985 年，在朦朧詩論爭中，《今天》詩人發表的詩歌，從精神立場到藝術慣例，皆被置入新的理論話語框架中重新闡發，形象褒貶不一，疏漏、變形隨即發生。「朦朧詩」概念得勢後，政治標準逐漸退守於美學標準的背後。《今天》詩人大多加入作家協會，發表更符合「時代精神」的詩歌。《今天》詩人部分轉化為朦朧詩人，朦朧詩潮確立了詩壇地位。因此，在《今天》詩歌合法化進程中，至少經歷了以上三次形象的塑造。這是一個思想被規約也被主動傳播、藝術被篩選也被集中推廣、形象被重塑反而鮮明奪目、地位被貶低於現實主義下卻被青年讀者奉為時尚新潮與審美理想，既融入也爭執，二者共謀互滲的過程。

在詩壇分化過程中，政府機構的評獎制度，始終是官方詩壇文學標準最為集中的體現。在「朦朧詩」合法性確立之前，它的地位和功能至高無上，對於《今天》詩歌合法化進程的影響極為深刻而且複雜。

一、中國作家協會·出版社與「全國新詩評獎」制度

1976 年至 1982 年，官方詩壇上最早恢復和最具影響力的兩份詩歌專刊，一份是位處北京的國家級刊物《詩刊》，於 1976 年 1 月復刊；另一份是位居四川成都的省級刊物《星星》〔註1〕，於 1979 年 10 月復刊。二者在刊物地位與編輯傳統上存在著歷史與風格的差異，致使官方詩壇內部顯現出南北之間既對話又爭執的場域裂隙。比較二者先後組織的新詩評獎活動，可以見出官方詩壇的裂隙所在以及《今天》詩人所處的場域位置。

1980 年 4 月廣西南寧詩會後，中國作家協會委託《詩刊》社主辦 1979～1980 年度全國新詩創作評獎。「評選範圍從一九七九的一月一日起，至一九八○年十二月三十一日止，均可參加評選（舊體詩詞、歌詞、曲藝唱詞、搜集整理的民歌和兒童詩，兒歌等不參加評選），參加評選的作品，限在 500 行以內的詩作。」「評選方法，採取群眾投票、有關單位（地方文化單位、出版社、報刊編輯部門）推薦，專家評議相組合的方法。評獎作品的名額暫定為 20～35

〔註1〕 中國「五四」以來創辦的詩刊，少說也有幾十種，如以出刊時間的長短計算，《星星》似可稱為老二，而《詩刊》位居第一。到 1981 年底，已出版 150 期，《星星》出了 73 期。見辛心：《我們的名字是星星——〈星星〉創刊史話》」，《星星》，1982 年第 4 期；1982 年，「中國專門的詩刊，將增加到 5 個之多。除了原來的《詩刊》、《星星》、《海韻》之外，河北承德地區又出現了個《國風》，上海將出版《中國詩人》（試刊）。」見辛心：《話說今日詩壇》，《星星》，1982 年第 5 期。

首（或組）。」「得獎作品將出《得獎詩歌集》，詩集除刊詩作外，還附得獎詩
人自己寫的短文和詩人照片。」〔註2〕1981 年 5 月，「全國中青年新詩評獎」
結果揭曉。1981 年《詩刊》第 7 期上公布了「全國中青年詩人優秀新詩獲獎
作品篇目並作者簡介」，艾青注明這次新詩評獎和短篇小說、中篇小說、報告
文學評獎的區別：「這次評獎只包括中、青年；二、評獎委員不在評獎之列；
三、別的評獎都從一九七七年算起。新詩評獎是從一九七九年算起，少算了兩
年。此外，新詩評獎不分等級；名單按發表先後排列。」〔註3〕

　　舉辦首次全國範圍的新詩創作評獎，用意至少有二：（一）從宏觀上看，
是為了捍衛新詩在中國新文學文類中的地位，展現當前新詩創作的繁榮景
象，引起國內外讀者的注意。這次評獎活動直接導源於內外兩方面的壓力和
刺激：一方面是「新詩被奚落」的社會處境，另一方面是 1978 年以來全國短
篇小說獎的火熱舉辦。1979 年 12 月初，公劉在肯定了十一屆三中全會以來新
詩逐步起色的趨勢後，袒露出憂慮：「不過，和我們的短篇小說相比，詩還不
那麼繁榮，不那麼受到園丁們的澆鋤。短篇小說去年搞了一次全國範圍的群
眾性評獎，效果很好，今年接著又在稿。戲劇方面也相當景氣，不但有空前
規模的調演，而且每上演一齣好戲，就有人向觀眾推薦。可是，詩呢？不知道
為什麼，就是一直處於無聲無息、自生自滅的境地，評論家似乎無暇一顧！儘
管『取締』之聲時有所聞，輿論界卻並不認為理應伸出支持之手。對於像《將
軍，不能這樣做》和《小草在歌唱》這樣震撼人心的好作品，迄今不見一篇有
分量的評價，談談它們的思想傾向、現實意義、道德價值與藝術特色，也指點
指點其不足之處，藉以表達廣大讀者對這兩首詩的擁護與讚揚，寄託人民群眾
對作者們的感謝與關切。最奇特的是，奚落新詩彷彿成了一種時髦。不待說，
奚落與批評是根本不同的。倒貼他二百大洋都不讀新詩的人在奚落〔註4〕，不

〔註2〕 辛民：《中國作家協會委託〈詩刊〉社主辦一九七九、一九八〇年全國新詩評
　　　　獎》，《星星》，1980 年第 10 期。
〔註3〕 艾青：《祝賀》，《詩刊》，1981 年第 7 期。
〔註4〕 公劉隨後解釋說：「毛澤東同志給陳毅同志談詩的信。乃是兩位偉大的革命詩
　　　　人之間的私人通信；他們是以詩人的身份談詩，交換各自的見解，而不是以領
　　　　袖的身份下命令。難道他們還會不明白：世上只有可以指望人家信服的文藝
　　　　理論，而絕無能夠強使人家執行的文藝判決。」公劉試圖從詩人的不同身份、
　　　　不同趣味以及私人交流的方式、文藝理論與主觀裁判的差異上，為新詩尋求
　　　　存在的合理依據。見公劉：《詩與政治及其他──答詩刊社問》，《詩與誠實》，
　　　　廣州：花城出版社，1983 年版，第 55 頁。

需倒貼並自願翻一翻的人在奚落，寫詩的人當中，有人自己也在奚落，而且奚落得最徹底！例如：新詩幾乎一無可取，偶而有一首兩首能給人留下印象，那也得歸功於朗誦演員。云云。前些時候，長春出版的《社會科學戰線》上，又有人大聲疾呼：《新詩要革命》〔註5〕。顯然，中老年詩人「對目前詩壇之外的狀況的憂慮遠遠超過了對詩壇之內的狀況的憂慮」〔註6〕。（二）從詩壇內部看，是為了確立社會主義現實主義的主流地位及「朦朧詩」的邊緣位置，從而指明新詩發展的方向。本屆新詩評獎委員會由中國作家協會副主席艾青、臧克家和嚴辰主持〔註7〕。評選過程，「一方面儘量吸收群眾的推薦意見，一方面努力接受專家的評議，並適當注意主題、題材與風格的多樣化，並從詩歌運動的全局著眼，有所倡導，使群眾和專家的想法一致起來」〔註8〕。

　　1981年6月4日，艾青在《祝賀》中定論：「在全國新詩評比中獲獎的這些詩歌代表了近兩年來中國詩歌創作的主流，那就是，抒發人民的心聲，反映社會現實，表達詩人的真情實感。」「一些青年詩人傾向於在作品中明顯地表現自己的感情；浪漫主義的詩歌，大都是寫自己的，這沒有什麼錯。」但「有兩種個人感情，一種與祖國的獨立自由聯繫在一起；一種是排除了『自我』以外的一切」。前者是官方詩壇評價體系的核心，後者因趨向「把『我』擴大到掩蓋住了整個世界」而被否絕。艾青再次以「寫詩，首先得讓人看懂」，表達對於「朦朧詩」的不贊同態度。甚至從思想傾向上補充：「一些青年在詩歌創作中，有否定一切的情緒」，暗指《啟蒙》和《今天》詩人。

　　在這一評價體系下，《今天》詩人中只有舒婷的《祖國呵，我親愛的祖國》入圍。它與這次獲獎的梁小斌的《雪白的牆》一併收入1982年底遼寧大學中文系內部編印的《朦朧詩選》。這兩首詩歌位列二位詩人的第一首詩歌。該書1985年由春風文藝出版社出版後，成為發行量與再版次數最多的朦朧詩選本。

　　考查這35位獲獎詩人〔註9〕的職業和身份，可以發現，按職業劃分，有編

〔註5〕公劉：《詩與政治及其他——答詩刊社問》，《詩與誠實》，第55頁。
〔註6〕公劉：《詩與政治及其他——答詩刊社問》，《詩與誠實》，第56頁。
〔註7〕張光年：《發展百花齊放的新局面——在全國優秀中篇小說、報告文學、新詩評選發獎大會上的開幕詞》，《詩刊》，1981年第7期。
〔註8〕本社評獎辦公室：《眾手澆灌新詩花——答謝熱情支持新詩評獎的廣大讀者》，《詩刊》，1981年第7期。
〔註9〕獲獎詩人總計35人，按所在地區計：安徽省6人（張萬舒《八萬里風雲錄》、公劉《沉思》、梁如雲《湘江夜》、韓瀚《重量》、梁小斌《雪白的牆》、劉祖慈《為高舉的和不舉的手臂歌唱》）；解放軍4人（白樺《春潮在望》、雷抒雁《小

輯 11 人，專業創作人員 8 人，工廠 6 人，藝術館或文化館 5 人，文工團隊 2 人，大學生 2 人，記者 1 人。從身份上看，16 人為中國作家協會的理事或成員，11 人為中國作協省級分會會員。35 位獲獎詩人中共有 27 位作協成員的結果，儘管反映出專業創作的優勢，但也暗示出詩壇資本的分配與作協機制緊密關聯。在官方詩壇內部，佔據作協位置的多少，等級的高低，都會直接影響一個地區及其各位詩人的詩壇利益。《星星》詩刊深明此道，思古通今，暗示四川詩人爭取作協名額的重要性：「漫步我國現今詩壇，四川詩人輩出。其中，許多同志在文化大革命前，即已被吸收為中國作家協會和中國作家協會四川分會會員。粉碎『四人幫』後，又有更多的同志被吸收為中國作家協會和中國作家協會四川分會會員，新秀突起，星河燦爛。可以預計，在不久的將來，會有更多的『新星』加入作家協會的隊伍，使四川詩壇，更加氣象萬千，蔚然壯觀。」其中，在等級最高的中國作家協會中佔據的席位越多，意味著詩壇資本的分配也會越多。這不僅僅是一份詩壇的榮耀，而且是一份可供邀功的「禮品」〔註 10〕。官

草在歌唱》、紀鵬《戰火中紀事》、葉文福《祖國啊，我要燃燒·夙願》）；四川省 4 人（駱耕野《不滿》、傅天琳《汗水》、流沙河《故園六詠》、雁翼《在工業區拾到的抒情詩》）；河北省 4 人（張學夢《現代化和我們自己》、邊國政《對一座大山的詢問》、劉章《北山戀》、蕭振榮《回鄉紀事》）；北京市 3 人（劉征《春風燕語》、徐剛《播種者》、葉延濱《乾媽》）；江蘇省 3 人（王遼生《探求》、朱紅《尋覓》、趙愷《我愛》）；湖北省 2 人（熊召政《請舉起森林一般的手，制止！》、高伐林《答──》）；陝西省一人（毛錡《司馬祠漫想》）；貴州省一人（李發模《呼聲》）；山東省一人（陳顯榮《辣椒歌》）；天津市一人（林希《無名河》）；黑龍江省一人（林子《給他》）；吉林省一人（曲有源《關於入黨動機》）；新疆自治區一人（楊牧《我是青年》）；湖南省一人（未央《假如我重活一次》）；福建省一人（舒婷《祖國呵，我親愛的祖國》）。【注：張學夢《現代化和我們自己》，詩歌原名《第五個現代化》，1978 年投寄給《詩刊》，「談的是人的現代化的問題。邵燕祥當時就決定把這首詩放在頭版顯著的位置發表，為了怕被扣上亂提口號的帽子，詩的名字被改成《現代化和我們自己》」，在 1979 年《詩刊》第 4 期上發表。見王燕生《一段不該淡忘的詩歌史》，《追尋 80 年代》，新京報編，北京：中信出版社，2006 年版，第 51 頁。此前，民刊《探索》主編魏京生也提出了「第五個現代化」的口號，影響巨大。《第五個現代化──民主及其他》一文最早於 1978 年 12 月 5 日貼在北京民主牆上，後收入 1979 年 1 月 8 日出版的《探索》創刊號。見《中國民辦刊物彙編》（第一卷），第 40 頁。《詩刊》編輯對這個口號應有所警覺，更改了詩題。一首詩歌與一個詩人的命運，往往在詩歌發表環節的細部發生轉變。】獲獎詩人的年齡，最大為公劉，54 歲。最小為 26 歲，有 7 位是 37 歲的同齡詩人。獲獎詩人的性別是：男，32 人；女，3 人。見《詩刊》，1981 年第 7 期。

〔註10〕以四川為例，1980 年 5 月之前，總計有 96 位作協及分會會員，其中 15 人為中

方詩壇內部的位置爭奪，無法掩飾政府機構通過作協機制與評獎制度，掌控整個詩壇主導話語權的意欲與實質。

　　從 1981 年開始，《詩刊》的裝幀印刷突然發生了細節性的變化。隨著 1980 年以來刊物印發量的擴大，此前《詩刊》封底純藝術的國畫，逐漸開始被工商業廣告替代。這是一個信號，非政府機構資本的注入預示著詩壇格局將因另一種經濟力量的滲入而發生微妙的變化。在文學刊物上刊登商業廣告的行為，從 1980 年開始籌劃，1981 年初陸續出現，到 1985 年得到了迅猛發展〔註11〕。在這些廣告模式中，官方刊物與出版社的合作既合情合理也極為隱

國作協協會會員。這份名單，「在第二次四川文代會即將召開之際，我們把它作為一件小小的『禮品』，獻給大會以志祝賀」。見《四川詩壇　星河燦爛》，《星星》，1980 年第 5 期。

〔註11〕據統計，十一屆三中全會後，文學刊物與商業廣告結合的構想，早在湖北武漢的《長江文藝》上出現。它在 1980 年第 4 期發出徵訂廣告業務：「為了適應四化建設和對外貿易發展的需要，促進中外科學技術文化的交流，《長江文藝》自即期起承辦廣告業務，歡迎國內外工商企業、文化單位廣為利用。」但直到 1981 年第 10 期，才正式刊登出「湖北紡織品公司經銷的魚躍牌各式印花床單」廣告。而瀋陽《芒種》最先在 1980 年第 4 期上刊登了「瀋陽氣體壓縮機廠」廣告，第 9 期上刊登「丹東市針織八廠」彈力衫廣告，《北京文學》在 1980 年第 10 期「小說專刊」上登出「瀋陽市團結鋼窗廠」廣告，南京的《青春》在 1980 年第 11 期上刊登「南京化妝品廠」美容霜廣告。進入 1981 年，國家級詩歌專刊《詩刊》也開始刊登廣告：第一期為廣告三則，分別是「中國廣播服務公司的中央人民廣播電臺《廣播電視節目報》承辦廣告業務」、「江蘇省無錫縣紡織塑料廠集手工藝與實用性於一身的塑料紫砂茶杯」、「中國工藝品進出口公司北京分公司經營出口的北京工藝品」；第二期為《文藝報》、《人民文學》、《小說選刊》、《新觀察》、《民族文學》的刊物推廣。與此同時，刊登廣告的還有江蘇南京的《青春》雜誌：1981 年第 1 期為「江蘇鎮江塑料研究所實驗工廠的工業絕熱材料」、「江蘇鎮江塑料廠」廣告；第 2 期「中國重型機械總公司鎮江叉車廠內燃平衡重式叉車」；第 5 期「上海爭芳狐臭粉」廣告。《安徽文學》1981 年第 1 期的「中國機械裝備進出口公司安徽省分公司」廣告。此時，並非全國所有文學刊物都開始受商業化因素的影響，但到了 1985 年，文學刊物與商業廣告的結合模式，迅速發展：上海的《萌芽》在 1985 年第 1 期上刊登「上海牌收錄機」廣告，《上海文學》，1985 年第 4 期，隨著「小說特大專號」的推出，也開始進入商業廣告的結合模式：第 4 期「湖州市南潯皮件廠的威達爾牌皮具」，第 5 期「浙江省南潯水泥廠廠長」與「船牌」水泥，到了第 6 期，甚至出現專門歌頌服裝廠廠長的詩歌「廣告」，如郭沙《在改革中塑造人生》。而早在 1980 年《芒種》第 7 期上已經出現歌頌科技勞模人員的詩歌，這意味著「文革」後，詩歌歌頌的對象，從政治革命英雄人物，開始向更為世俗化的科技人員與工商業領袖擴散。廣州的《花城》從 1985 年第 4 期承辦「包括農、工、商各類企業及文教、衛生、體育、書刊、展覽等廣告業

蔽。所謂合情合理，是指它們共同面對新詩集出版與發行不景氣的現狀，所謂隱蔽，是指它們之間達成了利益共享的契約。

　　1981 年在《詩刊》開闢的「詩苑漫步」專欄中，既推介國內最新的優秀新詩，同時也介紹國內出版社新近出版的詩集。1980 年全國出版詩集最多的一家出版社是四川人民出版社，出版了 23 種詩集〔註 12〕。1981 年，《詩刊》社與江蘇人民出版社合作，推出了「詩人叢書」系列共 12 本，並在 1981 年《詩刊》五月號封底做了宣傳廣告。這種推介詩集的方式，得到了讀者認可，也反映出各地書店在新詩集發行工作中存在的問題：「近年來，詩歌受到不公正的冷遇。究其原因，也許有詩歌本身的因素」，但「有些地方搞發行工作的同志，不完全根據讀者的需要進行訂購，甚至也不公布徵訂書目，對詩更不重視，致使基層的不少詩歌讀者，既不曉得將有什麼新的詩集問世，也不能從書店買到」，因此「建議今後《詩刊》每期能登載部分全國各地正在徵訂和已經出版的新詩集目錄，或者由有關的出版社印一頁詩集訂購單隨同《詩刊》一併送至讀者手中」〔註 13〕。《詩刊》社捷足先登，直接將「詩人叢書」訂購廣告在《詩刊》上刊登，並且為邊遠地區讀者辦理郵寄業務，致使該套叢書佔領了足夠多的市場份額，「廣告一出，函款紛至沓來，少量存書，即告脫銷。目前出版社正在突擊加印。這件事表明，新詩擁有大量的熱情的讀者，他們迫切要求詩集發行渠道暢通」〔註 14〕。

　　1981 年 7 月 21 日，《詩刊》編輯部舉辦了「詩集的出版與發行」座談會〔註 15〕，會議核心是如何解決 1980 年以來新詩詩集印數猛然下降的問題。一

　　　務」，北京《十月》從 1985 年第 5 期刊登「上海躍進不銹鋼製品廠」廣告。而詩刊《星星》，截止到 1986 年前，未刊登廣告。

〔註12〕其中多數為中國新詩詩集，如胡也頻、徐志摩、戴望舒、馮至、艾青、鄒荻帆、公劉、李瑛、張茜、李亞群、雁翼、傅仇、孫靜軒、陳犀等的新詩集。由於「設計、印刷的精美」，《馮至詩選》在國際書展上展出，鄒荻帆的《櫻紅陌上鷗飛大海》在南斯拉夫的國際詩歌晚會上出現，獲得好評。從中隱含著中國新詩渴望得到國際詩壇認可，進而增強自信的心態。見梁佩：《去年出版詩集最多的一家出版社》，《詩刊》，1981 年第 5 期。

〔註13〕劉瑞祥：《歡迎這種發行詩集的好方法》，《詩刊》，1981 年第 8 期。

〔註14〕《〈詩刊〉編者答覆》，《詩刊》，1981 年第 8 期。鄒荻帆確證了這點：「《詩人叢書》出版，嚴辰同志做了很大努力。原來征訂數也都在兩千冊以下，無法印。後來《詩刊》登了廣告，要求郵購的很多，很快就銷售了一千多套。」見《座談：詩集的出版與發行》，《詩刊》，1981 年第 10 期。

〔註15〕邀請了國家出版局、新華書店、人民文學出版社、中國青年出版社、北京出版社、光明日報、文藝報、詩探索等出版、發行部門的同志，和詩人、讀者舉行

些詩歌質量不錯的詩集,如青勃在河南人民出版社出版的《引玉集》、呂劍在內蒙出版的詩集只印了 1000 冊,方紀在長江文藝出版社的詩集因書店只訂了 500 冊,不能開印,可能被撤銷出版。人民文學出版社的詩集印數也有下降到 4000 冊。江蘇人民出版社出版的《九葉集》,在幾位作者自己預訂了四、五千冊後,印數才達到一萬冊。「詩人叢書」最初的徵訂數也都在 2000 冊以下,無法開印。上海文藝出版社詩集的印數最低者只有 2000 甚至 1700 冊。四川人民出版社的新詩集,印數一般在 2000 冊,少的竟然到了幾百冊。詩集印數跌破一萬冊甚至一千冊的發行事實,對業已習慣了建國以來新詩集以萬冊〔註 16〕

聯誼座談會。由邵燕祥主持。四川人民出版社、廣東人民出版社、江蘇人民出版社、上海文藝出版社、長江文藝出版社、河南人民出版社在會前寄來書面發言。見《座談:詩集的出版與發行》,《詩刊》,1981 年第 10 期。

〔註 16〕1949 年建國後的新詩集印刷數量較之民國時期翻了十幾倍。尤其是一些主要出版社的印數數量,如人民文學出版社、新文藝出版社、中國青年出版社、作家出版社,詩集印數最低都在萬冊以上。以 1949～1954 年間初版印數為例考察,其中,因政治需求與題材因素導致印刷數量的劇增,印數最大的是讚美領袖詩集《中國出了個毛澤東》,人民文學出版社,1951 年出版,印數為 8.58 萬;其次戰士詩歌《中國人民志願軍詩選》,人民文學出版 1954 年出版,印數 7.31 萬;再次是民間詩歌《淮河詩歌》,安徽人民出版社,1952 年,6.6 萬,這與 50 年代初治理淮河洪水有關以及配合農村工作的《婚姻法山歌》,廣西人民出版社,1953 年,5.5 萬;下面是配合戰爭,如抗美援朝及保衛和平的詩歌,嚴辰《戰鬥的旗》,人民文學出版社,1953 年,4.21 萬。在中國古典詩歌中,《李白詩選》,人民文學出版社,1954 年,5.42 萬冊,《樂府詩選》與《屈原賦今譯》,人民文學出版社,1953 年,分別為 5.32 萬與 5.12 萬冊。現代詩歌中著名詩人的個人詩集,最多的是郭沫若的《女神》,5.22 萬、李季《王貴與李香香》,4.42 萬、田間《我的短詩選》,3.92 萬、何其芳《夜歌和白天的歌》,3.32 萬。主要出版社中的現代著名詩人印數最少的是《臧克家詩選》,作家出版社,1954 年,2.01 萬冊。當代著名詩人如賀敬之、阮章競、李瑛、邵燕祥、鄒荻帆、公木、嚴辰在主要出版社的詩集印數也在 1 萬冊以上。這種趨勢有增無減地保持到 1957 年「反右」運動開始。1958 年後《全國總書目》不再注明印刷冊數。二十年後,1976～1978 年,詩集的印發數量又猛然回置甚至高於建國初期。參見《全國總書目》(1949～1979):其中,1949～1955 年卷由新華書店總店於 1955～1957 年編輯出版;1956～1965 年卷由文化部出版事業管理局版本圖書館編,中華書局,1958～1966 年出版;1966～1969 年卷由中國版本圖書館編,中華書局,1987 年出版;1970 年卷由北京圖書館版本書庫編,中華書局,1971 年出版;1971 年卷由中國版本圖書館編,中華書局,1988 年出版;1972～1977 年卷由國家出版事業管理局版本圖書館編,1974～1981 年中華書局出版;1978 年卷由文化部出版事業管理局版本圖書館編,中華書局,1982 年出版;1979 年卷由中國版本圖書館編,中華書局,1983 年出版。

為印刷基本單位的中老年詩人而言，顯得難以接受。

從詩人、讀者、出版社編輯、新華書店發行人員各方的反映中，可以看出，出版社的運作邏輯與官方文學刊物顯然不同。具體而言，賺取利潤的多寡是出版社的首選目標，它有最低 3000 冊起印的數量指標。由於當時詩集定價偏低，「印數要達到三萬才不賠本。有的詩出一本賠六、七千。這也給出版社編詩的以很大的壓力」。因此，出版社往往直接根據讀者徵訂的數量，決定詩集是否出版與印發數量。而銜接出版社與讀者需求的，是新華書店的宣傳、統計與發行方式。讀者、新華書店、出版社這三個環節，既存在著各自的利益需求，同時彼此又必須組接成一個完整順暢的循環過程，才能確保利益均霑。

在讀者需求的環節上，1976 至 1978 年的特定時期，讀者出於對老一輩革命家的愛戴，致使詩集的發行量大、印數多，供不應求。《陳毅詩詞選》在北京售出 20 多萬冊，其他一般詩集都能售出一兩萬本。1979 年後，由於「雙百」方針的貫徹，出書越來越多，而讀者的需求還是有一定限度。讀者的選擇性增強，過去的需要已經得到補充，饑不擇食的局面發生扭轉。同時，出現了新的需求熱點，即數理化、外語、外國小說與中國古典小說。「我們讀者文化水平較低，不大願讀真正文學的東西，而偏愛有故事或有些刺激的東西。」因此，過去詩集出版幾十萬冊還不夠，現在一萬左右，比較正常。可以說，詩集已從過去依附於讀者的權力政治趣味，向更為個人的多元趣味轉變。隨著詩的社會功用性與政治性的減弱，「過去編書目詩放在最前面。這也可能和過去有毛主席詩詞有關。現在排在大後邊」。同時，詩的讀者主要是青年，出的詩集應面向青年。「目前青年詩人的詩作在青年中影響很大，而書店裏卻找不到青年人的詩集，因為出版社不出。」

在新華書店的預訂調查與宣傳發行環節上，存在一些體制上的缺陷。新華書店採取發送社會科學新書目到各縣新華書店，由他們向文藝部門、圖書館徵訂，然後匯總到省，再報到北京，最後集中向出版社訂貨的方式。由於讀者分散，調查未必準確。更為明顯的問題出在書店的發行上，之所以讀者普遍反映買不到詩，是因為「書架上沒有詩集，甚至撤銷了『詩歌』這一專櫃」，此外，上架時間短，缺乏廣告宣傳，讀者尚未見到，便被撤下也是問題。另一方面，前幾年出版了許多充滿政治口號、質量不高的詩集，擺滿了書架，造成滯銷。「因為積壓了一些詩，佔用了資金，我們也就不大願進詩。售貨員也感到詩是包袱。另一方面，我們業務人員水平較低，流動性又大，對詩更不熟悉，這樣

也多少影響銷售。」〔註17〕

　　這次會議主要針對中老年詩人詩集的出版發行，其用意更多是為了維護中老年詩人的利益。與此同時，中青年詩人出版詩集困難的問題也被一併提出。在這種背景下，出版社開始加大新詩集出版的力度，新人新作的出版也被提到日程上來〔註18〕。1983 年 3 月，「中國作家協會第一屆（1979～1982）全國優秀新詩（詩集）獎」評獎活動揭曉。獲獎作品分一等獎詩集 7 本，皆為中老年詩人詩集〔註19〕。二等獎詩集 3 本〔註20〕，後二位是青年詩人，且為女詩人。

　　中國作協主辦的「全國優秀新詩（詩集）獎」，由臧克家、艾青、白航、嚴辰、馮至等專家評委投票產生，暫定每兩年舉行一次。在這次官方文學機構、詩人與出版社三者利益的共謀中，隱含著中國作協對於詩壇秩序的重整。它試圖將各個出版社根據市場獲利原則選擇詩集的權力，通過設置獲獎等級與排名的方式，部分遞交到官方主導的詩壇秩序中，吸引出版社默認官方詩壇的遊戲規則。

　　《今天》詩人舒婷的詩集《雙桅船》獲得二等獎。與其他獲獎作品宣傳語中不斷出現「人民」、「情真」、「政治熱情」、「責任」與藝術上「樸實」、「中國氣派」、「豪放」、「柔美」等積極詞彙不同，《雙桅船》的獲獎評語表述地相當

〔註17〕《座談：詩集的出版與發行》，《詩刊》，1981 年第 10 期。
〔註18〕邵燕祥呼籲：「我希望近年來湧現的一批又一批在詩歌創作方面堅持著嚴肅的勞動、嶄露出自己的才華、獻出不少健康的作品的新人，再不要等到四五十歲才能出版『處女作』」，「導致年輕人的優秀詩作只能以手抄本流傳的那種歷史的荒唐、荒唐的歷史不會重演了」。最近，四川人民出版社出版了傅天琳的詩集《綠色的音符》，中國青年出版社收有 40 多位作者近 200 首詩的《青年詩選》即將出版，上海文藝出版社「新詩叢」，花城出版社「海韻詩叢」，江蘇人民出版社「詩人叢書」、雲南出版社的新人詩作五種，其中都有新人的名字出現。見邵燕祥《多出版一點新人詩作》，《詩刊》，1982 年第 4 期。
〔註19〕一等獎獲獎作品名單：《歸來的歌》，艾青，四川人民出版社，1980 年 5 月；《祖國，我對你說》，張志民，河北人民出版社，1981 年 7 月；《我驕傲，我是一棵樹》，李瑛，江蘇人民出版社，1980 年 11 月；《仙人掌》，公劉，四川人民出版社，1980 年 11 月；《在遠方》，邵燕祥，花城出版社，1981 年 11 月；《流沙河詩集》，流沙河，上海文藝出版社，1982 年 12 月；《曾經有過那種時候》，（土家族）黃永玉，江蘇人民出版社，1981 年 1 月。見《詩刊》，1983 年第 4 期。
〔註20〕二等獎：《山的戀歌》，（滿族）胡昭，吉林人民出版社，1982 年 5 月；《綠色的音符》，傅天琳，四川人民出版社，1981 年 10 月；《雙桅船》，舒婷，上海文藝出版社，1982 年 2 月。見《詩刊》，1983 年第 4 期。

含混：《雙桅船》「收入抒情短詩四十七首，大多是表現一些青年從迷惘、彷徨、苦悶到覺醒的心靈的歷程，從一個特殊的角度和側面反映十年動亂的歷史時期的生活。而她的《這也是一切》、《祖國呵，我親愛的祖國》、《暴風雨過去之後》等篇章，則飛揚著昂奮的音調」〔註21〕。在頒獎儀式上，舒婷只說了一句話：「在中國，寫詩怎麼這麼難」〔註22〕，淚水就忍不住噴湧而出。在座的不少老詩人隨之潸然淚下。但在上海文藝出版社首印了 9500 冊的《雙桅船》詩集上，並未出現這種評語。由此可見，出版社在面對官方遊戲規則與大眾讀者時，在宣傳策略上的差異。

二、《星星》詩刊與「星星詩歌創作獎」

　　《星星》詩刊的編輯傳統與《詩刊》不同〔註23〕。1979 年 10 月《星星》詩刊由四川省委宣傳部批准復刊，隸屬於中國作家協會四川分會。臨時編輯部成員有雁翼、白航、陳犀、孫靜軒、藍疆、曾參明、牟康華（代管美術），由文聯臨時黨組成員葉石領導，不久流沙河落實政策後歸隊。1982 年編輯部的正式成員為副主編白航、副主編陳犀、編輯流沙河、藍疆、曾參明與美術編輯雷貞恕七人。在編輯原則上，充分注重藝術民主原則：「《星星》詩刊堅決遵循和貫徹『雙百』方針，作『四化』的促進派。它允許各種流派的詩花，在這塊園地上爭奇鬥豔」〔註24〕。

　　1980 年《星星》三月號的「新星」專欄，開篇發表了顧城的《抒情詩十首》。隨後沙鷗在六月號上撰文《讀詩寄語——關於顧城、方晴、郭欣的詩》，

〔註21〕姜金城：《雙桅船》獲獎詩集介紹。見《詩刊》，1983 年第 4 期。

〔註22〕唐曉渡：《人與事：我所親歷的八十年代〈詩刊〉》，《經濟觀察報》，2006 年 9 月 2 日。

〔註23〕1957 年 1 月 1 日《星星》詩刊在「雙百」方針鼓舞下創刊。白航任編輯部主任，未設主編，石天河任執行編輯，負責統稿和劃版，流沙河為編委兼編輯，白峽為編輯，溫舒文搞通聯，苗波搞美術。當時《星星》稿約轟動一時：「我們的名字是星星。天上的星星，絕沒有兩顆完全相同的。……我們只有一個原則要求：詩歌，為了人民。」「我們有一個執著的信念，就是當編輯要看稿不看人，要重視發現新人，重視詩歌形式的多樣化，重視詩歌的藝術質量，而不贊成過多地、機械地配合『當前』政治任務。」《星星》創刊號刊登了流沙河的《草木篇》，詩刊封面為李白舉杯邀明月，這一文化符號蘊含著《星星》追求的精神氣質。八月後，《星星》被說成是「反黨反社會主義的陣地」，四個編輯被劃為右派，編輯部改組，1960 年 10 月因精簡調整刊物而停刊。見辛心：《我們的名字是星星——〈星星〉創刊史話》，《星星》，1982 年第 4 期。

〔註24〕《歡迎詩歌愛好者　訂閱〈星星〉詩刊》，見《星星》，1980 年第 4 期。

指出顧城的詩歌「是寫十年的苦難在青年人的心上留下的傷痕」，肯定《一代人》「深沉」、「思考」、「簡練」的特質，並呼籲詩壇「要容許他有這種寫法呵！為什麼偏要強求一律呢？偏要一個調門呢？讓青年人去探索吧！」

1981 年《星星》九月號刊登了舉辦「星星詩歌創作獎」評獎活動啟事：「《星星》詩刊於一九七九年十月復刊，至一九八一年九月，已復刊兩週年。為了繁榮社會主義文學事業，更好地為社會主義服務，為人民服務；鼓勵從事詩歌創作的詩人和詩壇新人，本刊決定舉辦『星星詩歌創作獎』。評選時間和範圍：從一九七九年十月至一九八一年十二月在本刊發表的作品。包括新詩、古體詩詞、評論、詩話（本刊編者的作品，不在評選之列）。評選作品共為 30～50 首（組）。評選標準：既注重思想性，也注重藝術性，這兩者應能完整的統一。評選活動於一九八一年十二月二十五日截止。評選結果，將於一九八二年四月在本刊公布。」「對獲獎作者，本刊將贈送紀念品和適當數量獎金。」

《星星》的評獎活動，既是對中國作家協會「1979～1980 年全國中青年詩人優秀新詩評獎」活動的呼應，也是不滿與補充。在《詩刊》公布全國新詩創作評獎結果後，白航立刻在 1981 年《星星》十月號上發表《從新詩評獎想到的》，表達了不同意見：一、「詩壇的爭論──特別是對朦朧詩的爭論也很激烈（但願對文藝問題，不要生硬地往政治問題上去拉扯，過去的經驗教訓，難道這麼快就忘懷了嗎？）」；二、「這次獲獎的作品，是由群眾投票和評委評議相結合評選出來的。言人民之志的政治抒情詩，題材重大篇幅較長的詩，直抒胸臆的詩，佔了相當大的比重，說明讀者喜愛的詩，是敢於為人民說話、即使藝術上還不夠成熟，但言之有物，通俗易懂的詩；而對優美的抒情小詩，藝術上別具一格的詩似乎注意得不夠。這次評獎開了一個很好的先例，就是以詩論詩，不因人廢詩，基本上按照藝術科學的標準來評定作品，這是很可喜的現象。」有鑑於此，「星星詩歌創作獎」更注重藝術風格多元化。在獲獎的 25 篇作品裏〔註25〕，顧城的《抒情詩十首》位列其中。「星星詩歌創作獎」有扶持與壯大本地詩歌力量的考慮，25 篇獲獎作品中有 8 篇為四川詩人詩作。但《星

〔註25〕 獲獎詩人所在地區，計：四川省 8 人（徐慧、丹鷹、傅天琳、何吉明、王敦賢、李加建、周綱、余以建）；山東省 3 人（孔孚、宋瑞斌、趙偉）、北京 2 人（顧城、轟紺弩）、安徽 2 人（趙家瑤、陳所巨）陝西省 1 人（渭水），新疆 1 人（楊牧）、福建 1 人（劉登翰）、湖南 1 人（易允武）、天津 1 人（劉中樞）、江蘇 2 人（雇頁　劉宗棠）、遼寧 1 人（阿紅）、貴州 1 人（寒星）、內蒙古 1 人（許淇）。見《星星》，1982 年第 5 期。

星》並不在意獲獎詩人的作家協會會員身份，這 8 位四川詩人中僅有 2 人是四川分會會員。

正是在上述官方機構主辦的評獎活動中，《今天》詩人中的舒婷、顧城艱難地從官方詩壇中贏取到一定的文化資本，為朦朧詩的確立與經典化蓄積著力量。

第二節　朦朧詩經典化：詩歌選集與文學史書寫

所謂「經典」，是指「一個文化所擁有的我們可以從中進行選擇的全部精神寶藏」〔註26〕。朦朧詩得以進入詩歌經典的序列中，首先得益於朦朧詩內部構造中所蘊藏的精神財富和藝術資源，這一點在「崛起」派與「引導」派長達 5 年的朦朧詩論爭中業已得到默認。其中，人道主義「自我」觀、個體受難而不屈的懷疑求索意志、以「隱喻」為核心的藝術表現形式構成了朦朧詩的內核。然而，在新詩經典的歷史構成中，「誰維護著何種經典」〔註27〕的問題，必須通過考察經典的外部環節，反觀內部構造來具體解答。這裡有待考察的對象，嚴格限定在 1979 至 1986 年中國大陸的朦朧詩編選與文學史寫作。因為只有在這一特定歷史時期的朦朧詩編選與文學史書寫，才真正成為朦朧詩潮流中不可或缺的組成部分，才直接參與了新詩潮的興發演變中。

一、出版社、學院與詩歌選集的命名

詩歌選本的形成與經典化，往往經過歷史漫長的淘洗。其間，逐漸形成了兩種主導性的編選標準，即詩美標準與詩潮標準。前者追求特定民族文化類型中詩美特質的精粹化，因為基於讀者相對穩定的民族文化與審美心理，選本具有超越時空的彌久性與相對穩定性；後者看重特定歷史時期中詩歌之於詩潮發展的功能性，即詩歌參與詩歌運動的位置深淺、核心還是邊緣、創造性大小、影響力的程度以及承前啟後的詩歌史意義，這些因素是詩歌入選詩潮選本的主要參考點。

〔註26〕佛克馬、蟻布思：《文學研究與文化參與》，俞國強譯，北京：北京大學出版社，1996 年版，第 36 頁。
〔註27〕「誰的經典」的問題，具體而言，是什麼機構做出的選擇和價值判斷，或者是誰指定的作為學校讀物的作品。見佛克馬、蟻布思：《文學研究與文化參與》，俞國強譯，北京：北京大學出版社，1996 年版，第 50 頁。

　　上述評價標準的差異，會衍生出兩類不同的編者，在現代社會中，即是出版社編者與學院編者。從長遠來看，出版社編者，偏愛出版權威的詩美選本以獲得長期穩定的經濟收益。但也不乏面對時尚新潮，把握機遇，短線投機，以獲得先鋒身份與文化資本甚至名利雙收的出版社。對於出版社而言，由「誰」來界定「權威」的問題，從長遠看，由詩歌自身的美學特質自決，而這需要一代代注重詩美的著名批評家的共同努力。而寄希望於短期盈利的「詩美」選本，則綜合吸納了當下詩壇熱點、官方機構評獎與學院著名專家評論三者的合力；相對獨立、成熟的學院編者，首先關注詩歌參與歷史的真實性、對詩潮發展的影響力與詩美創造性。即通過「歷史真實」、「影響力」和「創造性」來裁定「權威」的詩潮選本。因此，與詩美選本講求美學風格的精粹不同，詩潮選本在尊重歷史真實與詩歌創造性基礎上，盡可能求全責備，避免疏漏。學院編者的這一立場與編選原則，不會因為出版社的經濟效益而動搖。謝冕的編輯經驗為上述兩種編選標準的合理性提供了一定的佐證：「我們體會到，凡是歷史上能夠流傳下來、站得住腳的選本，一般都具有如下兩個基本特點：首先，它比較重視藝術的內部規律，也就是說，詩必須是詩，而不是別的什麼；其次，由於『愈是詩的，就愈是創造的』（歌德語），它比較重視作品的獨創性，對每一個詩人，都要看他是否比旁人和前人提供了一些新的東西。在這方面，我們的前輩朱自清先生在編選《中國新文學大系·詩歌集》時所採取的原則，依然是我們足以效法的楷模。更由於我們編選的是一個歷史新時期裏青年詩作者的作品，對象的某種特殊性也決定了方法、標準上的某種特殊性。對新詩創作上一切有益的探索，我們都抱熱情的同時又是審慎的支持態度。」〔註28〕

　　在朦朧詩選集的編選中，同樣存在著「朦朧詩美」與「朦朧詩潮」兩種標準的辯詰。一些選集走向精粹化的「朦朧詩美」，一些選集回歸歷史化的「朦朧詩潮」，事實上二者不同程度的滲透在一起。由於「朦朧詩」一詞字義指向美學風格，先入為主地規導了讀者對於「朦朧詩美」的閱讀期待，因此「朦朧詩選」命名的重心偏向於「朦朧詩美」。為避免其對「朦朧詩潮」概念的覆蓋與歷史誤讀，一些還原歷史的「今天詩派」、「新詩潮」概念應運而生。其間，《今天》詩人開始參與編選過程，範圍擴大到並未直接參與朦朧詩潮，但屬於《今天》及其周邊的詩人詩作，如食指、多多等，從而形成了交疊互斥的不同

〔註28〕　《中國當代青年詩選（1976～1983）·編選後記》，謝冕編，廣州：花城出版社，1986 年版。

選本。在讀者與出版商眼中，「朦朧詩」這一命名儼然已經成為最為流行的文化品牌〔註29〕，博得了讀者的青睞。

　　據統計，1979 年至 1986 年間，中國大陸先後編選或出版與《今天》詩人相關的詩集、選集及其印刷冊數，按時間排序如下：

　　　　1.《青年詩選》，本社編，北京：中國青年出版社，1981 年 12 月，初印 3.1 萬冊，收入舒婷 5 首〔註30〕。

　　　　2.《青春協奏曲》，希望編輯部編，福建三明「希望詩叢」，1982 年初出版。

　　　　3.《朦朧詩選》，遼寧大學中文系七八級學生閻月君、梁雲、高岩和進修生顧芳編選，瀋陽：遼寧大學中文系文學研究室，1982 年作為教學參考資料少量印製，內部發行。

　　　　4.《雙桅船》，舒婷，上海：上海文藝出版社，1982 年 2 月，初印 0.95 萬冊。

　　　　5.《舒婷、顧城抒情詩選》，福州：福建人民出版社，1982 年 10 月，初印 0.948 萬冊。

　　　　6.《1979～1980 詩選》，詩刊社編，成都：四川人民出版社，1982 年 10 月，初印 1.49 萬冊，收入舒婷 1 首〔註31〕。

　　　　7.《一九八一年詩選》，詩刊社編，北京：人民文學出版社，1983 年 3 月，初印 3.53 萬冊，收入顧城 2 首、舒婷 1 首〔註32〕。

　　　　8.《朦朧詩選》，閻月君、高岩、梁雲、顧芳編選，瀋陽：春風文藝出版社，1985 年 11 月，初印 0.55 萬冊。

　　　　9.《南風——抒情詩·朦朧詩選》，福建省文學講習所編，廈門：鷺江出版社，1985 年，0.63 萬冊。

〔註29〕人民文學出版社，1989 年在出版楊煉《黃》的宣傳封面上，印上了「『朦朧詩』精品」字樣，表露出詩歌品牌化的自覺意識。這一品牌意識反饋到學術界，作為宣傳策略，「朦朧詩」名稱被默認並沿用下來。2004 年洪子誠、程光煒繼續沿用「朦朧詩」一名，編選《朦朧詩新編》，武漢：長江文藝出版社，初印 1.5 萬冊。

〔註30〕均為符合官方詩壇規範的《致橡樹》、《這也是一切》、《思念》、《當你從我的窗下走過》、《祖國呵，我親愛的祖國》。

〔註31〕即《祖國呵，我親愛的祖國》。該詩選分上下兩輯，上輯收錄了「1979～1980 年全國中青年詩人優秀新詩評獎」獲獎作品 35 首，下輯編選了未參加評選的老詩人、兄弟民族詩人、及評委委員的詩作。

〔註32〕顧城的《初春》、《風景》和舒婷的《？。！》。

10.《探索詩集》,本社編,上海:上海文藝出版社,1986 年,3.5 萬冊。

11.《中國當代青年詩選(1976～1983)》,謝冕編,廣州:花城出版社,1986 年 2 月,初印 0.628 萬冊。

12.《朦朧詩精選》,喻大翔、劉秋玲編選,武昌:華中師範大學出版社,1986 年 4 月,初印 2 萬冊。

13.《北島詩選》,廣東:新世紀出版社,1986 年 5 月,0.96 萬冊。

14.《黑眼睛》,顧城,北京:人民文學出版社,1986 年 8 月,0.76 萬冊

15.《荒魂》,楊煉著,上海文藝出版社,1986 年 9 月,0.45 萬冊。

16.《從這裡開始》,江河著,廣州:花城出版社,1986 年 9 月,0.483 萬冊。

17.《會唱歌的鳶尾花》,舒婷,成都:四川文藝出版社,1986 年 10 月,1.5 萬冊。

18.《北京青年現代詩十六家》,周國強編,桂林:灕江出版社,1986 年 10 月,2 萬冊。

19.《五人詩選》,關正文編,北京:作家出版社,1986 年 12 月,初印 1.3 萬冊。

對於普通讀者而言,經典的形成過程,首先取決於讀者對作品的熟悉與認可程度。接觸次數越多,讀者對於作品越熟悉,創造性理解也隨之加深。同時,出版社的品牌與官方評獎也會增強詩歌的公信度。從上述個人詩集與詩選的印刷冊數中,可以排列出舒婷、顧城、北島、江河、楊煉的秩序。到 1986 年底,《五人詩選》業已默認 5 人的地位,甚至借用詩人先前積聚的象徵資本,在文化尋根的熱潮中,著重推介楊煉、江河與北島在 1983 年後的新探索〔註33〕。因此,形成了該書目錄中「楊煉、江河、北島、舒婷、顧城」的排序。該書將關注重心鎖定在 1983 年後,說明編者無意於朦朧詩選的構建,但詩選在封面宣傳上,卻排出了「北島、舒婷、顧城、江河、楊煉」的秩序。問題隨即出現了:北島在公開詩壇的位置,從何時起,基於何種邏輯,被置於舒婷之

〔註33〕 該書中楊煉、江河和北島的部分詩歌,此前尚未發表,也並未收入個人詩集。說明詩人直接與作家出版社合作,推介最新的詩歌。當時詩人們中國作家協會會員的身份,使這種合作顯得極為合理。

前，位列第一。舒婷與北島及其他朦朧詩人排名先後之謎，在學界與讀者群中一直爭執不休〔註34〕。但他們共同忽略了詩歌在不同場域、不同階段傳播效果的歷史考察，即詩人的排名秩序是一個複雜的歷史構成，詩人自身持續的探索力度、不同歷史階段的文化訴求、各個場域力量的消長起伏、讀者群體的趣味區隔以及為被官方埋沒詩人打抱不平的反叛心理、文學史的時間秩序等，都會在某一具體時期，成為重新認定詩人位置與詩歌品性的影響因素。

〔註34〕這種詩人排名與重要性的爭執，隨著80年代後期「文革」地下詩歌史料的出土，陸續展開。食指、黃翔、多多、芒克等地下詩人被重新發掘，衝擊著新詩潮詩人既定秩序，隨之朦朧詩概念的邊界也不斷拓展。具體到北島與舒婷的排序關係，徐江主觀地判斷：「舒婷在官方文學界推出的排名甚至位居北島之前，但他們為什麼會在大眾及評論家的心目中始終無法比北島更醒目？」。見徐江：《諾貝爾的靈夢──北島批判》，《十作家批判書》，朱大可等著，西安：陝西師範大學出版社，1999年版。事實上，80年代中後期進行了兩次「你所喜歡的中青年詩人」調查，（一）1985年7月至9月《拉薩晚報》的得票順序：舒婷、顧城、北島、楊煉、傅天琳、徐敬亞、江河、馬麗華、李鋼、王小妮與楊牧（二人票數相同）；見「參考消息欄」，《爭鳴》，1986年2月號；（二）1986年7月至9月《星星》詩刊的得票順序：舒婷、北島、傅天琳、楊牧、顧城、李鋼、楊煉、葉延濱、江河、葉文福。見《星星》，1986年10月號。在1998年4月至7月，權威的《詩刊》又進行了一次較大範圍的詩歌狀況調查，被調查者列出自己最有印象的當代詩人5至10人，最後統計按得票數排列，舒婷名列第一，艾青和臧克家分列第二和第三。由此可見，舒婷當時在大眾讀者中的地位。

　　北島的《回答》固然最早在《詩刊》上發表，但並未獲得任何官方嘉獎，也未被收入詩刊社編選的《1979～1980 詩選》。可以說，1985 年前，官方詩選有意忽視他的存在〔註 35〕。對於北島的推崇是在更具現代意識和國際視野的文化精英圈子中形成的。這一精英群體中的主流人士長期以來形成了欣賞沉鬱剛強、探索進取的男性英雄氣質的文化傳統與審美趣味：「就詩歌本身的技法、力度和思想而言，北島無疑比食指和黃翔更激進、前衛」，北島的抒情方向是「冷峭的、憤怒的、富有理性和懷疑色彩的，是否定的，而這一點，無疑比食指的風格更靠近二十世紀世界詩歌的主流」〔註 36〕。歷史的事實證明，將北島詩歌首次帶入詩選的力量來自大學這一文化精英場域。在這裡，北島排名的位置將發生轉折性變化。

　　1982 年，在遼寧大學中文系作為教學參考資料內部發行的《朦朧詩選》中，出現了這樣的排序：舒婷（29 首，共占 47 頁）、北島（15 首，占 18 頁）、顧城（24 首，占 23 頁）、梁小斌（12 首，18 頁）、江河（4 首，7 頁）、楊煉（1 首，6 頁）、呂貴品（4 首，9 頁）、徐敬亞（3 首，2 頁）、王小妮（4 首，5 頁）、芒克（1 首，2 頁）、李鋼（1 首，2 頁）、杜運燮（1 首，2 頁）、「青春詩論 7 則」與「朦朧詩討論索引」。大學生編者從教學與研究立場，大膽收錄了朦朧詩論爭中存在爭議的詩歌文本，將朦朧詩的出現和朦朧詩論爭視為「體現了文藝的民主氣氛，推動了我們新詩的發展」的新事物給予認可〔註 37〕。

〔註 35〕以發行量最大、最權威的官方年度詩選《詩選》（詩刊社編）與《青年詩選》（中國青年出版社編）為例：《1949～1979 詩選》（三冊），1980～1981 年版，分別初印 4 萬冊和 2 萬冊，《1979～1980 詩選》，1982 年版，印 1.49 萬冊，《1981 年詩選》，1983 年版，印 3.53 萬冊，《1982 年詩選》，1983 年版，印 3.68 萬冊，《1983年詩選》，1985 年版，印 2.87 萬冊，《1984 年詩選》，1986 年版，印 1.13 萬冊；而《青年詩選》，1981 年版，印 3.1 萬冊，《青年詩選 1981～1982》，1983 年版，印 10 萬冊，《青年詩選 1983～1984》，1985 年版，印 2.1 萬冊，《青年詩選1984～1985》，1988 年版，印 2.8 萬冊。二者皆未選入北島的任何詩歌。

〔註 36〕徐國源還認為，北島在海外被視為「持不同政見者」的身份誤讀，提高了詩人在海外的知名度，進而反饋到國內。見徐國源：《中國朦朧詩派研究》，臺北：文史哲出版社，2004 年版，第 14 頁。1983 年北島英文詩集《太陽城箚記》的出版，即 *Notes from the City of the Sun*, Edited and Translated by Bonnie S. Mc Dougall, Cornell University, Ithaca, New York, 1983，的確曾使國內「崛起論」者對朦朧詩更加自信，但在全國清除精神污染運動中，此時海外的反饋影響，相當微弱。

〔註 37〕《朦朧詩選・情況簡介》，閻月君、梁芸、高岩、顧芳選編，瀋陽：遼寧大學中文系 1982 年版，第 9 頁。

大學生編者從發表在官方刊物上的詩歌中，選擇符合她們標準的朦朧詩。這一標準中交雜著官方標準與大學生雙重標準。官方標準主要體現在對於每位詩人第一首詩的選擇上，它們同為表達個體與祖國同甘共苦、受難奮起、追求光明的政治抒情詩。梁小斌的詩歌雖符合朦朧詩的基本特質，但能引起大學生編者的關注，得益於「青春詩會」、新詩評獎和官方詩選的宣傳。大學生編者既認同官方標準，又包容「自我」表現的詩歌。大學生標準還體現在編選的範圍上，其中，徐敬亞3人為吉林大學學生。這些大學生編者對於《今天》雜誌中「北島、芒克、舒婷、江河、楊煉、顧城」的位置排序，有著基本的認識。因此，在《朦朧詩選》中，大學生編者能夠自覺編選位居詩潮邊緣的芒克詩歌，並且將北島的位置列為第二。舒婷之所以位列第一，固然有4位女性編者對於女性詩人的偏好，但更為重要的一點，是因為1982年前，舒婷是官方詩壇最有爭議的詩人，她的詩歌遭遇的批評最多，但也是最早被授予全國首屆中青年詩人優秀新詩榮譽的青年詩人。這種根據詩歌爭議的大小與詩壇熱點來排列詩人順序的方法，被早期「朦朧詩選」採用〔註38〕。

　　1985年11月，《朦朧詩選》經過擴充，謝冕作序《歷史將證明價值》，春風文藝出版社出版。該選集編輯工作完成於1984年〔註39〕，其中入選的北島詩歌，時間截至《青年詩壇》（1983年第3期）上發表的《彗星》，舒婷入選的詩歌，時間最晚的為《星星》（1982年第4期）上的《神女峰》。截至時間的差異，不是編者的主觀設定，而是詩歌發表的客觀結果。舒婷從1981年底停筆了三年〔註40〕，直到1985年復出，而此時，北島的探索與發表仍在繼續。詩人創造力的持久性與積極介入當下詩潮的趨新姿態，影響著大學生編

〔註38〕從發表時間看，由璧華、楊零編選的《崛起的詩群——中國當代朦朧詩與詩論選集》是第三本「朦朧詩選」，香港：當代文學研究社，1984年2月出版。該書編選了被認為是「離經叛道」的有代表性的現代詩68首，採用類似的排序：舒婷（18首）、北島（11首）、顧城（10首）、江河（4首）、楊煉（5首）、梁小斌（4首）、王小妮（3首）、徐敬亞（2首）、孫武軍（1首）、駱耕野（1首）、傅天琳（2首）、李小雨（1首）、常榮（1首）、趙愷（1首）、杜運燮（1首）、余小平（3首）。第二本《朦朧詩選》，應為香港中文大學翻譯研究中心印製的中英文「朦朧詩選」（*MISTS: New Poets from China*, RENDITIONS, Nos. 19 & 20, Spring & Autumn, 1983）。

〔註39〕楊煉發表在《上海文學》1983年第5期上的《諾日朗》，是距離詩選出版最近的詩歌，即在時間上最後入選的詩歌。謝冕的序言寫於1985年1月5日中國作家協會第四次代表大會閉幕之日。

〔註40〕舒婷：《以憂傷的明亮透徹沉默》，《當代文藝探索》，1985年創刊號。

者的編輯思路，其表徵之一，便是北島排列在了舒婷之前，位居《朦朧詩選》第一位。

這種編選思路同時體現在北京大學老木編選的《新詩潮詩集》（上、下集）中。北島在 1983 年後創作、尚未發表的詩歌被收入了該詩選，致使北島詩歌在數量和頁數上首次超過了舒婷〔註41〕，排為第一位。除了「不間斷的創造」這一因素外，謝冕現代文化精英的個人趣味也直接影響了北島的位置，在敘述中，謝冕從「否定意識」的角度，將北島的重要性置於舒婷、顧城之前：「北島寫於一九七六年的《回答》最早表達了對那個產生了變異的社會的懷疑情緒。」〔註42〕

以上兩個詩選版本，皆由謝冕作序，體現出「詩潮選本」的特徵，但二者編選趣味與側重點存在根本差異：《新詩潮詩集》上集選擇的詩人，除林莽外，皆為《今天》雜誌詩人。其中食指、多多、方含、嚴力、田曉青、肖馳都是初

〔註41〕詩選中北島與舒婷在詩歌數量和所佔頁數上的差距，在逐年縮小，最終反超：1982 年《朦朧詩選》中舒婷（29 首，占 47 頁）、北島（15 首，占 18 頁）；1985 年《朦朧詩選》中北島（27 首，41 頁）、舒婷（29 首，占 52 頁）；1985 年《新詩潮詩集》中北島（48 首，占 55 頁）、舒婷（37 首，占 52 頁）。
〔註42〕謝冕：《斷裂與傾斜：蛻變期的投影——論新詩潮》，《文學評論》，1985 年第 5 期。

次入選。從中可見，該選本追認《今天》為新詩潮起點的意圖。而謝冕的序言
《新詩潮的檢閱》也證實了《今天》的起點地位：「一九七八年年底，有一批
向著今天禮讚的詩人開始集聚，他們唱著新的歌，他們試圖改變原有詩歌的
凝滯狀態。他們慶幸『歷史終於給了我們機會』。他們以人們所不習慣的表現
方式對當時詩歌藝術的刻板模式進行有力的衝擊。」編者又將梁小斌、大學生
詩人如徐敬亞與反叛朦朧詩的新詩人如韓東等收入《新詩潮詩集》下集：「上
下集之間，實際上體現了一種歷史感。更年輕的詩人們已經走得更遠、更迅
速，他們的歌聲更加繽紛，更加清澈。他們已經對北島們發出了挑戰的吶
喊。」〔註43〕簡言之，《新詩潮詩集》的編選，本意不在朦朧詩潮的經典化構
建，而著意於發掘被埋沒的《今天》一代，同時展現新詩潮的強勁發展：「入
選詩作在美學原則也就是思想觀念上有無變化和發展，在藝術手法上有無創
新和突破，具體到一首詩本身，則看它是否具有獨特性。」〔註44〕因此，作為
朦朧詩潮中重要一脈的代表詩作，即受官方詩壇一致認可的舒婷的《祖國呵，
我親愛的祖國》、顧城的《一代人》並未入選《新詩潮詩集》。由此，差異清晰
地呈現出來，「新詩潮」概念實質上已然變成了與「朦朧詩」相對抗的概念。
這個「新詩潮」命名的提出以及詩集選目的編定，與老木的指導老師孫玉石、
謝冕直接相關。謝冕在序言中將「朦朧詩」一詞歸為貶義的「古怪詩」，與「新
詩潮」相區別，強調「新詩潮」的特質，即「鮮明的挑戰意味」、「開放多元」
的世界意識以及「詩對自身的變革性的超越」精神。隨後謝冕在《斷裂與傾
斜：蛻變期的投影——論新詩潮》一文中，提出「新詩潮」的命名：「新詩潮
——這是我們經過冷靜思考之後提出的當前新詩運動的範疇」，它的發展邏輯
是「以新的『反叛』舊的，藝術上幾乎就是發展和創新的同義詞」〔註45〕。此

〔註43〕　《新詩潮詩集・後記》（下集），老木編選，北京大學五四文學社未名湖叢書編
　　　　　委會 1985 年，內部交流。「未名湖叢書」是「一套有關中外當代文學思潮研究
　　　　　的教學參考資料，供文學研究人員、大專院校文科師生和文學愛好者參考」。
　　　　　編選這套叢書，飽含中國文學走向世界的衝動：「在當前較為活躍的氣氛中，
　　　　　我們希望看到一種真正自由的文學創作和文學批評，以促進我們文學的發展，
　　　　　以爭取地的世界地位」。這套叢書中還包括朦朧詩人的詩話選集，即《青年詩
　　　　　人談詩》（教學參考資料），老木編，北京大學五四文學社，1985 年。
〔註44〕　《新詩潮詩集・後記》（下集），老木編選，北京大學五四文學社，1985 年，
　　　　　內部交流。
〔註45〕　謝冕：《斷裂與傾斜：蛻變期的投影——論新詩潮》，《文學評論》，1985 年第
　　　　　5 期。

時的「新詩潮」概念是朦朧詩論爭中劉登翰「新詩潮」概念的合理延伸，但又從範圍上剔除了現實主義的一脈。

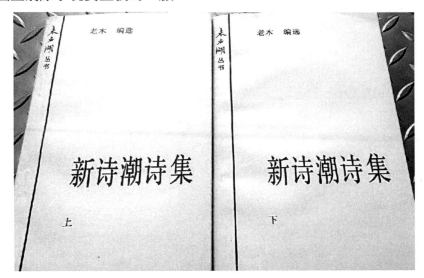

為展示新時期以來青年詩歌發展的真實狀況，1986 年謝冕主編了「青年詩歌斷代史選本」《中國當代青年詩選（1976～1983）》〔註46〕。該選集由北京大學當代文學研究生黃子平、張志忠、季紅真在 1984 年選編初稿，謝冕作為「熱心贊助者」。謝冕在導言中，將「天安門詩歌」作為新時期詩歌的發端，試圖客觀呈現這一代青年詩人的多元探索：「以現實主義為旗幟的各有個性地實踐的詩人，仍然成為富有雄厚實力的、而且共同傾向最為鮮明的創作力量」，他們受郭小川和賀敬之的影響甚多；「有一批詩人也從現實主義出發，但跨過並走向遠處」；《今天》「詩人脫穎而出，他們出現得灑脫突然，而且一下子就使存在成為事實」，他們「是一開始就把目光盯住詩歌的革新的一群」。此外，還有形成了一些藝術追求相近的地域性詩群〔註47〕。

相比而言，《朦朧詩選》才是真正致力於朦朧詩經典構建的選本。從 1982 年大學教學資料的內部發行，到 1985 年的公開出版面世，《朦朧詩選》的編選

〔註46〕作為青年詩歌斷代史選本，「對於編選者來說，困難還不在於工作量的浩大，而在於選擇標準的不好把握。唯一能要求於我們自己的，是儘量做到有一種闊大的胸懷，一種歷史的眼光。也就是說，儘量做到從總體上，從運動和發展中，從新詩創作的多種多樣的聯繫和中介中，來把握浩如煙海的這些作品。」見謝冕：《中國當代青年詩選（1976～1983）·編選後記》，廣州：花城出版社，1986 年版。

〔註47〕《中國當代青年詩選（1976～1983）》，謝冕編，廣州：花城出版社，1986 年版。

範圍進一步擴大〔註48〕，詩歌型構的肌質得到充盈。它在堅持 1982 年版本的基礎上，吸納具有相似特徵的詩人詩作：1982 年的「詩選對這些有著大體相同的追求目標和在這一目標下表現了大致相近的創作傾向的詩人群，作了最初的總結與描寫。入選者大都是此中藝術個性較突出、創作實績較顯著的」〔註49〕。1985 年版本是在「詩歌的發展又處於一個令人昂奮的轉折點上」編選完成，新擴編進來的部分年輕詩人，詩作少有《今天》一代的沉鬱，而更多了幾分情思含蓄的純美氣質，風格上的「朦朧詩美」特質被強化。在對《今天》一代詩人詩作的處理上，更強調「自我」意識及其豐盈度，力求構築每位詩人獨一無二的詩歌特質，形成風格上相互區隔的格局秩序。在北島冷峻、舒婷溫婉的特質確立後，1985 年詩選著力於認定《今天》其他詩人的特質：1982 年版中，顧城的第一首詩為《一代人》，在 1985 年版裏被置換為《我是一個任性的孩子》，顧城的形象從「對抗英雄」轉換到「任性孩子」，避開與北島氣質的衝撞；1982 年版中，江河的第一首詩《星星變奏曲》，在 1985 年被更換為組詩《沒有寫完的詩》，凸顯江河熱血戰士一般受難不屈的悲壯形象；1982 版中，只選了楊煉的一首詩《沉思》，這首詩帶有較多北島、江河的風格印記，因此 1985 年第一首詩選擇了最新風格的散文詩《海邊的孩子》（1983 年），隨後又選入民族神話詩《諾日朗》等。對芒克詩歌的處理，編者採用求同存異原則，首先凸顯芒克的反叛形象，使之在反抗精神的向度上趨近北島，而在情緒類型上顯示差異。1982 版中，《十月的獻詩》塑造了一位積極健康的田園詩人形象，1985 年被《城市》、《太陽落了》重新塑造成為凌亂躁動、情緒反叛的現代詩人。而躁動不安的情緒與「去道德化」自我觀，業已超出了朦朧詩的範疇。

事實上，《今天》每位詩人的詩歌，原本就呈現為多副面孔，他們的形象仍處於演化中。因此，朦朧詩選的構造會在不同階段，對每位詩人的不同特質給予凸顯，直至形成多元並立、等級有序、平衡互補的詩選格局。然而這種差異特質的凸顯，必須是在他們追求個體精神自由與詩歌意象經營這一共同背

〔註48〕編選入《朦朧詩選》的詩人增加至 25 人，2002 年再版時，又增加了食指、多多。這種詩人的擴充，引發了「哪些詩人、哪些作品可以劃入『朦朧詩』，哪些詩人可被看作是朦朧詩的『代表』」等問題的追問。見《朦朧詩新編》，洪子誠、程光煒編，武漢：長江文藝出版社，2004 年版，第 7 頁。

〔註49〕謝冕：《歷史將證明價值》，《朦朧詩選・序》，瀋陽：春風文藝出版社，1985 年版。

景上展開。

以「朦朧詩潮」和「朦朧詩美」為參照標準，1986 年《朦朧詩精選》的編選顯得極不專業，整個選集只是粗略地「按作品發表時間的先後為序，每個詩人第一首詩的發表時間，決定了詩人們排序的先後」，然後「統貫在一個書名之下」。但該選集卻是最早自覺把「朦朧詩」作為商業品牌的投機選本。編者認為近幾年來，朦朧詩「引起了許多讀者的興趣和關注。為了便於研究，也為了便於鑒賞，我們編輯了這本《朦朧詩精選》」〔註 50〕。為了達到商業宣傳的效果，「精選」一詞純屬策略：「這個『精』字，實際上也很『朦朧』」，為吸引讀者並且節約成本，詩選注重詩作的知名度、體式的短小與內容的豐富多樣：「大體上既以公認的或有爭議的詩家詩作為主，又儘量不漏掉無名詩人的名篇，甚至是我們自認為沒有影響的精心之作。都以短為先。在情思與藝術上，想儘量照顧到豐富多樣，又爭取使人們揣摩到這派詩歌有大致相似的精到」〔註 51〕，該詩選最終創下「朦朧詩」選本初印 2 萬冊的出版紀錄。

二、大學課程・科研機構與文學史書寫

大學是《今天》詩歌傳播最為深廣也最受歡迎的公共空間之一，學院派批評家是給予朦朧詩最多理論支持的專業群體，當代文學課程是將詩壇熱點即時有效地導入大學課堂討論的通道，大學教學與科研機構又將朦朧詩納入學術生產體制，寫進文學史，進行重複性與創造性生產與推廣的重要環節。「在一種文學成規主要由作者、銷售商、批評家和普通讀者組成的情況下，如果它得到了一群人的支持，那麼它是合理的。」〔註 52〕但事實上，對於朦朧詩潮的認識，存在兩種以不同成規為基礎的全然不同的評介，這兩種成規分別是現實主義和現代主義。前者由於獲得官方機構的全力支持，在 1986 年前文學史著作的書寫中，佔據主導地位，而對朦朧詩潮的現代主義的讀解方式只是後來才逐漸被接受下來的。

然而，「我們沒有論據來保證那種斷言現代主義要高於現實主義的說法的

〔註 50〕《朦朧詩精選・編輯贅語》，喻大翔、劉秋玲編，武昌：華中師範大學出版社，1986 年版。

〔註 51〕《朦朧詩精選・前記》，喻大翔、劉秋玲編，武昌：華中師範大學出版社，1986 年版。

〔註 52〕佛克馬、蟻布思：《文學研究與文化參與》，俞國強譯，北京：北京大學出版社，1996 年版，第 92 頁。

正確性。兩者都是闡釋現實和文學的模式；它們必然是經過簡化了的構架，將永遠不能夠把握事物全部的複雜性。但我們能說的是，現代主義的局部真實和現實主義的局部真實是不同的，一個強調意識和思想認識的基本作用，另一個強調物質現實的重要性。現代主義的偏見比現實主義的偏見看來要高出一籌，因為人們已經厭倦了現實主義的闡釋模式，而且認為它已經失敗了。」〔註53〕因此，對於文學思潮的解釋，即對「文學社會話語之間的嬗變」的解釋，至少存在三種方式：（一）卡爾・艾伯爾提出的認識論的變化理論。文學社會話語參與創造了道德領域中的成規，它們提供解釋性的體系和世界觀以幫助讀者盡可能地闡釋世界、控制現實。但由於現實是不斷變化著的，任何文學社會話語或闡釋的標準模式都會因此而不盡人意，「這致使一種更適應新環境的新的闡釋模式、新的文學社會話語被創造發明出來」；（二）美學的變化理論。「自從俄國形式主義產生以來就一直有人在維護這種認為文學服從於熟悉和陌生化的交替作用的理論。我們從經驗中可以知道，即使是最大膽新奇的比喻最終也會成為陳詞濫調」；（三）人類學的變化理論。「任何文化都需要變革以提醒這種文化的參與者：所有的文化價值都是人為的，因而易於變化（神權政治文化也許是個例外）。而且新一代希望有不凡表現因而別有一種衝動，他們對那些也許已經腐朽或過時了的固有闡釋模式提出了挑戰」，這把布爾迪厄「關於人們——或是從個人出發或是從社會出發——都希望出人頭地的假設也包容了進去」。在 1986 年前對於朦朧詩潮的文學史敘述中，第一種和第二種變化理論相繼受到了強調，而第三種理論，即朦朧詩潮得到了新一輩作家和批評家的推動，是「因為他們看到了一個以這種方式出人頭地的機會」的人類學動力因素，被遮隱在「兩代人」關於「人」的理解差異與打破僵化官方文壇格局的集體共識中，因此一批新人藉此出人頭地的動機與事實被忽視。

　　在文學社會話語嬗變的理論框架下，考察朦朧詩在 1986 年前文學史中的敘述，要有意識地注意區分敘述作品與科學研究兩種文體。因為作為歷史敘述作品的文學史，「被認為具有一種教育和文化的功能。但教育動機和科學動機的結合卻導致了一種矛盾心理。歷史敘事作品和歷史研究報告之間的差異在於——通過文體與修辭手段——敘事作品傾向於掩飾這種矛盾心理，而報告卻使之明確化」，「歷史敘述作品針對的是廣大的讀者，包括門外漢，而報告

〔註53〕佛克馬、蟻布思：《文學研究與文化參與》，第 104 頁。

則是講給同行的研究者們聽的」。科學研究質量的提高，意味著增大對文學史編纂工作批評和修正的可能性。但 1986 年前朦朧詩的文學史敘述，多以直接參與朦朧詩論爭的批評性論文為基礎，因此不同立場的批評與評介，自然延伸入這些文學史的寫作中，以致於有人主張當代文學不宜寫史〔註54〕。

在文學史敘述中，有關「朦朧詩發生」的敘述並不相同。在 1983 年 8 月由權威的中國社會科學院文學研究所當代文學研究室編寫的《新時期文學六年（1976.10～1982.9）》中，新時期詩歌的源頭被推至「四五」運動之前的郭小川、張志民非公開的戰歌寫作，而 1976 年「四五」天安門運動，使這種戰鬥的詩歌找到了爆發口。「這樣，無論從作為一次思想解放運動的標誌上，還是從詩歌與時代、與人們的重結密緣上，我們追溯新時期詩歌主潮的源頭，都不能不從『四五』運動中的詩創造開始」。對這一源頭的敘述，奠定了新時期詩歌的人民性根基以及順應歷史潮流的現實主義架構的主導地位。但 1976 年 10 月至 1978 年十一屆三中全會之間，由於詩歌藝術上仍習慣於「直陳其事而來不及思考藝術上的必要的『曲說』」，「詩的語言也夾雜不少生硬的政治術語和套話」〔註55〕，因此，新時期詩歌真正從思想到藝術衝破極左思想的桎梏是進入 1979 年後。敘述者將舒婷的《祖國啊，我親愛的祖國》、北島的《回答》、江河的《紀念碑》歸入既定的浪漫主義與現實主義闡釋框架，同時從美學變化向度上，指出通感、象徵等多元創作方法的互補是詩歌走向成熟的信息。敘述者設定了為人民、為社會主義服務的「新的時代要求」，將抒發自我心靈深處瑣細情感的詩歌視為不合「時代精神」的非法存在。這與朦朧詩論爭中崛起派借助重釋「時代精神」論證「自我」表現的合理性恰好相反。問題在於，由誰來界定「時代精神」，詩歌藝術的發展與「時代精神」是否同步對應？事實證明，《今天》詩歌的現代主義傾向早在 20 世紀 70 年代初業已發生，既非與文革的「時代精神」同步，也不是由新時期的「時代精神」所決定。如果只是因為這些作品在「文革」後發表，而被冠以「時代精神」決定論的說辭，顯然有違詩歌發展的歷史真實。這再次說明了歷史敘述在把握歷史事件時，概念話語所產生的謬誤：「那些運用時代精神這一概念的學者們」，設想「歷史發展在社會的方方面面同步進行」，「這一設想通向的是一條死胡同」〔註56〕。

〔註54〕唐弢：《當代文學不宜寫史》，《文匯報》，1985 年 10 月 29 日。

〔註55〕《新時期文學六年（1976.10～1982.9）》，中國社會科學院文學研究所當代文學研究室編，北京：中國社會科學出版社，1985 年版，第 100 頁。

〔註56〕佛克馬、蟻布思：《文學研究與文化參與》，第 100 頁。

　　1983 年 9 月由吉林省五院校編寫的《中國當代文學史》〔註 57〕將新時期的
詩歌源頭設定在粉碎江青反革命集團後，尤其是 1979 年 1 月《詩刊》召開的全
國詩歌創作座談會。這個階段的詩歌，思想內容側重於總結歷史教訓，最主要的
特徵是恢復了詩歌的現實主義傳統，教材對朦朧詩並未論及。與之相同，「《中
國當代文學簡史》（湖南人民出版社）、《中國當代文學簡明教程》（吉林大學出
版社）以及較早一些時候出版的《當代文學概觀》（北京大學出版社），對朦朧
詩都採取了謹慎的迴避態度，根本沒有提及。似乎中國當代詩壇上，根本沒有
朦朧詩這碼事。而且，具有詩歌編年史意義的《中國新文藝大系‧詩集》（中國
文聯出版公司出版），儘管在導言中提及舒婷、傅天琳二位女詩人，但對她們的
詩作，也僅收了限於那類『不朦朧』的幾首，沒有作出足夠的評價」〔註 58〕。
　　1985 年 9 月公仲主編的相對個性化的《中國當代文學史新編》〔註 59〕與
二十二院校集體編寫的《中國當代文學史 3》〔註 60〕同時面世。與《新時期文

〔註 57〕　《中國當代文學史》，吉林省五院校編，長春：吉林人民出版社，1984 年版，
　　　　　初印 2.979 萬冊。
〔註 58〕　田志偉：《朦朧詩縱橫談》，瀋陽：遼寧大學出版社，1987 年版，第 3 頁。
〔註 59〕　《中國當代文學史新編》，公仲主編，南昌：江西教育出版社，1985 年版，初
　　　　　印 1 萬冊。
〔註 60〕　《中國當代文學史（三）》，二十二院校編寫組，福州：福建人民出版社，1985
　　　　　年版，初印 1.553 萬冊。

學六年》相同，敘述者一致認為，新時期詩歌以天安門詩歌為潮頭或序幕，而新詩從內容到形式的重大突破是從三中全會以後，即 1979 年初開始的。本時期詩歌創作的主要成就和顯著特點是恢復和發展了現實主義優良傳統。公仲專闢一節論述青年詩人的詩。從藝術表現手法上，將舒婷、顧城、北島、梁小斌、傅天琳、王小妮、才樹蓮統歸為對詩歌藝術美有獨特見解的一群詩人。而另一批青年詩人，如雷抒燕、張學夢、駱耕野、李發模、高伐林，他們的創作方法基本上是現實主義。前者擺脫傳統手法的囿限，互相影響，逐漸形成共同或相近的特點：注重主動的創造、抒發個人內心的感受、表現自我、反映某種下意識的一閃念、詩的意象常常具有多義性或是不確定性、以象徵手法為主要特徵，被稱為「朦朧詩」。這是將朦朧詩作為一個流派，在文學史著作中從思想與藝術上較早也較全面作出的評介。公仲對「朦朧詩發生」的敘述，不僅提及「黨的十一屆三種全會後的思想解放運動為『朦朧詩』破土而出創造了條件」，而且注意到朦朧詩對傳統詩歌表現手法的反叛特徵：「他們的探索顯然是出於對新詩現狀的不滿，他們的藝術追求和創新為滿足讀者多方面的審美需求作出了貢獻。」〔註61〕

更強調這種反叛邏輯的是崛起論者的文學史敘述。在艾略特文學發展「有機整體觀」啟發下，他們將新詩潮的反叛與五四文學的革命邏輯對接上。不僅是朦朧詩，而且整個新詩潮被闡釋為「它的藝術革新是以強烈的反叛姿態出現的」，「它是在深刻的歷史反思的背景下，用內容和藝術的復興以填補這種深刻的斷裂並最終修復五四新詩傳統的聯繫」。這意味著，對新時期詩歌的基本認識裝置，將整體回到胡適「活的文學」與「人的文學」這一「變革」邏輯基礎上：「前一個目標旨在追求表達工具和形式的革新，而後一個目標旨在追求內容的根本革命，是確立現代人的意識情感在文學和詩中的地位。」〔註62〕新詩的價值判斷體系也將隨之轉換。但此時崛起論者這種貫通現、當代文學的整體觀念，尚未進入文學史教材中。

此時，二十二院校合編的文學史教材，把「舒婷、北島、梁小斌、楊煉、江河、顧城」與現實主義範疇區隔開來，只突出它在藝術手法上的探索和創新，認為朦朧詩是一個「吸收某些現代派手法，側重主觀抒情，追求詩意的深

〔註61〕《中國當代文學史新編》，公仲主編，南昌：江西教育出版社，1985 年版，第571 頁。

〔註62〕謝冕：《斷裂與傾斜：蛻變期的投影──論新詩潮》，《文學評論》，1985 年第5 期。

遂，情感的含蓄，帶著某種朦朧的色調」的純藝術流派。朦朧詩的藝術手法得到強調，反叛精神卻因缺乏新的闡釋模式而被遮蔽。

　　受限於集體書寫與斷代分類編排的方式、以「論」代「史」的敘述思路、文學概念話語的陳舊與地下史料的埋沒，此時對於朦朧詩發生的歷史敘述在文學史著作中遠未展開。但是朦朧詩被隔離入現代派手法的純藝術領域後，終於在最初的當代文學史書寫中，佔據了一個合法席位。

結　語

　　在「朦朧詩」概念的歷史構造中,「朦朧體詩」與「朦朧詩潮」兩個層面
相互交織。對於詩體起源的追問成為上編敘述的核心問題;對於詩歌運動如
何發生並確立文學史地位的思考構成下編論述的深層理路。二者並非各自為
政,追溯朦朧詩潮的興起,必然推及「朦朧體詩」的起源。而匯通二者的關
鍵樞紐,是《今天》雜誌的詩歌形塑。由此,朦朧詩的發生敘述從《今天》
展開。

一

　　基於導言中堅守的詩歌史觀念,詩人個性經驗對文學傳統慣例的「不滿」
才是促使詩歌史發展的真正動力。在這個意義上,對「朦朧詩」詩體起源的內
部研究,是本文立論的基石。而詩歌外部環節的考察,立足於內部研究的悉
心洞察,繼而回到歷史現場,深入詩歌運動史的核心。

　　具體而言,上編展現了《今天》詩歌生發、生變、生成時期豐富的詩路探
索與詩學貢獻,其中詩人的文化習性與生命體驗,是《今天》詩歌吸納古今中
外思想與藝術資源的根本動因。異質思想讀本與中西藝術資源,反過來又推
動《今天》詩人建構起多元化的個體「自我」意識,催生了「追新求異」現代
形式藝術的自覺。值得注意的是,真正能堅定地將自我獨立出來的詩人,是曾
經位於主流體制內部卻自覺向外掙脫、反叛的青年詩人。其自我個體意識的
覺醒與建構,離不開藝術話語體系的自覺變更。從詩學貢獻上看,《今天》詩
歌在編選中確立了以「明暗對抗」邏輯、「道德化」自我觀、「相信未來」精神
指向與「意象隱喻」藝術手法為主導的對抗詩學,這一對抗詩學無疑延續了

「文革」詩學的些許特質，二者在二元對抗思維模式上存在同構性，然而在《今天》的構型中又孕育著剝離詩學，再進一步，它開始突破對抗邏輯與「道德聖潔化」的自我觀，走向多元化自我觀，承上啟下地誘發出中國新詩日後發展的詩學邏輯。

上編還揭示出《今天》雜誌通過道德上的「自我淨化」與生命體驗的「歷史剝離」，將「文革」地下詩歌引入「地上」公共空間的努力。簡言之，《今天》雜誌對《今天》詩歌進行了自我形塑。在這次形塑過後，根子、多多、顧城的詩歌因異質性「自我觀」被濾去，語義悖論的修辭手法、感官刺激性身體意象與晦暗意象被推至幕後。在下編的敘述中，《今天》雜誌中的部分詩歌被吸納入官方刊物和大學生刊物中。官方刊物放寬了口徑，大學生刊物對《今天》的試驗體小詩與現代派手法情有獨鍾，《今天》詩歌與詩人形象得到第二次形塑與最廣泛的傳播。這次形塑過後，芒克、依群等詩人淡出公眾視野，《今天》詩人的個體對抗詩減少，色彩對比構圖法逐漸被稀釋。1981 年後，《今天》活動中止，官方政策收緊，《今天》詩人紛紛加入作家協會，接受官方嘉獎與公開表態，自我的精神反叛被擠壓入詩歌藝術的反叛領域，傳播空間與精神空間進一步減縮。另一方面，晦澀詩被從朦朧詩中剔除，朦朧詩的現實主義精神得到肯定。

朦朧詩的發生，不僅是《今天》詩體的生成過程，也是《今天》詩歌的合法過程。《今天》詩歌原初的豐茂狀態，在經歷了以上三次形象的修葺後，被納入國家「整一」意識形態軌道的構建中，個體性被削弱，回歸「整一」文化的社會職責感被強化。但是《今天》詩歌中社會主義人道主義的「自我」觀、個體受難而不屈的懷疑求索意志、以「隱喻」為核心的藝術表現形式沉積下來，成為朦朧詩的內核，為讀者普遍接受。

朦朧詩的發生便是這種「個體」意識與「整一」文化在新的時代語境中對話與爭執的結果。《今天》彷彿一條溪流，從 20 世紀 60 年代末食指們的筆下緩緩流出，「個體」開始偏離傳統文化的寬闊河道，獨自繞道前行，吸納新的精神養分，歷經自我的裂變與對抗後，終於確立起獨立的個體意識，攜帶著新的精粹的藝術話語，重新匯入整一文化的長河中。社會語境的變遷，使得這條「溢出」河道的屢弱暗流在重新「匯入」河道時，終因自身蘊涵著豐厚的詩歌品質，獲得了新生力量的推波助瀾，遒勁有力地匯入新時期整一文化的河流中。它與此時河流中湧動著的詩歌主潮，交織激蕩、翻滾覆蓋，引起河道的拓

寬甚至方向的偏轉。其間,《今天》詩歌的思想被規約也被主動傳播、藝術被篩選也被集中推廣、形象被重塑反而鮮亮奪目、地位被貶低於現實主義下卻被青年讀者奉為時尚新潮與理想,二者既融入也爭執,互滲互謀。

在這裡不得不反思的問題是,《今天》為何未能堅持真正和官方文學對抗的自由文學,而在開闢出相對獨立的自由創作空間後又迅速被整一意識形態整編收納?一方面,除了《今天》編選的指導思想中原本就存留著社會主義人道主義的信念,其「自覺的歷史目的性」與「文革」後整個中國歷史發展的方向性一致外,「五四」以來新詩干預社會生活的功用傳統與「文革」詩歌全民參與的盛象,讓位處邊緣的詩人們難捨重歸中心的衝動,再加之現實功利的考慮和依附體制的惰性傳統,讓《今天》從主觀上難以長久真正對抗下去;另一方面,客觀地看,在大一統的文學體制中,出版自由得以實現的媒介空間被一步步減縮與取締,使得《今天》的傳播不得不依附官方媒介,遵循其遊戲規則,被改造的命運不可避免。與此同時,民間力量與市場資本尚不足以提供文學獨立發展的機制保障,國際文壇的力量還未能深刻地作用於中國文壇,在這種孤立無援的客觀局勢下,《今天》只能採取相對溫和的妥協態度,借助官方媒介,從事提高人民鑒賞力與培養自由精神的階段性工作,從而將自由精神與藝術反叛氣質注入中國當代新詩的肌體中。

二

在朦朧詩潮湧現並確立詩壇地位的過程中,求真求變的歷史邏輯與社會文化心理是基本前提。1976 年「四五」運動後,民間力量的崛起,促發民間詩人萌生重置詩壇權力格局的衝動,這構成了詩潮湧動的內在動因。1978 年底以來,官方場域的內部裂隙與權力爭執,帶來詩壇格局的裂隙,使得詩潮獲得湧現的渠道。而朦朧詩自身蘊涵的現代「自我」詩質與新異詩藝,成為催生新的社會話語的最合適的談論對象之一。正是在對朦朧詩的反覆言說中,學院力量介入進來,以全新的話語闡釋框架,依靠概念的邏輯力量,動搖了「權力話語」體制(這種體制話語把文學語言、意識形態話語、黨派行話、新聞宣傳用語、政治口號混在一起)的美學合法性,並在 1985 年確立起詩美批評體系,獲得了藝術民主制度的保障。學院與民間結盟開闢出與官方相區別的獨立的批評空間,民間與大學生讀者廣泛持久地傳播朦朧詩新話語,從而置換了整套詩歌話語體系,改變了中國當代詩歌的藝術背景。

政府機構通過設置評獎制度、大學科研機構借助現代大學教育、出版社為滿足消費市場的需求，分別承擔各自的社會職能。後二者通過「文學史」的書寫、個人詩集與「朦朧詩」選本的出版，從外部推動「朦朧詩」的經典化，同時開啟了文學標準評判權從官方詩壇向學院與民間轉移的通道。在詩壇分化過程中，政府機構的評獎制度，始終是官方詩壇文學標準最為集中的體現。在「朦朧詩」合法性確立前，它的地位和功能至高無上，對於《今天》詩歌合法進程，影響極為深刻而且複雜。

朦朧詩人在經典中排序先後的問題，比起哪些人、哪些詩入選經典的問題更為複雜。後者的變動較為頻繁、範圍也在不斷擴大。在詩潮選本與詩美選本中，通過不斷地挖掘、重估與變更經典的方式，使中國新詩傳統重獲活力，這一文學史功能更適合於後者。相比而言，朦朧詩代表詩人的認定與排序是更為複雜的歷史構造：詩人參與運動的深淺與引發熱議的程度、詩人持續的探索與創造力度、不同歷史階段的文化訴求、各個場域力量的消長起伏、讀者群體的趣味區隔以及為詩人打抱不平的反叛心理、詩人介入當下詩潮的積極姿態、詩歌創作時間的先後或後先，都會在某一具體時期，成為重新認定詩人位置與詩歌品性的影響因素。然而，朦朧詩選的構造，在經過不同階段對每位詩人的不同特質給予凸顯後，最終形成了多元並立、等級有序、平衡互補的詩選格局。在對《今天》詩人詩作的處理上，1985年《朦朧詩選》力求構築每位詩人獨一無二的詩歌特質，在風格上形成了相互區隔的格局秩序。避免詩人形象之間彼此覆蓋的「排他性」，是詩選的編選邏輯。然而詩人差異特質的凸顯，又是在他們追求個體精神自由與詩歌意象經營這一共同背景上展開。

1986年前的文學史寫作顯得滯後而保守。這與集體書寫的方式、斷代分類的編纂體例不無關係。但其中最頑固的勢力，來自於文學史闡釋模式的封閉性。具體而言，浪漫主義與現實主義闡釋框架，由於獲得官方機構的全力支持，在文學史著作的敘述中，佔據了話語支配地位，而朦朧詩潮的現代主義闡釋方式後來才逐漸興盛起來。

三

商業因素與民間資本對詩壇格局的重構，通過詩歌場域內部力量來實現。在非政府機構注入資本的廣告模式中，出版社與官方刊物的協作既合情合理，也極為隱蔽。所謂合情合理，是指它們共同面對新詩集出版與發行不景氣的

現狀，所謂隱蔽，是指它們之間達成了利益共享的契約，其中隱含著對於朦朧詩的排擠。但出版社的運作邏輯與官方文學刊物顯然不同。賺取利潤的多寡是出版社的首選目標。為滿足青年讀者的需求，出版社在 1982 年後加大青年新人詩集的出版力度。出版社通過打造「朦朧詩」品牌，培養大眾讀者對於經典的基本認識與趣味認同。追逐利潤的原則，還會引導詩壇的趣味從權力政治轉向多元化的個人趣味。這種以讀者消費為主導，建立文學生產與消費的市場秩序，將誘發詩壇力量格局發生變化。另一方面，學院派開始接受民間資本的援助，這為學院派爭取獨立的批評話語空間，與官方話語分庭抗爭，提供了經濟保障，如《詩探索》雜誌的創辦，經濟來源主要來自民間資助，所有編輯都是志願的、業餘的和無償的。

　　《今天》只有一代，不可重複的一代。民間文學團體《今天》擔起了它理應肩負卻尚未完成的使命，然後被迫退出中國的歷史舞臺。他們為中國當代詩壇，留下了淬煉意象語言的藝術態度，留下了「人與世界」宏觀而嚴肅的思考，留下了對於個體「自由」精神的現代追求。然而，「朦朧」作為穿越歷史時空的詩美特質，使朦朧詩不曾真的斷代過。不僅在中國大陸讀者的心底，對「朦朧」詩美的歷史還會續寫，而且隨著朦朧詩的海外傳播與《今天》詩人參與國際文學市場，「朦朧」在大陸以外地區也喚起了共鳴。

　　事實上，朦朧詩的海外傳播與國際詩歌背景直接參與了朦朧詩地位的確立與經典化進程。1981 年艾青訪美歸國，帶回美國抽象派藝術的理論話語，這與美國教授周策縱「難懂的詩也應該發表」的觀點（《北方文學》，1981 年第 11 期）成為艾青討論朦朧詩時潛在的爭議對象。香港報刊《七十年代》、《新晚報‧星海》、《爭鳴》、《香港文學》、《九十年代月刊》，自 1981 至 1985 年就已關注大陸的朦朧詩潮。1981 年蘇立文以《大陸詩壇的一場大混戰——「朦朧詩」闖下的「大禍」》（香港：《七十年代》，1981 年 11 月號）一文，首次系統而激烈向大陸以外地區報導了這場爭論。1982 年 5 月底在紐約聖‧約翰大學召開的當代中國文學會議上，《今天》雜誌的朋友、正在印第安納大學讀研究生的 Pan Yuan 和 Pan Jie 發表了《非官方雜誌〈今天〉與年輕一代的新文學觀》，首次向海外學界系統介紹《今天》雜誌的構成和文學史意義，認為《今天》倡導的新文學，提供了多元文學類型並存的可能性，即政治主導型文學與獨立於政治的純文學、強調中國文化傳統的文學與汲取外國文化傳統的文學，而《今天》詩人具有脫離政治工具性的文學自覺意識。而加州大學聖

迭戈分校教授鄭樹森（William Tay）在宣讀論文時將北島的《網》與西方意象派和臺灣現代主義詩歌進行了比較〔註1〕。隨後同校教授葉維廉寫出《危機文學的理路——大陸朦朧詩的生變》，在香港《九十年代月刊》（1984年6月號）發表，指出朦朧詩的難懂，不是一個表達的問題，而是閱讀與理解的問題。1983年璧華化名懷冰，以頗具政治煽動性的標題，發表《投進中共詩壇的一枚炸彈》（香港：《爭鳴》，1983年5月號），促使朦朧詩論爭越出「文藝觀點」的界限，急劇升級為「社會觀點」，在1983年10月重慶詩歌討論會上受到直接的政治批評。1983年，中英文《朦朧詩選》由香港中文大學翻譯研究中心的 RENDITIONS 雜誌印製，北島英文詩集《太陽城劄記》由美國康奈爾大學出版。1984年2月璧華、楊零編選的《崛起的詩群——中國當代朦朧詩與詩論選集》由香港當代文學研究社出版。黃子在美洲《華僑日報》（1983年）上發表詩歌《寫給顧城》表達共鳴後，1985年5月又發表《朦朧詩的反傳統精神——在溫哥華中華文化中心詩歌朗誦會上的發言》（《香港文學》，1985年第5期）。日本也從1983年後開始關注中國朦朧詩〔註2〕。由於中國大陸正在開展清除精神污染運動，此時海外的反饋影響，相當微弱。

　　1985年後，朦朧詩的海外傳播與積極評價以不同於大陸學界的國際視野，真正回饋到大陸詩壇，影響到文學史對於朦朧詩潮的評定。通過朦朧詩的海外傳播與反饋，世界文學的藝術背景越來越多地參與到中國當代詩壇的構造中，它對中國當代詩歌創作方向、朦朧詩文學史地位的影響，到底達到何種程度以及如何有效操控，這是另一個值得研究的課題。

〔註1〕Pan Yuan and Pan Jie, *The Non-Official Magazine Today and the Younger Generation's Ideals for a New Literature* 和 William Tay, "*Obscure Poetry*": *A Controversy in Post-Mao China* 均收入 *After Mao: Chinese Literature and Society 1978~1981*, edited by Jeffrey C. Kinkley, the Council on East Asian Studies, Harvard University Press, Cambridge (Massachusetts) and London, 1985.

〔註2〕1986年前的文章有：刘間文俊：《走在新詩再生道路上的青年》，《朝陽新聞（夕刊）》，1983年6月6日與《萌出的詩人們——中國現代詩點描》，《愷風》，1984年7月第10～11期合刊號；阪井東洋男：《中國文學與人——關於「朦朧詩」批判》，《東亞》，1985年6月第216期；宇野木洋：《徐敬亞「崛起的詩群」的周圍（上下）——現代詩的嘗試與「挫折」》，《外國文學研究》，1985年6月第66、67期；水木哲男：《試譯北島的朦朧詩〈迷途〉》，《野草》，1985年10月第36期。見《日本學者中國文學研究譯叢·第六輯·新時期文學專輯》，劉柏青等編，長春：吉林教育出版社，1993年版。

參考文獻

一、非正規出版書刊

1. 《今天》文學雙月刊，第 1～9 期，《今天》編輯部編，1978 年 12 月～1980 年 7 月。

2. 《今天》叢書四種（芒克詩集《心事》、北島詩集《陌生的海灘》、江河詩集《從這裡開始》、艾珊中篇小說《波動》），今天編輯部藏書，1980 年 1～8 月。

3. 《今天文學研究會文學資料》（內部交流）第 1～3 期，1980 年 10 月～12 月。

4. 《〈TODAY〉訂閱收發記錄》三冊，鄂復明編，手稿，1980 年。

5. 《來信摘編》三冊，趙一凡編，《今天》編輯部，手稿，1979 年 5 月～7 月。

6. 《陌生的海灘》，北島著，自印本，1978 年。

7. 《啞默詩選》，自印本，1979 年。

8. 《先驅詩人‧啞默》，自印本，1999 年。

9. 《里程：多多詩選 1972～1988》，首屆今天詩歌獲獎者作品集，1988 年。

10. 《芒克詩選》，唐曉渡編選，1998 年。

11. 《這一代》創刊號，十三校大學中文系聯合主辦，武漢大學中文許《珞珈山》編輯部執行編輯創刊號，1979 年 11 月。

12. 《初航》第 1～5 期，北京師範大學中文系《初航》編輯部，1978～1979 年。

13. 《春聲》第 1～2 期，小白等編，北京，1979 年。

14. 《路》第 4 期，北大─分校《路》編輯部，1979 年。

15. 《秋實》第 3 期,《秋實》叢刊編輯部,電力二院,1979 年。

16. 《秋實》第 3 期,北京廣播學院新聞系求實社主辦,1979 年。

17. 《民主牆詩文選——甲必丹專輯》,中國戲曲學院,龔念同編,1979 年。

18. 《燧石》第 1 期,北京,1979 年。

19. 《赤子心》第 1～10 期,吉林大學中文系 77 級言志詩社,1979～1982 年。

20. 《北方六友》第 1～2 期,東北師範大學中文系六友詩社,1979 年。

21. 《我們》(We)雜誌,第 1～3 期,杭州師範學院中文系《我們》編輯組,1979 年。

22. 《文卉》(詩專號)第 6 期,杭州師範學院中文系《文卉》編輯組,1979 年。

23. 《新詩律呂初探》,杭州師範學院中文系《海光》詩社,1979 年。

24. 《地平線》(詩專刊),浙江師院分校、寧波師專中文系,1980 年。

25. 《新詩學》,李家華,貴陽解凍社,1979 年。

26. 《使命》(Secret Mission),貴陽,1979 年。

27. 《破立》第 1 期,貴州大學,1980 年。

28. 《崛起的一代》第 1～3 期,貴州大學中文系,1980～1981 年。

29. 《筏》第 1～2 期,上海戲劇學院,1979 年。

30. 《文友》第 1 期,上海業餘文學會,1979 年。

31. 《生靈》第 2 期,上海生靈文學社,1979 年。

32. 《詩歌習作選十四》,上海市青年宮詩歌組,1979 年。

33. 《上海青年詩歌創作比賽作品選》,上海市青年宮、作協上海分會,1980 年。

34. 《美麗的星》,上海民間詩歌集,1981 年。

35. 《未來》(Future)第 4 期,廣州地區高校文科學生《未來》編輯部主辦,1979 年。

36. 《紅豆》第 1～2 期,廣州中山大學鐘樓文學社,1979 年。

37. 《希望》第 2 期,西北大學希望文學社,1979 年。

38. 《視野》第 4 期,西安,1979 年。

39. 《潮》第 1 期,保定,1979 年。

40. 《作為人》(詩歌專輯)第 1 期,鄭州大學中文系《作為人》文學社,1980 年。

41. 《新潮》第 2 期,徐州師範學院中文系、歷史系學生分會主辦,1979 年。

42.《犁》第 1 期，雲南大學中文系，1979 年。

43.《小草露珠》第 2 期，寧夏大學中文系 78 級 1 班，1980 年。

44.《清晨》第 2 期，寧夏大學中文系 78 級 2 班，1980 年。

45.《黑雪》，四川大學經濟系 78 級游小蘇，1980 年。

46.《追求》第 1～3 期，福建師範大學中文系 78 級六十年代《追求》詩社，
　　1980 年。

47.《真與美》第 1～4 期，湘潭大學中文系真與美詩歌小組，1980 年。

48.《朦朧詩選》，閻月君、高岩、梁雲、顧芳編選，瀋陽：遼寧大學中文系
　　文學研究室，1982 年。

49.《青春協奏曲》，希望編輯部編，福建三明「希望詩叢」，1982 年。

50.《新詩潮詩集》（上下），老木編，北京大學五四文學社，1985 年。

51.《青年詩人談詩》，老木編，北京大學五四文學社，1985 年。

二、正規出版書刊

（一）內部發行

1.《全國內部發行圖書總目》（1949～1986），中國版本圖書館編，北京：中
　　華書局，1988 年。

2.《存在主義簡史》，讓・華爾著，馬清槐譯，北京：商務印書館，1962 年。

3.《存在主義還是馬克思主義？》，盧卡奇著，韓潤棠等譯，北京：商務印
　　書館，1962 年。

4.《人的哲學：馬克思主義與存在主義》，亞當・沙夫著，林波等譯，北京：
　　三聯書店，1963 年。

5.《存在主義哲學（現代外國資產階級哲學資料選輯）》，中國科學院哲學研
　　究所西方哲學史組編，北京：商務印書館，1963 年。

6.《青年黑格爾（選譯）》，盧卡奇著，王玖興譯，北京：商務印書館，1963
　　年。

7.《辯證理性批判》（第一卷：關於實踐的集合體的理論）（第一分冊　方法
　　問題），薩特爾著，徐懋庸譯，北京：商務印書館，1963 年。

8.《人的遠景（存在主義，天主教思想，馬克思主義）》，加羅蒂著，徐懋庸、
　　陸達成譯，北京：三聯書店，1965 年。

9.《馬克思主義的人道主義》，加羅蒂著，劉若水、鷩蟄譯，北京：三聯書

店，1963 年。

10. 《從文藝復興到十九世紀資產階級哲學家政治思想家有關人道主義人性論言論選輯》，周輔成編，北京：商務印書館，1966 年。

11. 《作為哲學的人道主義》，拉蒙特著，吳永泉、吉洪等譯，北京：商務印書館，1963 年。

12. 《人道主義、人性論研究資料（第一輯)》，商務印書館編輯部編，北京：商務印書館，1963 年。

13. 《新階級：對共產主義制度的分析》，密洛凡·德熱拉斯著，陳逸譯，北京：世界知識出版社，1963 年。

14. 《被背叛了的革命：蘇聯的現狀及其前途》，列夫·托洛茨基著，榮全如譯，北京：三聯書店資料室編印，1963 年。

15. 《斯大林評傳》，列夫·托洛茨基著，齊干譯，北京：三聯書店資料室編印，1963 年。

16. 《斯大林時代》，安娜·路易斯·斯特朗著，石人譯，北京：世界知識出版社，1957 年。

17. 《赫魯曉夫主義》，特加·古納瓦達納著，齊元思譯，北京：世界知識出版社，1963 年。

18. 《杜魯門回憶錄》（第一、二卷），哈里·杜魯門著，李石譯，北京：世界知識出版社，1964 年、1965 年。

19. 《第三帝國的興亡：納粹德國史》，威廉·夏伊勒著，董天爵、李家儒、陳傳昌等譯，北京：世界知識出版社，1965 年。

20. 《沒有武器的世界：沒有戰爭的世界》，尼·謝·赫魯曉夫著，陳世民、張志強譯，北京：世界知識出版社，1960 年。

21. 《南共聯盟綱領和思想鬥爭「尖銳化」》，維利科·弗拉霍維奇著，林南慶譯，北京：三聯書店，1964 年。

22. 《尼克松其人其事》，復旦大學資本主義國家經濟研究所、上海市直屬機關「五·七」幹校六連編譯組譯，上海：上海人民出版社，1972 年。

23. 《鐵托傳》，弗拉吉米爾·傑吉耶爾著，葉周、敏儀譯，北京：三聯書店，1963 年。

24. 《選擇的必要：美國外交政策的前景》，亨利·基辛格著，國際關係研究所編譯室譯，北京：商務印書館，1972 年。

25. 《通向奴役的道路》，哈耶克著，滕維藻、朱宗風譯，北京：商務印書館，1962 年。

26. 《從文藝復興到十九世紀資產階級文學家藝術家有關人道主義人性言論選輯》，北京大學西語系資料組，北京：商務印書館，1971 年。

27. 《現代文藝理論譯叢》（第一至六輯），中國科學院文學研究所現代文藝理論譯叢編輯組編，北京：人民文學出版社，1961～1965 年。

28. 《現代美英資產階級文藝理論論文選》（上下），中國科學院文學研究所西方文學組編，北京：作家出版社，1962 年。

29. 《苦果：鐵幕後知識分子的起義》，艾德蒙・斯蒂爾曼編，北京：作家出版社，1962 年。

30. 《摘譯（外國文藝）》（共 12 期），《摘譯》編譯組編，上海：上海人民出版社，1973～1976 年。

31. 《人道主義與現代文學》（上下冊），現代文藝理論譯叢編輯部編，北京：作家出版社，1965 年。

32. 《關於〈山外青山天外天〉》，伊薩柯夫斯基等著，北京：作家出版社，1961 年。

33. 《蘇聯一些批評家、作家論藝術革新與「自我表現」問題》，現代文藝理論譯叢編輯部編，北京：作家出版社，1964 年。

34. 《蘇聯文學與人道主義》，現代文藝理論編輯部編，北京：作家出版社，1963 年。

35. 《作家的創作個性和文學的發展》，米・赫拉普欽科，上海：上海人民出版社編譯室，1977 年。

36. 《蘇聯文學與黨性、時代精神及其他問題》，現代文藝理論譯叢編輯部編，作家出版社，1964 年。

37. 《人》，梅熱拉伊梯斯著，孫瑋譯，北京：作家出版社，1964 年。

38. 《〈娘子谷〉及其他》（蘇聯青年詩人詩選），葉夫杜申科等著，蘇杭等譯，北京：作家出版社，1963 年版。

39. 《焦爾金遊地府》，特瓦爾朵夫斯基著，丘琴等譯，北京：作家出版社，1964 年。

40. 《人世間》，謝苗・巴巴耶夫斯基，上海新聞出版系統「五・七」幹校翻譯組譯，上海：上海人民出版社，1972 年。

41. 《人、歲月、生活》（第一部），愛倫堡，王金陵、馮南江譯，北京：作家出版社，1962 年。

42. 《人、歲月、生活》（第二、三、四部），愛倫堡，馮南江、秦順新譯，北京：作家出版社，1963、1964 年。

43. 《生者與死者》，康·西蒙諾夫著，謝素臺等譯，北京：作家出版社，1962 年。

44. 《白輪船（仿童話）》，欽吉斯·艾特瑪托夫著，雷延中譯，上海：上海人民出版社，1973 年。

45. 《伊凡·傑尼索維奇的一天》，索爾仁尼津著，斯人譯，北京：作家出版社，1963 年。

46. 《多雪的冬天》，伊凡·沙米亞金著，上海新聞出版系統「五·七」幹校翻譯組譯，上海：上海人民出版社，1972 年。

47. 《你到底要什麼？》，弗·阿·柯切托夫著，上海新聞出版系統「五·七」幹校翻譯組譯，上海：上海人民出版社，1972 年。

48. 《普隆恰托夫經理的故事》，維·李巴托夫著，上海外國語學院俄語系譯，上海：上海人民出版社，1973 年。

49. 《帶星星的火車票》，瓦·阿克肖諾夫著，王平譯，北京：作家出版社，1963 年。

50. 《活著，可要記住》，瓦·拉斯普京著，1978 年 12 月～79 年 6 月，中國社會科學出版社、上海譯文出版社、南京大學外文系歐美文化研究所三個版本。

51. 《解凍》（第一、二部），愛倫堡著，沉江、錢誠譯，北京：作家出版社，1963 年。

52. 《艾伊特瑪托夫小說集》，陳韶廉等譯，北京：作家出版社，1965 年。

53. 《蘇聯青年作家小說集》（上下冊）北京：作家出版社，1965 年。

54. 《索爾仁尼津短篇小說集》，孫廣英譯，北京：作家出版社，1964 年版。

55. 《托·史·艾略特論文集》，托·史·艾略特著，周煦良等譯，上海：上海文藝出版社，1962 年。

56. 《往上爬》，約翰·勃萊恩著，貝山譯，北京：作家出版社，1962 年。

57. 《等待戈多》，薩繆爾·貝克特著，施咸榮譯，北京：中國戲劇出版社，1965 年。

58. 《憤怒的回顧》，奧斯本著，黃雨石譯，北京：中國戲劇出版社，1962 年。

59. 《厭惡及其他》，讓—保爾・薩特著，鄭永慧譯，上海：作家出版社上海編輯所，1965 年。

60. 《局外人》，亞爾培・加繆著，孟安譯，上海：上海文藝出版社，1961 年。

61. 《椅子：一齣悲劇性的笑劇》，尤琴・約納斯戈著，黃雨石譯，北京：中國戲劇出版社，1962 年。

62. 《勒菲弗爾文藝論文選》，亨利・勒菲弗爾著，現代文藝理論譯叢編輯部編，北京：作家出版社，1965 年。

63. 《審判及其他》，弗朗茲・卡夫卡著，李文俊、曹庸譯，上海：作家出版社上海編輯所，1966 年。

64. 《卡薩布蘭卡》（電影文學劇本），裘力斯・艾卜斯坦、菲立普・艾卜斯坦著，陳維姜、劉良模譯，北京：中國電影出版社，1963 年。

65. 《在路上》（節譯本），傑克・克茹亞克著，石榮、文慧如譯，北京：作家出版社，1962 年。

66. 《麥田裏的守望者》，傑羅姆・大衛・塞林格著，施咸榮譯，北京：作家出版社，1963 年。

67. 《印象畫派史》，約翰・雷華德著，北京：人民美術出版社，1959 年。

68. 《當代文學研究參考資料》，中國當代文學研究會編，北京，1982～1983 年。

（二）公開發行

1. 《文藝報》，北京，1949～1985 年。

2. 《詩刊》，北京，1957～1985 年。

3. 《星星》，成都，1957～1985 年。

4. 《外國文藝》，上海，1978～1985 年。

5. 《譯文》，1959 年更名為《世界文學》，北京，1953～1980 年。

6. 《文學評論》，北京，1957～1985 年。

7. 《人民文學》，北京，1949～1985 年。

8. 《安徽文學》，合肥，1979～1983 年。

9. 《福建文藝》，1981 年更名為《福建文學》，福州，1979～1985 年。

10. 《上海文學》，上海，1979～1985 年。

11. 《長江文藝》，武昌，1978～1985 年。

12. 《北京文學》，北京，1980～1985 年。

13. 《四川文學》，成都，1980～1983 年。

14. 《山東文學》，濟南，1980 年。

15. 《十月》，北京，1978～1985 年。

16. 《春風》，長春，1980 年。

17. 《春風》（文藝叢刊），瀋陽，1979～1984 年。

18. 《青春》，南京，1980～1985 年。

19. 《萌芽》，上海，1981～1985 年。

20. 《海韻》（詩歌叢刊），廣州，1980 年。

21. 《花城》，廣州，1980～1985 年。

22. 《青年詩壇》，廣州，1983～1985 年。

23. 《泉城》，濟南，1981 年。

24. 《作品》，廣州，1981 年。

25. 《星火》，南昌，1981 年。

26. 《榕樹文學叢刊》，福州，1980 年。

27. 《芒種》，瀋陽，1980 年。

28. 《花溪》，貴陽，1983 年。

29. 《飛天》，原名《甘肅文藝》，蘭州，1981～1985 年。

30. 《苗嶺》，貴陽，1981 年。

31. 《山花》，貴陽，1981 年。

32. 《黃河》，太原 1985 年。

33. 《詩探索》，北京，1980～1985 年。

34. 《當代文藝思潮》，甘肅，1983 年。

35. 《當代文藝探索》，1985 年。

36. 《河北師院學報》，宣化，1981 年。

37. 《當代文學研究叢刊》第 1～6 期，北京，1980～1985 年。

38. 《七十年代》，香港，1979～1982 年。

39. 《文匯報》，上海，1980 年。

40. 《人民日報》，1957～1984 年。

41. 《光明日報》，1980～1985 年。

42. 《廣西日報》，1980 年。

43. 《中國青年報》，1981 年。

44. 《經濟日報》，1983 年。

45. 《吉林日報》，1984 年。

46. 《南方都市報》，2008 年。

47. 《全國總書目》（1949～1955），新華書店總店，1955～1957 年。

48. 《全國總書目》（1956～1965），文化部出版事業管理局版本圖書館編，北京：中華書局，1958～1966 年。

49. 《全國總書目》（1966～1969），中國版本圖書館編，北京：中華書局，1987 年。

50. 《全國總書目》（1970），北京圖書館版本書庫編，北京：中華書局，1971 年。

51. 《全國總書目》（1971），中國版本圖書館編，北京：中華書局，1988 年。

52. 《全國總書目》（1972～1977），國家出版事業管理局版本圖書館編，北京：中華書局，1974～1981 年。

53. 《全國總書目》（1978），文化部出版事業管理局版本圖書館編，北京：中華書局，1982 年。

54. 《全國總書目》（1979），中國版本圖書館編，北京：中華書局，1983 年。

55. 《普希金抒情詩集》，查良錚譯，上海：平明出版社，1955 年。

56. 《普希金抒情詩集二集》，查良錚譯，上海：新文藝出版社，1957 年。

57. 《萊蒙托夫詩選》，余振譯，北京：時代出版社，1951 年。

58. 《裴多菲詩選》，孫用譯，北京：人民文學出版社，1954 年。

59. 《馬雅可夫斯基選集》（第 1～4 卷），李珍等譯，北京：人民文學出版社，1957～1959 年。

60. 《拜倫抒情詩選》，梁真（查良錚）譯，上海：新文藝出版社，1957 年。

61. 《繆塞詩選》，陳澂萊等譯，北京：人民文學出版社，1960 年。

62. 《惡之華掇英》，波特萊爾著，戴望舒譯，上海：懷正文化社，1947 年。

63. 《洛爾伽詩鈔》，戴望舒譯，北京：作家出版社，1956 年。

64. 《艾呂雅詩鈔》，羅大岡譯，北京：人民文學出版社，1954 年。

65. 《抒情十四行詩集》，白朗寧夫人著，方平譯，上海：上海新文藝出版社，1956 年。

66. 《草葉集選》，惠特曼著，圖楚南譯，北京：人民文學出版社，1955 年。

67. 《詩人談詩：當代美國詩論》，奈莫洛夫編，陳祖文譯，香港：今日世界出版社，1975 年。

68. 《眾樹歌唱：歐洲、拉丁美洲現代詩選》，葉維廉譯，臺北：黎明文化事業公司，1976 年。

69. 《當代美國女詩人詩選》，張錯編譯，臺北：阿爾泰出版社，1980 年。

70. 《英美現代詩選》，餘光中譯，臺北：時報文化出版公司，1980 年。

71. 《聶魯達詩選》，鄒絳、蔡其矯等譯，成都：四川人民出版社，1983 年。

72. 《外國文學參考資料（十九世紀～二十世紀初部分）》（全二冊），北京師範大學中文系外國文學教研組編，北京：高等教育出版社，1958 年版。

73. 《中國現代文學史》，復旦大學中文系現代文學組學生集體編著，上海文藝出版社，1959 年。

74. 《中國現代文學史》，中國人民大學語文文學系文學史教研室現代文學組編著，北京：中國人民大學出版社，1961 年。

75. 《中國現代文學史》，吉林大學中文系中國現代文學史教材編寫小組編，長春：吉林人民出版社，1964 年。

76. 《新詩歌的發展問題》（第一至四集），《詩刊》編輯部編，北京：作家出版社，1959、1961 年。

77. 《中國新詩選（1919～1949）》，臧克家編，北京：中國青年出版社，1956 年。

78. 《聞一多全集·詩選與校箋》，北京：古籍出版社，1956 年。

79. 《預言》，何其芳著，上海：上海新文藝出版社，1957 年。

80. 《戴望舒詩選》，北京：人民文學出版社，1957 年。

81. 《艾青選集》，北京：開明出版社，1951 年。

82. 《艾青詩選》，北京：人民文學出版社，1955 年。

83. 《艾青論詩》，廣州：花城出版社，1982 年。

84. 《聞一多詩文選集》，北京：人民文學出版社，1954 年。

85. 《馮至詩文選集》，北京：人民文學出版社，1955 年。

86. 《放聲歌唱》，賀敬之著，北京：人民文學出版社，1959 年。

87. 《郭小川詩選》，北京：人民文學出版社，1977 年。

88. 《紅旗歌謠》，郭沫若、周揚編，北京：紅旗雜誌社，1959 年。

89. 《朗誦詩選》，詩刊社編選，北京：作家出版社，1965 年。

90. 《中國現代抒情詩一百首》,璧華編,香港:天地圖書有限公司,1978 年。

91. 《中國民辦刊物彙編》(第一、二卷),華達編,法國社會科學高等研究院、香港《觀察家》出版社聯合出版,1981、1984 年。

92. 《祈求》,蔡其矯著,南京:江蘇人民出版社,1980 年。

93. 《生活的歌》,蔡其矯著,北京:人民文學出版社,1982 年。

94. 《蔡其矯詩歌迴廊:詩的雙軌》,蔡其矯著,福州:海峽文藝出版社,2002 年。

95. 《少女萬歲:詩人蔡其矯》,王炳根著,福州:海峽文藝出版社,2004 年。

96. 《詩與誠實》,公劉著,廣州:花城出版社,1983 年。

97. 《相信未來》,食指著,桂林:灕江出版社,1988 年。

98. 《詩探索金庫・食指卷》,林莽、劉福春選編,北京:作家出版社,1998 年。

99. 《北島詩選》,廣東:新世紀出版社,1986 年。

100. 《歸來的陌生人》,北島著,廣州:花城出版社,1986 年。

101. 《午夜歌手:1972～1994》,北島著,臺北:九歌出版社,1995 年。

102. 《零度以上的風景:1993～1996》,北島著,臺北:九歌出版社,1996 年。

103. 《開鎖:1996～1998》,北島著,臺北:九歌出版社,1999 年。

104. 《藍房子》,北島著,臺北:九歌出版社,1998 年。

105. 《午夜之門》,北島著,臺北:九歌出版社,2002 年。

106. 《波動》,北島著,北京:民族出版社,2002 年。

107. 《北島詩歌集》,海口:南海出版公司,2003 年。

108. 《失敗之書》,北島著,汕頭大學出版社,2004 年。

109. 《時間的玫瑰》,北島著,北京:中國文史出版社,2005 年。

110. 《青燈》,北島著,香港:牛津大學出版社,2006 年。

111. 《青燈》,北島著,南京:江蘇文藝出版社,2008 年。

112. 《陽光中的向日葵》,芒克著,桂林:灕江出版社,1988 年。

113. 《芒克詩選》,北京:中國文聯出版公司,1989 年。

114. 《野事》,芒克著,長沙:湖南文藝出版社,1994 年。

115. 《瞧!這些人》,芒克著,長春:時代文藝出版社,2003 年。

116. 《雙桅船》,舒婷著,上海文藝出版社,1982 年。

117. 《舒婷、顧城抒情詩選》,福州:福建人民出版社,1982 年。

118.《會唱歌的鳶尾花》，舒婷著，成都：四川文藝出版社，1986年。

119.《心煙》，舒婷著，上海：上海文藝出版社，1988年。

120.《舒婷詩文自選集》，舒婷著，桂林：灕江出版社，1997年。

121.《凹凸手記》，舒婷著，南京：江蘇文藝出版社，1997年。

122.《梅在那山》，舒婷著，南京：江蘇文藝出版社，1997年。

123.《最後的輓歌》，舒婷著，南京：江蘇文藝出版社，1997年。

124.《從這裡開始》，江河著，廣州：花城出版社，1986年。

125.《太陽和他的反光》，江河著，北京：人民文學出版社，1987年。

126.《荒魂》，楊煉著，上海：上海文藝出版社，1986年。

127.《黃》，楊煉著，北京：人民文學出版社，1989年。

128.《太陽與人》，楊煉、宇峰著，長沙：湖南文藝出版社，1991年。

129.《大海停止之處：楊煉作品1982～1987詩歌卷》，上海：上海文藝出版社，1998年。

130.《鬼話‧智力的空間：楊煉作品1982～1987散文‧文論卷》，上海：上海文藝出版社，1998年。

131.《黑眼睛》，顧城著，北京：人民文學出版社，1986年。

132.《顧城新詩自選集——海籃》，天津：百花文藝出版社，1993年。

133.《顧城詩全編》，顧工編，上海：三聯書店，1995年。

134.《顧城文選卷一‧別有天地》，哈爾濱：北方文藝出版社，2005年。

135.《走了一萬一千里路：顧城首度面世的詩手稿》，北京十月文藝出版社，2005年。

136.《行禮：詩38首》，多多著，桂林：灕江出版社，1988年。

137.《阿姆斯特丹的河流》，多多著，太原：北嶽文藝出版社，2000年。

138.《搭車》，多多著，天津：百花文藝出版社，2004年。

139.《多多詩選》，廣州：花城出版社，2005年。

140.《失去的地平線》，田曉青著，桂林：灕江出版社，1988年。

141.《少女軍鼓隊》，梁小斌著，安徽省文聯編，北京：中國文聯出版公司，1988年。

142.《新詩的現狀與展望》，全國當代詩歌討論會編，南寧：廣西人民出版社，1981年。

143.《青年詩選》，本社編，北京：中國青年出版社，1981年。

144.《青年詩選 1981～1982》，本社編，北京：中國青年出版社，1983 年。

145.《青年詩選 1983～1984》，本社編，北京：中國青年出版社，1985 年。

146.《青年詩選 1985～1986》，本社編，北京：中國青年出版社，1988 年。

147.《詩選（一）》，《詩刊》編輯部編，北京：人民文學出版社，1980 年。

148.《詩選（二）》，《詩刊》編輯部編，北京：人民文學出版社，1981 年。

149.《詩選（三）》，《詩刊》編輯部編，北京：人民文學出版社，1981 年。

150.《1979～1980 詩選》，詩刊社編，成都：四川人民出版社，1982 年。

151.《一九八一年詩選》，北京：人民文學出版社，1983 年。

152.《一九八二年詩選》，北京：人民文學出版社，1983 年。

153.《一九八三年詩選》，北京：人民文學出版社，1985 年。

154.《一九八四詩選》，北京：人民文學出版社，1986 年。

155. *MISTS: New Poets from China*, RENDITIONS, Nos. 19 & 20, Spring & Autumn, Research Centre for Translation, the Chinese University of Hong Kong, 1983.

156.《崛起的詩群：中國當代朦朧詩與詩論選集》，璧華、楊零編，香港：當代文學研究社，1984 年。

157.《朦朧詩選》，閻月君、高岩、梁雲、顧芳編選，瀋陽：春風文藝出版社，1985 年。

158.《南風：抒情詩‧朦朧詩選》，福建省文學講習所編，廈門：鷺江出版社，1985 年。

159.《五人詩選》，北京：作家出版社，1986 年。

160.《朦朧詩精選》，喻大翔、劉秋玲編選，武昌：華中師範大學出版社，1986 年。

161.《探索詩集》，本社編，上海：上海文藝出版社，1986 年。

162.《中國當代青年詩選（1976～1983）》，謝冕編，廣州：花城出版社，1986 年。

163.《北京青年現代詩十六家》，周國強編，桂林：灕江出版社，1986 年。

164.《中國現代主義詩群大觀 1986～1988》，徐敬亞等編，上海：同濟大學出版社，1988 年。

165.《朦朧詩‧新生代詩點評》，李麗中著，天津：南開大學出版社，1988 年。

166.《朦朧詩選》，舒婷等著，臺北：新地出版社，1988 年。

167. 《朦朧詩 300 首》，肖野編，廣州：花城出版社，1989 年。

168. 《古今中外朦朧詩鑒賞辭典》，徐榮街、徐瑞岳主編，鄭州：中州古籍出版社出版，1990 年。

169. 《在黎明的銅鏡中・「朦朧詩卷」》，謝冕、唐曉渡主編，北京：北京師範大學出版社，1993 年。

170. 《中國新時期爭鳴詩精選》，丁國成主編，長春：時代文藝出版社，1996 年。

171. 《中國知青詩抄》，郝海彥主編，北京：中國文學出版社，1998 年。

172. 《朦朧詩新編》，洪子誠、程光煒編選，武漢：長江文藝出版社，2004 年。

173. 《被放逐的詩神》，食指等著，李潤霞編選，武漢：武漢出版社，2006 年。

174. 《沉淪的聖殿：中國 20 世紀 70 年代地下詩歌遺照》，廖亦武主編，烏魯木齊：新疆青少年出版社，1999 年。

175. 《持燈的使者》，劉禾編，香港：牛津大學出版社，2001 年。

176. 《追尋 80 年代》，新京報編，北京：中信出版社，2006 年。

177. 《八十年代訪談錄》，查建英主編，北京：三聯書店，2006 年。

178. 《七十年代》，北島、李陀主編，香港：牛津大學出版社，2008 年。

179. 《鄧小平文選》注釋本（三卷），倪翌風主編，北京：中共中央黨校出版社，1993、1994 年。

180. 《1978 我親歷的那次歷史大轉折：十一屆三中全會的臺前幕後》，於光遠著，北京：中央編譯出版社，2008 年。

181. 《螢火集》，牛漢著，北京：中國華僑出版社，1994 年。

182. 《牛漢漫筆》，牛漢著，太原：北嶽文藝出版社，1999 年。

183. 《非正常死亡：十年浩劫中的受難者》，北京：北京師範學院出版社，1986 年。

184. 《直面歷史：老三屆反思錄》，徐友漁著，北京：中國文聯出版社，2000 年。

185. 《南大，南大》，張宏生編，南京：南京大學出版社，2002 年。

186. 《櫻花樹下的家——武漢大學卷》，陳均等選編，北京：中國少年兒童出版社，2000 年。

187. 《旁觀者》（三冊），鐘鳴著，海口：海南出版社，1998 年。

188. 《半生為人》，徐曉著，北京：同心出版社，2005 年。

189. 《今天的激情：柏樺十年文選》，柏樺著，上海人民出版社，2006 年。

190.《上帝的糧食》，王燕生著，蘇州：古吳軒出版社，2004 年。

191.《文壇回春紀事》，張光年著，深圳：海天出版社，1998 年。

192.《思想史上的失蹤者》，朱學勤著，廣州：花城出版社，1999 年。

193.《成年禮》，筱敏著，西安：太白文藝出版社，2001 年。

194.《凱綏・柯勒惠支版畫選集》，魯迅編，上海：上海出版公司，1956 年。

195.《印象派的繪畫》，林風眠編，上海：上海人民美術出版社，1958 年。

196.《談印象派繪畫》，楊藹琪著，北京：人民美術出版社，1979 年。

197.《外國美術資料譯編》（二集），人民美術出版社編輯室編，北京：人民美術出版社，1979 年。《印象派的再認識》，吳甲豐著，北京：三聯書店，1980 年。

198.《歐洲現代畫派畫論選》，瓦爾特・赫斯編著，宗白華譯，北京：人民美術出版社。1980 年。

199.《星星十年》，香港：漢雅軒，1989 年。

200.《星星歷史》，易丹著，長沙：湖南美術出版社，2002 年。

201.《從英雄頌歌到平凡世界：中國現代美術思潮》，易英著，北京：中國人民大學出版社，2004 年。

202.《星星藝術家：中國當代藝術的先鋒（1979～2000）》，霍少霞著，戴穗華譯，臺北：藝術家出版社，2007 年版。

203. *MANET*, text by S. LANE FAISON, JR, HARRY N. ABBAMS, INC, New York, 1954.

204. *DEGAS*, text by DANIEL CATTON RICH, HARRY N. ABBAMS, INC, New York, 1953.

205. VAN GOGH, text by ROBERT GOLDWATER, HARRY N. ABBAMS, INC, New York, 1953.

206. *Ekphrasis: The Illusion of the Natural Sign*, Krieger, Murray, Baltimore and London: The John Hopkins University Press, 1992.

207.《「文化大革命」十年史（1966～1976）》，高皋、嚴家其著，天津：天津人民出版社，1986 年。

208.《大動亂年代》，王年一著，鄭州：河南人民出版社，1988 年。

209.《劍橋中華人民共和國史（1966～1982）》，羅德里克・麥克法誇爾、費正清主編，金光耀等譯，上海：上海人民出版社，1992 年。

210. 《1957 年的夏季：從百家爭鳴到兩家爭鳴》，朱正著，鄭州：河南人民出版社，1998 年。

211. 《1956 百花時代》，洪子誠著，濟南：山東教育出版社，1998 年。

212. 《1967 狂亂的文學年代》，楊鼎川著，濟南：山東教育出版社，1998 年。

213. 《1978 激情歲月》，孟繁華著，濟南：山東教育出版社，1998 年。

214. 《中國民運反思》，胡平著，香港：牛津大學出版社，1992 年。

215. 《中國當代文學史》，吉林省五院校編，長春：吉林人民出版社，1984 年。

216. 《新時期文學六年 1976.10～1982.9》，中國社會科學院文學研究所、當代文學研究室編，北京：中國社會科學出版社，1985 年。

217. 《中國當代文學史新編》，公仲主編，南昌：江西教育出版社，1985 年。

218. 《中國當代文學史（三）》，二十二院校編寫組，福州：福建人民出版社，1985 年。

219. *After Mao: Chinese Literature and Society 1978~1981*, edited by Jeffrey C. Kinkley, the Council on East Asian Studies, Harvard University Press, Cambridge (Massachusetts) and London, 1985.

220. 《朦朧詩縱橫論》，田志偉著，瀋陽：遼寧大學出版社，1987 年。

221. 《朦朧詩論爭集》，姚家華編，北京：學苑出版社，1989 年。

222. 《崛起的詩群》，徐敬亞著，上海：同濟大學出版社，1989 年。

223. 《日本研究中國現當代文學論著索引 1919～1989》，孫立川、王順洪編，北京：北京大學出版社，1991 年。

224. 《日本學者中國文學研究譯叢·第六輯·新時期文學專輯》，劉柏青等編，長春：吉林教育出版社，1993 年版。

225. 《艱難的指向》，王光明著，長春：時代文藝出版社，1993 年。

226. 《文化大革命中的地下文學》，楊健著，北京：昭華出版社，1993 年。

227. 《中國當代朦朧詩研究：從困境到求索》，莊柔玉著，臺北：大安出版社，1993 年。

228. 《中國當代新詩史》，洪子誠、劉登翰著，北京：人民文學出版社，1993 年。

229. 《中國朦朧詩人論》，陳仲義著，南京：江蘇文藝出版社，1996 年。

230. *Language Shattered: Contemporary Chinese Poetry and Duoduo*, Maghiel Van Crevel, Leiden, The Netherlands: Research School CNWS, 1996.

231.《十作家批判書》，朱大可等著，西安：陝西師範大學出版社，1999 年。

232.《從潛流到激流：中國當代新詩潮研究》，李潤霞著，武漢大學博士論文，2001 年。萬方中國學位論文全文數據庫。

233.《中國知青文學史》，楊健著，北京：中國工人出版社，2002 年。

234.《文化大革命時期詩歌研究》，王家平著，河南大學出版社，2004 年。

235.《中國朦朧詩派研究》，徐國源著，臺北：文史哲出版社，2004 年。

236.《中國當代新詩史》（修訂版），洪子誠、劉登翰著，北京：北京大學出版社，2005 年。

237.《中國當代新詩編年史》，劉福春著，開封：河南大學出版社，2005 年。

238.《回顧一次寫作：〈新詩發展概況〉的前前後後》，謝冕等著，北京：北京大學出版社，2007 年。

239.《新詩集與中國新詩的發生》，姜濤著，北京大學出版社，2005 年。

240.《論新詩現代化》，袁可嘉著，北京：三聯書店，1988 年。

241.《中國詩學》，葉維廉著，北京：三聯書店，1992 年。

242.《初唐詩》，宇文所安著，賈晉華譯，北京：三聯書店，2004 年。

243.《詞與文類研究》，孫康宜著，北京：北京大學出版社，2004 年。

244.《詩歌分類學》，古遠清著，高雄：覆文圖書出版社，1991 年。

245.《超現實主義導論》，老高放著，北京：社會科學文獻出版社，1997 年。

246. *The Field of Cultural Production: Essays on Arts and Literature*, Pierre Bourdieu, edited and introduced by Randal Johnson, Columbia University Press, 1993.

247. *Distinction: a Social Critique of the Judgement of Taste*, Pierre Bourdieu, translated by Richard Nice, Harvard University Press, 2002.

248.《文化資本與社會煉金術：布爾迪厄訪談錄》，鮑亞明譯，上海：上海人民出版社，1997 年。

249.《藝術的法則：文學場的生成和結構》，布爾迪厄著，劉暉譯，北京：中央編譯出版社，2001 年。

250.《科學的社會用途：寫給科學場的臨床社會學》，布爾迪厄著，劉成富、張豔譯，南京：南京大學出版社，2005 年版。

251.《同一性：青少年與危機》，埃里克・H・埃里克森著，杭州：浙江教育出版社，1998 年。

252.《艾略特文學論文集》，李賦寧譯注，南昌：百花洲文藝出版社，1994 年。

253.《法國作家論文學》，王忠琪等譯，北京：三聯書店，1984 年。

254.《現當代西方文藝社會學探索》，張英進、於沛編，福州：海峽文藝出版社，1987 年。

255.《文學研究與文化參與》，佛克馬、蟻布思著，北京：北京大學出版社，1996 年。

附錄 《今天》書刊目錄

一、《今天》文學雙月刊第 1～9 期

（一）1978 年 12 月 23 日出版，1979 年 10 月 7 日重印

致讀者（創刊詞）	《今天》編輯部
在廢墟上（小說）	石默
抉擇（小說）	李楓林
瘦弱的人（小說）	迪星
風景畫（詩）	喬加
給──（詩）	
思念（詩）	
致橡樹（詩）	舒婷
啊，母親（詩）	
天空（詩）	芒克
凍土地（詩）	
我是詩人（詩）	
白房子的煙（詩）	
回答（詩）	北島
微笑・雪花・星星（詩）	
一束（詩）	
黃昏：丁家灘（詩）	
動物篇（寓言）	詠喻

大自然的歌聲（隨筆）	夏樸
詩三首	（西）衛尚·亞歷山大，鍾長鳴譯
西班牙詩人衛尚·亞歷山大	吳歌川
純真（小說）	（英）格雷厄姆·格林，方芳譯
談廢墟文學	（德）亨利希·標爾，程建立譯
捲煙的清潔工（木刻）	晨生
你們出生在哪兒？（木刻）	晨生

（二）1979 年 2 月 26 日出版

十月的獻詩（詩）	芒克
相信未來（詩）	食指
命運（詩）	
瘋狗（詩）	
眼睛（詩）	北島
你好，百花山（詩）	
星光（詩）	
生日（詩）	方含
孤獨（詩）	
冷酷的希望（詩）	艾珊
歸來的陌生人（小說）	石默
路口（小說）	崔燕
瓷像（小說）	萬之
啞吧姑娘（小說）	林露
三十年代的文藝論爭和文藝民主	方思
採一束鮮花獻給春天（畫評）	夏樸
問……（隨筆）	靜之嘩
雞神（翻譯小說）	（蘇）葉甫根尼·葉甫圖申科，歌還譯
俄國象徵主義詩歌和亞·布洛克	支波編譯
西德「四·七社」簡介	程建立編譯
秋之魂（攝影作品）	山風攝
詩歌、小說插圖	曉晴
《今天》封面設計	夏樸

（三）詩歌專刊　　1979 年 4 月 1 日出版

紀念碑（組詩選）	江河
巴黎公社	齊雲
長安街	
無題	
你好，哀愁	
魚群三部曲	食指
心事	芒克
太陽落了	
寫給珊珊的紀念冊	
自畫像	
人民	方含
在路上	
無題	
中秋夜	舒婷
四月的黃昏	
太陽城劄記	北島
小木屋裏的歌	
雲啊，雲	
一切	
走吧	
冷對（線條畫）	阿城
詩歌插圖	艾未未

（四）1979 年 6 月 20 日出版

祖國啊，祖國（詩）	江河
給你（詩）	凌冰
雨夜（詩）	北島
陌生的海灘（詩）	
這是四點零八分的北京（詩）	食指
秋天（詩）	芒克
我有一塊土地	

牆（小說）	鐵冰
雪雨交加之間（小說）	萬之
原諒我，兄弟（小說）	天然
波動（中篇小說・連載）	艾珊
評《傷痕》的社會意義（評論）	史文
《自然、社會、人》巡禮 （隨筆）	鍾城
記《今天》編輯部組織的一次 朗誦會	阿鳴
關於攝影作品《秋之魂》	弓長
青春（線條畫）	陸石
思緒（線條畫）	陸石

（五）1979 年 9 月初出版

沒有寫完的詩（詩）	江河
獻詩：1972～1973 年（詩）	芒克
煙（詩）	食指
船（詩）	吳銘
睡吧，山谷（詩）	北島
是的，昨天（詩）	
日子（詩）	
教堂裏的琴聲（小說）	舒婷
開闊地（小說）	萬之
圓號（小說）	伊恕
波動（中篇小說・連載）	艾珊
夢幻曲（木刻）	晨生
詩歌、小說（插圖）	陸石

（六）1979 年 12 月末出版

謠曲（詩）	方含
心，總是那一顆（詩）	阿丹
忠誠與遺棄（詩）	

夜晚（詩）	飛沙
路上的月亮（詩）	芒克
候鳥之歌（詩）	北島
岸（詩）	
聚會（小說）	天然
在小公園裏（小說）	舒升
波動（中篇小說連載・續完）	艾珊
試論《今天》的詩歌（評論）	辛鋒
《星星》美展前言	
《星星》美展部分作者談藝術	
二十小時的《星星》美展	韭民

（七）短篇小說專輯　1980 年 2 月出版

旋律	艾珊
仇恨	伊恕
沒有太陽的角落	金水
遠方——雪	萬之
紅氣球	萌萌
老人與傷病	阿蠻
星	凌冰
永動機患者	晨漠

（八）詩歌專輯　1980 年 4 月出版

為了	飛沙
顏色	
小窗之歌	舒婷
也許	
窮人	嚴力
我是雪	
歌	
蘑菇	
還是乾脆忘掉她吧	食指

酒

帶我走吧，風　　　　　小青

無題

海邊的兒歌　　　　　　方含

印象

生命之音　　　　　　　南荻

無題　　　　　　　　　北島

橘子熟了

紅帆船

習慣

迷途

宣告

無題

夜晚　　　　　　　　　程建立

早晨好

彷彿　　　　　　　　　易名

山影　　　　　　　　　古城

海岸

暫停

雪人

海岸・海風・船　　　　芒克

城市

給

夢之島　　　　　　　　白日

人生　　　　　　　　　晨星

自畫像　　　　　　　　凌冰

希望

星　　　　　　　　　　江河

從這裡開始

插畫（線條畫）　　　　陸石

（九）1980 年 7 月出版

城市之光（小說）　　　　　　　萬之

噩耗（小說）

假面舞會（小說）　　　　　　　夏歌

一個孩子死了（小說）　　　　　肖迪

稿紙上的月亮（小說）　　　　　石默

虛構（詩）　　　　　　　　　　小青

幸福的綠葉（詩）　　　　　　　夏樸

結局或開始（詩）　　　　　　　北島

港口的夢（詩）

觀象臺（詩）　　　　　　　　　洪荒

葡萄園（詩）　　　　　　　　　芒克

我們從自己的腳印上……（詩）　楊煉

步入永恆（翻譯小說）　　　　　（美）小庫爾特・馮尼格特，冰洋譯

《今天》短篇小說淺談（隨筆）　韭民

答覆（詩人談詩）

奇異的光（文學評論）　　　　　徐敬亞

二、《今天》文學研究會資料之一～之三

之一　1980 年 10 月 23 日編發

歌手（詩）　　　　　　　　　　小青

憤怒（詩）　　　　　　　　　　食指

歡樂（詩）　　　　　　　　　　英子

贈別，小巷（詩）　　　　　　　顧城

離別之後（詩）　　　　　　　　嚴力

致漁家兄弟（詩）　　　　　　　芒克

茫茫的田野（詩）

歸夢（詩）　　　　　　　　　　舒婷

蘭色狂想曲（詩）　　　　　　　楊煉

和絃（詩）　　　　　　　　　　北島

住所（詩）

向日葵（組詩選）　　　　　　　江河

詩人談詩

帶星星的睡袍（小說）	徐曉
致《今天》讀者書	《今天》編輯部

之二　1980 年 11 月 2 日編發

謎（小說）	萬之
沙（小說）	
自鳴鐘下（小說）	
相會（小說）	棣子
星光，從黑暗和血泊中升起	老廣
——讀《波動》隨想錄（文學隨筆）	
今天文學研究會章程	今天文學研究會

之三　1980 年 12 月初編發

畫廊（組詩）	白夜
海（詩）	小青
楓葉和七顆星星（詩）	北島
無題（詩）	
畫（詩）	芒克
天快亮了（詩）	
簡歷（詩）	顧城
假如（詩）	江河
歌（詩）	
車站（詩）	
冬（詩）	
烏篷船（詩）	楊煉
「新詩」——一個轉折嗎？	洪荒
（評論）	

三、《今天》叢書四種

　　《心事》（詩集），1980 年 1 月末，芒克，插圖：曲磊磊；《陌生的海灘》（詩集），1980 年 4 月，北島，封面設計：黃銳，插圖：曲磊磊；《從這裡開始》（詩集），1980 年 6 月，江河，封面設計：黃銳，插圖：阿城、曲磊磊，製印：王克平；《波動》（中篇小說），1980 年 9 月，艾珊。

後　記

　　這是一個沉重的選題。

　　這是一本理應十年前就該與讀者見面的書。

　　二〇〇五年我自南京大學完成葉維廉的詩與詩學研究的碩士畢業論文後，遠在美國加州大學的葉維廉教授提議能否將中國三四十年代、港臺五六十年代與大陸七八十年代的現代主義詩歌做一次整體研究。我深知每一地域現代主義文學思潮均有著複雜的歷史與美學脈絡，宏觀的比較並不是我當時所傾心的，因為曾有一個魅惑我及同代人很久的當代新詩問題一直未能破解。

　　二〇〇〇年青島大學的一天，在當代文學史的課堂上，一位中年副教授以渾厚的聲音模擬純真孩子深情朗誦梁小斌的《中國，我的鑰匙丟了》。沉浸體驗中的我萌生了一種奇特的感覺，或許我才適合作為孩子的角色來表演。把兒童與國家聯想在一起的模式無疑引起我的共鳴，然而我對「鑰匙」這個意象根本沒什麼感覺，我也無法想像一個孩子對「鑰匙」能做出那麼癡迷的聯想。這時我的鉛筆滾落到書桌下面，我弓身撿起的瞬間興奮地告訴同桌：「中國，我的鉛筆丟了」，嘩笑一片。整節課我都沉浸在鉛筆丟了，無法自由塗寫的聯想中。此刻，「橡皮」變成了黑暗時代的劊子手和特務，時刻監察孩童的自由塗畫。我覺得，鉛筆和橡皮比鑰匙更符合一個孩子的生活經驗。一個偶然的玩笑變成了深沉、嚴肅而悲壯的詩的寫作（見文末），而「橡皮」這一意象幾十年後竟然也一語成讖，令人唏噓。在學校朗誦比賽中北島《一切》與舒婷《這也是一切》被我一遍遍的朗誦，一次次讓我波蕩在命運的深淵裏，這種充滿悖論的情感反應模式讓人透不過氣。隨後我選修了朦朧詩人曹安娜的《新詩鑒

賞》，她純真的童心抒寫與輕盈唯美的氣質讓她在講臺上進行兩首新詩的對比細讀時，身上縈繞著聖潔的光環。

二〇〇三年在南京大學我和幾個研究生朋友共同成立了「後天」詩社，主體是現代與後現代的新詩，在出版了第一期《後天》並舉辦了公開朗誦會後，詩友便畢業四散。當年我曾起草過一份創刊宣言便是打著從《今天》到《後天》的旗號。當時學長說：「幹嘛要提《今天》呢。」從那時起我便感覺到《今天》已經是壓在每個中國年輕詩人身上試圖擺脫的沉重包袱，政治、宏大、嚴肅，而惟有我還在不合時宜地以《今天》為榮光。

我與同代詩人對朦朧詩既愛又恨的態度分歧表徵著當代詩壇的新舊更迭與詩學分化。但為什麼會發生這些變化？為什麼對於自由、純真的嚴肅追求如今卻成為其他詩人眼中的笑談？朦朧詩本身存在什麼問題嗎？它到底還美不美，該如何評價它？

二〇〇六年某夜在暨南大學的一次校園漫步中，我向博士生導師朱壽桐教授轉述了這一構想。朱壽桐教授稍思片刻，與我商定以「朦朧詩的發生」作為博士論文的選題。我多少有些興奮，因為這也正是我想追問的。我出生時正值朦朧詩湧現，我開始詩歌創作又直接受朦朧詩的啟發，因此這次研究過程中隱含著追溯雙重生命源頭的衝動。然而這個嚴肅的選題中承載著太多的重壓，這種重壓不只是資料的堆積如山或難以求索，也不僅是那段歷史的政治禁忌與時代隔閡，它部分來自研究者與研究對象一起感同身受的體味，這種內心熬煮的情感創傷體驗讓我在此後十年都不願回首。此外這種重壓更多是來自各種敘述聲音的侵擾。以往敘述朦朧詩的聲音既權威又模糊，這一模式化的權威聲音近幾十年來不斷受到重寫朦朧詩秩序的挑戰。在這些權威與嘈雜的聲音中間，如何找到自己的敘述聲音，從而真切地揭示朦朧詩的發生歷史始終困擾著我。

二〇〇六年至二〇〇八年，除了奔走各地收集原始資料外，我集中思路進行文學史方法論的思考與實踐（其中宇文所安與葉維廉提供給我兩種不同的向度），但仍未找到合適的敘述聲音。二〇〇八年夏天，在獲得中美富布賴特聯合培養博士生項目資格後，我前往美國加州大學聖迭戈分校追隨葉維廉教授學習。文化環境的整體改變使我能夠直接面對研究對象本身，揮去嘈雜聲音的侵擾。在從學校回去住所的 Shuttle 上想著中國沉重的「文革」歷史，看著美國朋友輕鬆有趣的面孔，望著窗外聖迭戈波蕩的山谷與燈火，心中默念著

「沉默，依舊是東方的故事」。二〇〇九年五月，我前往德克薩斯州的小鎮，在 Texas A & M 大學圖書館裏我找到了敘述的聲音——從不遠處，正傳來一陣陣美國青年學生輕鬆自如、令人沉醉的討論聲。

這是一個幸運的選題。

現在與讀者見面依舊為時不晚。

二〇一〇年完成博士論文後，我旋即赴澳門大學開展博士後研究工作，此後在澳門高校教研十年。這十年中國新媒體的蓬勃發展曾讓我產生了言論自由的錯覺，以致有臺灣出版社簽約出版此書時我覺得不合時宜於是婉拒了。十年後我重回大陸，在三年疫情的反覆熬煮中體味著「多舛之年長磨礪，天下太平應無語」的統一化管控生活，讓我再次意識到那塊「橡皮」每天仍在擦拭著歷史，而《今天》曾經的夢想道阻且長：「這一時代必將確立每個人生存的意義，並進一步加深人們對自由精神的理解……」。

一九七九年的三、四月《詩刊》發表了北島的《回答》和舒婷的《致橡樹》。四月二日，我出生的當天，《文匯報》頭版轉載了《人民日報》的一篇社論《革命者要向前看》，開篇寫到：「每一個革命者，任何時候都有自己的過去和未來。過去，我們有歡樂的年代，有悲憤的時刻；有壯懷激烈的戰鬥，有千回百折的征途。前事不忘，後事之師。每走一段路，回過頭來想一想，總結經驗，以史為鑒，可以激勵人們更好地前進。」文末道出本意：「牢騷太盛防腸斷，風物長宜放眼量」。是的，總要向前看，哪怕是努力向前看了四十四年又回到生前。

這本書的寫作與出版得到了眾多個人和機構的幫助。我要感謝朱壽桐和葉維廉教授，他們不斷為我提出嚴肅而有價值的科研選題，啟發我如何深入、如何構建創造性的話語體系；感謝這篇博士論文的評閱人趙學勇、王坤、張新穎教授與答辯委員會饒芃子、林崗、陳劍暉、蘇桂寧、王列耀教授給予這篇優秀博士畢業論文的肯定與評價；感謝洪子誠教授對書稿的修改意見；感謝張桃洲、李潤霞、徐國源、謝冕、陳仲義、劉福春、香港林律光、《今天》的鄂復明先生給予我資料收集方面的幫助；感謝編輯吳思敬、何同彬等讓書中部分章節在《詩探索》、《揚子江評論》等刊物上零散刊發；感謝美國同學西颺、李春林、雷俊、陳迪向我展示的不同世界，值得我永遠珍藏。此外，還要向提供給我資料支持的臺灣《文訊》雜誌、香港文學資料庫、美國加州大學圖書館和暨南大學圖書館等機構與友人虔誠致謝，向付出辛苦排版工作的臺灣

花木蘭文化出版社及編輯們表示感謝。

　　最後，感謝母親及家人的悉心照顧，他們用愛去縱容一個無所顧慮的兒子，享受藝術世界的自由探索。

　　我希望我的書寫，不僅僅是傳達對歷史與美學的認知，更是傳達人在歷史與美學面前的生命狀態與人生境遇。我和讀者一樣，感受歷史，感受美學，感受生命，這才是一個人文學者的獨特存在。然而，對於文學史的書寫者而言，即便是真正成熟的詩歌史寫作，最容易說服的是別人，最難說服的還是自己。

　　這是遺憾，也是真理。

2023 年 4 月 2 日於廣州在水居

淚濃於血　2001.5.25

一

我丟了我的鉛筆

他們斜睨——

罪惡已無法繼續。

因為我沒有橡皮

也從未想過擁有

寫過的早已深深地鐫刻在

歷史的車輪裡

　　　　時空的隧道裡

　　　　　　褶皺的額頭裡

　　　　　　　　心裡

沉積……凝結……

二

我丟了我的鉛筆

那支孕育美好未來的「中華」繪圖鉛筆

千萬不該丟

童年的夢。

他們驚恐——

烹煮罪惡的心。

剩一支無心的影子

噴一滴血

在自己的臉上……

三

我乞求廉價地

　　　　出賣靈魂

換一方橡皮狀的

　　　　　　黑煤

抹去歷史的痕跡

帶著笑

落

　一滴淚

　　　　給自己……

四

我要找你回來啊

那支耕耘在神聖王國的

我的「中華」鉛筆

丟了──

閒逸的雙手浮腫、潰爛

野獸般的爪子

　　　　寫不出和諧的詩篇

用淚水把你醃漬

　　　　保持你的鮮活……

五

我丟了我的鉛筆

不再找尋

並不因為我沒有橡皮

在遼闊的中華大地上

折支